RICARDO AMORIM

DEPOIS DA TEMPESTADE

Prata

São Paulo-SP
Brasil

Copyright © 2016 do Autor

Todos os direitos desta edição reservados à
Prata Editora (Prata Editora e Distribuidora Ltda.)

Editor-Chefe:
Eduardo Infante

Revisão de texto:
Flávia Portellada

Projeto Gráfico e Diagramação:
Julio Portellada

Capa e Gráficos:
Felipe La Porte

Dados Internacionais de Catalogação na Publicação (CIP)
(Câmara Brasileira do Livro, SP, Brasil)

Amorim, Ricardo
    Depois da tempestade / Ricardo Amorim. --
1. ed. -- São Paulo : Prata Editora, 2016.

    1. Brasil - Condições econômicas 2. Brasil -
Condições sociais 3. Brasil - Política econômica
4. Brasil - Política social 5. Desenvolvimento
econômico - Brasil 6. Economia - Brasil
7. Economistas I. Título.

16-03044   CDD-330.981

Índices para catálogo sistemático:

1. Brasil : Desenvolvimento econômico : Economia
   330.981

Prata Editora e Distribuidora
www.prataeditora.com.br
facebook/prata editora

Todos os direitos reservados ao autor, de acordo com a legislação em vigor. Proibida a reprodução total ou parcial desta obra, por qualquer meio de reprodução ou cópia, falada, escrita ou eletrônica, inclusive transformação em apostila, textos comerciais, publicação em websites etc., sem a autorização expressa e por escrito do autor. Os infratores estarão sujeitos às penalidades previstas na lei.

Impresso no Brasil/*Printed in Brasil*

Sumário

Dedicatória 9
Agradecimentos 11
Prefácio de Nizan Guanaes: O livro da hora 13

Introdução
Por que este livro? 15

PRÉ-DILMA
Primeiro a geração perdida, depois a esperança 21

2009
EUA em crise, China em ascensão: e o Brasil com isso? 33
Tsunamis, marolinhas e a nova ordem econômica global 39
Boom de crédito e expansão imobiliária: você só viu o começo 45

2010
2010: ano de eleições = ano de crise? 51
BRICs: tijolos de um novo mundo 53
Abre alas, que a classe média quer passar 56
Caipira, com muito orgulho 59
Sem medo de ser feliz 62
A formiga e a cigarra trocam de papéis 65
A conta é toda sua 68
A bola e a grana 71
Robin Hood às avessas 74
A volta da esperança 78
Guerra! 81
O príncipe, a rainha e a CPMF 84

DILMA I
Semeando tempestades 89

2011
As escolhas de Dilma. 93
O Brasil de Dilma. 96
Economia motivacional 98
A China é aqui 101
Diagnóstico errado 103
Como investir em educação 105
A hora e a vez das micro e pequenas empresas 107
Aposentando a máquina concentradora de renda 110
Brincando com o dragão. 114
Bolsa-Brasil 116
Crônica de uma decepção anunciada 121

2012
Comemorando pelas razões erradas 125
O Brasil que só os gringos enxergam 128
Manifesto por um Brasil mais rico, não um Brasil mais caro 131
Lucro: ode ou ódio? 134
O medo da bolha Imobiliária 137
Socorro! Estamos exportando consumidores 139
Imagine 142
Mas, afinal, quanto custa a corrupção? 144
Libertando o dragão da inflação 146
Acorda, Brasil! 148

2013
Por que pagamos mais caro no Brasil? 153
Industriais do Brasil, uni-vos! 158
Capitalismo tupiniquim 163
Bolha imobiliária estourando? Onde?. 166
Made in USA 168
O país do caminhão-silo 171
Ponto de ruptura 173
A voz das ruas e o PIBinho 176
Aprendendo com Francisco 178
Velhos ou ricos? 181
Abaixo o PS4; viva o Capitalismus 185

Feliz 2014? *187*
João e Kim *190*

2014
República de bananas ou de inovadores? *195*
As Cassandras e a bolha imobiliária *197*
Cadê o dinheiro de nossos impostos? *200*
Herança maldita *203*
Um país de Antônios *206*
Desemprego, estatísticas e manipulações *209*
Produtividade já! *213*
Nunca desperdice uma crise *216*
Como resolver todos os problemas brasileiros sem fazer força *219*
Isaac Newton e a economia brasileira *222*
(Re)Construindo o Brasil *224*
Bolsa-família, eleições e um país rachado *227*

DILMA II
O duro choque de realidade após as eleições *233*

2015
Resoluções de ano novo *237*
Oportunidades em meio à estagnação *240*
#TemJeitoSim *243*
Ruim para quem vende, bom para quem compra *248*
Terceirização: causas e consequências *253*
Somos todos desonestos *256*
A crise brasileira ainda deve piorar. Bom para você *259*
A saúde no Brasil nunca mais será a mesma *264*
Vem surpresa boa por aí *271*

2016
10 passos para jogar a economia brasileira no buraco...
   e um único passo para tirá-la de lá *283*
5 sementes de um novo Brasil *286*
Procuram-se líderes *289*
E agora, Brasil? *293*

Conclusão
Quem vamos alimentar? *299*
A conversa não acaba aqui *303*

A meus pais, Vera e Arthur, que me ensinaram a lutar pelo que vale a pena,

A meus filhos, Daniela e Felipe, que me motivam a batalhar diariamente por um Brasil e mundo melhores,

A minha esposa Fernanda, que enche os meus dias de alegria.

Agradecimentos

Alguém já disse que você não termina um livro, você desiste dele. No meu caso, descobri que escrever um livro é como ter um filho. Todo mundo avisa que será muito mais legal, intenso, emocionante e cansativo do que você imagina. Você acha que entendeu, mas depois que o filho nasce, cada noite que passa você descobre que é muito mais legal, intenso, emocionante e cansativo do que você tinha entendido.

Com o livro é igualzinho. Todo mundo avisa que dará muito mais trabalho, demorará muito mais, envolverá muito mais detalhes do que você pensa. Você jura que entendeu tudo, ajusta suas expectativas e parte para escrevê-lo. Aí, descobre que dá muito mais trabalho, demora mais e envolve muito mais detalhes do que você nunca sonhou.

Para minha sorte, contei com a ajuda de muita gente neste parto. Sem eles, o livro não existiria.

Obrigado a Felipe La Porte, da minha equipe da Ricam Consultoria, pelo desenho da capa, por cuidar com carinho do projeto gráfico do livro, por me dizer se os textos faziam sentido e, principalmente, por me motivar a transformar o que era só um projeto em realidade.

Obrigado a meu pai, Arthur, por revisar e melhorar cada um dos textos, pela ideia do título do livro e por exigir e garantir que ele tivesse a qualidade que cada um de vocês, leitores, merece.

Obrigado a meu editor, Eduardo Prata, por ter acreditado e abraçado o projeto desde o início e por me estimular quando eu mais precisava de estímulo, e pelo parceiro Renato Gosling, por ter me apresentado a ele.

Obrigado ao mago da comunicação Nizan Guanaes, que prontamente aceitou meu convite para escrever o prefácio deste livro e ainda foi muito mais generoso do que eu jamais poderia imaginar.

Obrigado aos amigos e ídolos Lucas Mendes, Fábio Coelho e Drauzio Varella, pela gentileza de suas palavras.

Obrigado a meus irmãos Beatriz e Gustavo pelo *brainstorming* de ideias para o título e a capa do livro e por sempre participarem da minha vida.

Obrigado à jornalista Kellen Severo pela leitura e comentários ao primeiro rascunho e ao educador David Forli por me inspirar a dar ao mundo o melhor que eu possa dar.

Obrigado à toda a equipe do Manhattan Connection por me fazer pensar incessantemente, inspirando várias das ideias que acabaram nestas páginas.

Obrigado a Isabella Diniz, Aline Almeida e Carolina Aburesi, fiéis escudeiras na Ricam Consultoria, que remaram ainda mais por mim ao longo do último ano, para eu poder me dedicar ao livro.

Obrigado ao colega e amigo Fernando Gueiros por me ajudar a fazer contatos que viabilizaram este livro e aos parceiros Maurício Magalhães e Roberto Carvalho por terem apoiado o projeto desde o início.

Obrigado a todos e a cada um que o cansaço deste momento me tenha feito esquecer de agradecer. Obrigado às mais de cem mil pessoas que deixaram comentários nas redes sociais e no site da Ricam Consultoria sobre os artigos que fazem parte deste livro.

Obrigado à minha mãe, Vera, e à minha sogra, Márcia, por alimentarem meu corpo, minha alma e minha imaginação, e por cuidarem dos meus filhos quando precisei me ausentar.

Principalmente, obrigado à minha esposa, Fernanda, por apoiar-me sempre e cuidar de tudo para que eu pudesse encontrar, em minha vida normalmente já tão corrida, tempo, energia e paz de espírito para escrever este livro, e a meus filhos Daniela e Felipe por me receberem diariamente de braços, sorrisos e corações abertos e renovarem minha energia quando eu já me julgava esgotado.

E obrigado a você, leitor, razão de ser deste livro.

Prefácio

O livro da hora

Este livro incrivelmente bem escrito é, com licença da má palavra, aquele livro de autoajuda que todo mundo neste país está precisando agora.

A crise é dantesca e ela deixa perplexas pessoas de todas as convicções políticas e todas as classes sociais.

Esse livro é algo que, se possível, todo brasileiro deveria ler agora. Mas, como realisticamente todos os brasileiros não vão ter acesso a ele, é importante que as caixas de ressonância da nação o leiam e o repercutam. Ele explica como chegamos aqui nessa crise, mas também mostra, graças a Deus, como podemos sair daqui.

É um livro de economia sem ser empolado e escrito em economês. E não fica se perdendo em tintas carregadas de viés político, porque isso não ajuda em nada a discussão da nação.

Já tem muita emoção nas veias do país. É preciso de razão agora.

E Ricardo Amorim organiza as ideias com fato e razão. E com o talento que ele tem de explicar as coisas em bom português.

É um livro que o Congresso deveria ler e debater. É um livro que a imprensa precisa repercutir. É um livro que empresários, como eu, devem devorar, para nos ajudar a dormir e, se possível, nos ajudar a voltar a sonhar.

É um livro que os fóruns empresariais e sociais do país devem reproduzir e propagar.

Eu e Ricardo Amorim não nos conhecemos muito. Eu sou seu fã, telespectador e leitor cativo. Por isso, quando ele me pediu esse prefácio pelo celular, eu me senti muito honrado.

Como sempre, o prazo para escrever um prefácio é curtíssimo e eu, assim como qualquer empresário, estou agora atarefadíssimo toureando a crise.

Só que eu tenho, por hábito, o compromisso de me dedicar a tudo o que eu acho que pode ajudar o Brasil.

Meus amigos ficam surpresos de ver, com a quantidade de clientes e empresas que tenho, como eu arrumo tempo para ser Embaixador da Boa Vontade, da Unesco, apoiar dezenas de ONGs e atividades comunitárias. Mas eu arrumo. Tem uma frase que eu adoro, que diz: "Se você quer que uma coisa seja feita, dê para alguém que não tem tempo". São os ocupados que fazem as coisas.

Por isso, cancelando a ginástica que eu faço toda hora do almoço, eu me debruço agora, orgulhosamente para apresentar *Depois da tempestade*, um livro que acompanha esse momento histórico do Brasil sem histeria. E faz isso não com o otimismo polianesco, mas fundamentado com a análise do ciclo dos últimos 115 anos da história desse país.

Então ele é racional e intelectualmente honesto. Porque ao rever os artigos que compõem este livro, ele reconhece com os olhares de hoje, os erros de avaliação que ele mesmo cometeu. E todos nós cometemos erros de avaliação.

Afinal, como dizia o fabuloso historiador Pedro Nava, a experiência é um farol voltado para trás.

A síntese deste livro é isso, um farol voltado para trás, mas também um farol voltado para a frente, colocando luzes e caminhos para o futuro. Porque só de diagnósticos estamos cheios, confusos e estressados.

Precisamos entender o momento, mas ver saídas para o futuro. E é isto que este livro traz de maneira competente e, por isso, *Depois da tempestade*, o livro da hora.

Obrigado, Ricardo.

Nizan Guanaes

Introdução

Por que este livro?

O Brasil vive um momento histórico. Uma crise seríssima gerou um pessimismo contagiante sobre nosso futuro a curto, médio e longo prazos. Tal pessimismo é natural, mas exagerado. Em função de crises moral, política e econômica profundas, o país está passando por transformações importantes na aplicação da lei, na política e na condução da economia. Plantamos sementes que, se regadas e cuidadas com carinho, podem gerar transformações positivas com resultados significativos.

Como a nossa História dos últimos 115 anos ensina, a menos que estejamos prestes a registrar mais um episódio "nunca antes visto na História deste país", a crise econômica deve ser seguida de uma recuperação mais forte do que a imensa maioria imagina.

Dependendo do ritmo da transição política, o início desta recuperação econômica pode estar mais próximo do que se supõe.

Porém, nada disso é garantido. O futuro do Brasil dependerá de como a sociedade vai se posicionar não apenas durante, mas também passada a tormenta atual. Ele está prenhe de oportunidades que quase ninguém percebe.

Transformar estas oportunidades em realidade dependerá de cada um de nós. Desperdiçá-las seria um crime conosco, com nossos filhos e netos. Este livro é minha tentativa de colaborar, minimamente que seja, para que estas oportunidades não sejam perdidas.

Inicialmente, há quase um ano, minha ideia inicial era focar exclusivamente nos desafios e oportunidades que o futuro nos traz e como individual e coletivamente poderíamos e deveríamos lidar com eles.

Em busca de subsídios, temas e questões-chave, resolvi reler as colunas que escrevi ao longo dos últimos seis anos e os comentários que elas geraram. Só na internet, deparei-me com mais de 100 mil comentários e mais de quatro milhões de curtidas. Interesse tão grande, vindo de brasileiros com perfis muito diversificados — de estudantes e empresários, de crianças e idosos, de sulistas e nordestinos, de homens e mulheres, de ricos e pobres, enfim, de brasileiros em geral — mostrou-me que falar de perspectivas futuras sem explicar como chegamos onde estamos provavelmente não faria sentido. Percebi ainda que a forma mais justa de julgar o que se passou e como chegamos a uma crise tão grave é antes expor o que pensei sobre o que estava acontecendo no Brasil em tempo real, no momento em que aquelas opções estavam sendo feitas por nossos governantes. Agora, seria fácil criticar tudo que deu errado, quando os péssimos resultados são conhecidos de todos. Fácil, mas injusto e covarde. Se pretendo expor como erros passados dos que conduzem o país nos trouxeram à atual tormenta, nada mais justo do que começar expondo meus próprios erros de análise quando algumas destas decisões estavam sendo tomadas, quando for este o caso.

Por exemplo, no primeiro ano do primeiro mandato do governo Dilma, não percebi a gravidade de alguns dos erros que já estavam acontecendo e a extensão de suas consequências negativas. Acreditei que o Brasil, impulsionado por condições externas favoráveis, poderia sustentar o bom desempenho econômico do período anterior — da chamada Era Lula — quando muitos enganos também foram cometidos. Só mais tarde fui perceber que a quantidade e a profundidade deles tinham mudado substancialmente e que suas consequências também seriam muito diferentes. Também subestimei a extensão dos tentáculos da corrupção. Todos nós sabíamos que ela sempre existiu, mas quem imaginava o tamanho do câncer e da metástase?

Por outro lado, encontrei inúmeros artigos meus alertando, com anos de antecedência, que algumas decisões do governo criariam problemas graves e outros dizendo, inclusive, que salvo mudanças de rumo, uma crise muito séria, inclusive com o provável encurtamento do mandato da presidente Dilma, era inevitável.

No fim, acabei optando por contar como chegamos onde estamos através dos principais artigos que escrevi desde 2009, atualizando-os, comentando cada um deles e contextualizando-os. Resolvi começar o livro com uma análise detalhada do período anterior ao governo Dilma para que fique claro por que o desempenho da economia brasileira ia bem e — de início gradualmente e depois de forma abrupta — só piorou.

Em síntese, se você gostaria de saber como chegamos à crise atual, por que é mais fácil sair dela do que parece e por que cada brasileiro tem de assumir o protagonismo em sua área de atuação na construção de um país melhor, este livro é para você.

Quais os erros de política econômica que nos levaram à crise? O que precisa acontecer para que saiamos dela? Por que tirar o Brasil da crise econômica é mais simples do que parece? Por que a recuperação econômica, uma vez solucionada a crise política e reequilibradas as contas públicas, surpreenderá pela força? O que precisa acontecer para que esta recuperação inicial se sustente? Quais as lições e o legado da crise? Por que o Brasil está passando por mudanças profundas com o potencial de criar um país mais rico e justo nas próximas décadas? Para mim, seria muito mais fácil e seguro responder a estas perguntas daqui a alguns anos, com a clareza que só a perspectiva histórica traz. Porém, se eu fizesse esta opção e não o estimulasse a chegar às suas próprias conclusões agora, eu não poderia ajudá-lo a se preparar e a participar da construção do que vem por aí. Boa leitura!

Pré-Dilma

Primeiro a geração perdida, depois a esperança

Vou começar pela má notícia, afinal, sou economista. E nós economistas, normalmente, somos os profetas do apocalipse, adoramos más notícias. Talvez eu seja um mau economista, pois ao contrário da maioria dos meus colegas, gosto tanto das más quanto das boas notícias. Procuro não deixar minhas convicções e preferências políticas influenciarem as análises e previsões que faço. Não gosto nem desgosto a priori de ideologias e partidos. Prefiro deixar que os dados falem por eles próprios. Aliás, por incrível que pareça, eles trarão muitas boas notícias. Mas, mesmo vinte anos depois de deixá-la, a faculdade deixou as suas marcas. Não posso me furtar de começar pelo que deu errado em nosso país muito antes que nenhum brasileiro sequer sonhasse que um dia Dilma Rousseff seria presidente do país.

Há anos, muitos economistas começaram a usar o termo "década perdida" para se referir aos anos 1980. Essa definição pode parecer estranha, já que foi nessa década que a ditadura militar terminou e que o Brasil, depois de vinte anos, voltou a ser um país democrático. Porém, olhando para os indicadores econômicos, a alcunha faz todo o sentido. Com um detalhe grave, em termos de desenvolvimento econômico, não perdemos só dez anos. Foi muito mais do que isso. Em vez de uma década, deveríamos falar de uma geração perdida. E essa geração, lamento, é a minha e a de muitos de vocês leitores.

Isso foi o resultado de uma série de políticas econômicas desastradas, em resposta a uma conjuntura internacional muito adversa ao Brasil. Não fomos os únicos a desperdiçar uma geração. Nossos hermanos também cresceram muito pouco no período do final dos anos 1970 até 2003. Seguimos o crescimento médio da América Latina — que, diga-se, foi a região que menos cresceu no mundo nesse período. Pasmem, ficou atrás até da África com todas suas mazelas sociais, tribais e políticas.

De 1980 a 2003, o número de pessoas trabalhando no país cresceu mais do que a produção. Por falta de investimento bem feito em educação e treinamento, o trabalhador brasileiro tornou-se menos produtivo, em média, ao longo de quase um quarto de século. Pense em todos os avanços tecnológicos que aconteceram nesse período — para não falar de novas técnicas de gestão, informática, estratégias de marketing etc. — e esse dado se torna ainda mais assustador.

Também no final da década de 1980, aproveitando a queda do Muro de Berlim e a derrocada do comunismo, um grupo de gestores de investimento interessados em apresentar a seus clientes oportunidades em países como o Brasil resolveu mudar o termo usado para designar os países pobres do mundo. Os capitalistas ricos — basicamente Estados Unidos, Canadá, Japão, Austrália e Europa Ocidental — eram conhecidos como "países desenvolvidos" ou "países de primeiro mundo". O "segundo mundo" eram os comunistas — União Soviética, Europa Oriental, Cuba, China, Vietnã. Sobrávamos nós, o "terceiro mundo", ou os "países subdesenvolvidos". Até que alguém, com apurada visão de marketing, percebeu que seria difícil convencer seus clientes de que havia boas oportunidades de investimento em países subdesenvolvidos.

O termo "subdesenvolvido" remete a atraso, o termo "emergente" à ascensão e um futuro melhor. Quem está por baixo pode subir; quem está no fundo do poço pode emergir. Assim, surgiu o termo "países emergentes" para definir os antigos países subdesenvolvidos, entre os quais se incluía o Brasil. O problema é que nessa época o Brasil cresceu menos do que o resto do mundo. Na verdade, éramos um país submergente, cuja importância na economia mundial diminuía com o passar do tempo.

Não foi sempre assim. Entre as décadas de 1950 e 1970, quando ainda éramos chamados de "subdesenvolvidos", o Brasil emergiu. Nesse período, nosso crescimento médio foi de mais de 7%, bem acima da média mundial. Tivéssemos sustentado esse ritmo de crescimento até hoje, nossa renda per capita atual seria de quase US$ 60 mil, comparável à dos Estados Unidos e da Suíça e maior do que a da Alemanha ou do Japão.

Tivéssemos conseguido crescer tanto quanto os chineses nos últimos 36 anos, hoje a nossa renda per capita seria a mais elevada do planeta.

Quando olhamos para a renda per capita ajustada pelo poder de compra — não apenas quanto uma pessoa ganha, mas o que ela pode comprar com o que ganha — na realidade, o Brasil ainda está atrás de países como o Irã, com todo o fanatismo religioso e conflitos bélicos que fragilizaram sua economia nas últimas décadas; ou Botsuana, um país africano que vem emergindo nas duas últimas décadas, mas onde nada menos do que 25% das pessoas entre 15 e 49 anos estão infectadas com o vírus HIV; ou Tonga, uma ilhota no meio do Pacífico. E tem mais: se todos os países do mundo crescessem no mesmo ritmo que cresceram entre 1978 e 2003 nos 25 anos seguintes, em 2028 os brasileiros seriam, em média, mais pobres do que a população do Butão, um reino no Himalaia, entre a Índia e a China, com altitude média de mais de 5 mil metros — um lugar onde é difícil até respirar, quanto mais produzir alguma coisa. Não acredito que isso vá acontecer, muito ao contrário, mas é importante ter em mente como um longo período de crescimento forte ou fraco pode afetar a história de um país.

O gráfico a seguir compara o crescimento anual brasileiro e o mundial da década de 1970 até hoje. Como já foi dito, nos anos 1970, o Brasil crescia consistentemente mais do que o mundo. A partir dos anos 1980, a curva de crescimento do Brasil passa a oscilar significativamente, com alguns anos ruins e outros bons. E, de 1996 até 2003, o Brasil cresceu menos do que o mundo, todo santo ano. A boa notícia desse período é que pelo menos as grandes oscilações da década de 1980 acabaram, o que quer dizer mais previsibilidade na hora das empresas e consumidores se planejarem para o futuro. Ainda assim, o cenário econômico em que vivíamos estava longe de ser animador. Não chegávamos a atingir o crescimento médio mundial em anos de bonança e desacelerávamos bastante em anos de tormenta.

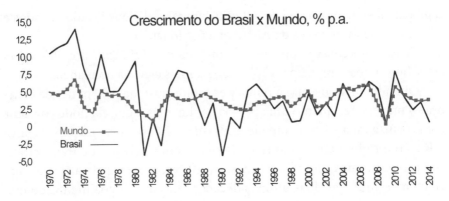

Fontes: FMI e IBGE

Felizmente, esse cenário mudou, e muito, no início do milênio. A conjuntura internacional passou a ser mais favorável para o Brasil do que em qualquer momento dos últimos cinquenta anos. Iniciou-se um período de grandes oportunidades e expectativas para o Brasil. O cenário externo passou a ajudar-nos a crescer mais do que a média mundial e efetivamente emergir, o que também foi possível em função de uma substancial melhora de nossa política econômica a partir da segunda metade da década de 1990.

O crescimento brasileiro no período de 1981 a 2003 foi de apenas 2,1% ao ano. Entre 2004 e 2010, o crescimento mais do que dobrou de ritmo, passando a 4,5% ao ano em média.

Como foi possível para o Brasil quase dobrar sua taxa de crescimento? A resposta, em grande medida, tem a ver com o resto do mundo. Fizemos muita coisa errada durante o período em que submergimos, e para completar, as condições externas também não ajudaram — porém, elas mudaram para muito melhor desde a virada do milênio. Dois fatores, em particular, jogaram contra o Brasil no período até 2003: o custo do capital e o preço das matérias-primas, as tão disputadas e necessárias *commodities*.

Historicamente, o Brasil é importador de capital: precisamos pegar dinheiro fora do país para investir por aqui. E esse dinheiro, como qualquer outra mercadoria, tem um custo: a taxa de juros que os donos do capital cobram de quem pega dinheiro emprestado. Esse período de vacas magras no Brasil foi justamente, e não por coincidência, um período em que as taxas de juros estiveram muito altas no mundo todo.

O que temos sobrando no Brasil é terra, sol e água doce. Um grande território também dá a um país muito mais chances de ser depositário de riquezas minerais, e esse é exatamente o nosso caso. Por conta disso, somos muito fortes quando o assunto é produção e exportação de comida, metais e minerais, as tais das *commodities*.

Muita gente pensa, e argumenta fervorosamente, que ser exportador de *commodities* tem de ser coisa de país eternamente pobre. É óbvio que é importante para qualquer nação sempre buscar agregar mais valor e tecnologia ao que produz e exporta. É melhor exportar margarina do que soja, melhor exportar trilhos do que ferro, melhor exportar plásticos manufaturados do que petróleo. Mais empregos e empregos mais bem remunerados são gerados internamente, e mais dólares são agregados às vendas. Devemos, sim, sempre investir em tecnologia e qualificação de nossa mão de obra para que possamos cada vez mais produzir e exportar produtos com maiores componentes tecnológicos e preços.

Ainda assim, exportar também matérias-primas, mesmo que em grandes quantidades, não precisa ser sinônimo de atraso. O Canadá e a Austrália, por exemplo, são dois países ricos e grandes exportadores de *commodities*, pelos mesmos motivos que o Brasil. Eles têm área muito extensa, mas populações bem menores do que a nossa. Sobram mais alimentos, metais, minerais e petróleo para serem exportados, pois o consumo interno é menor.

Na maior parte dos anos 1980 e anos 1990, os preços das *commodities* estiveram baixos no mundo todo, reduzindo nossas receitas com exportações.

Custo de capital alto, preço das commodities baixo: o Brasil estava comprando caro e vendendo barato. Não é à toa que o período até 2003 foi muito ruim não só para o Brasil, mas para a América Latina como um todo: também importadores de capital e exportadores de *commodities,* sofremos todos com as mesmas condições externas que nos afetaram.

O que mudou no início do milênio? Em uma palavra: tudo. O centro da gravidade da economia mundial vem migrando dos Estados Unidos e da Europa em direção à Ásia, especialmente à China e à Índia. Desde a virada do milênio, a Ásia cresceu pelo menos três vezes mais rápido do que os Estados Unidos e a Europa. A tendência é que o cenário continue assim por mais uma a três décadas, ao contrário do que as frequentes manchetes de crises nos países emergentes sugerem.

Esse deslocamento do eixo econômico mundial impactou positivamente o Brasil de várias formas, causando aumento da produção, da importância das nossas empresas no cenário global, forte expansão do crédito e até melhora de distribuição de renda.

Um ponto importante, é que muitas das boas notícias que o Brasil viveu na década passada foram determinadas por tendências e acontecimentos lá fora. Isso, aliás, não é raro e vale para a maioria dos países do mundo. O crescimento de longo prazo é definido pelas decisões internas. No curto prazo, as condições externas contam muito e, às vezes, são determinantes. E esse curto prazo nem sempre é tão curto assim. Ele pode durar muitos anos ou até alguns mandatos presidenciais. Assim, frequentemente, o sucesso ou insucesso de determinados governos tem menos a ver com a qualidade de suas decisões e mais com condições externas e heranças de decisões de seus antecessores. É claro que o que se faz dentro de casa importa, mas o cenário geral é definido pelo mundo.

"Nunca antes na história deste país"

Tendo a sabedoria de não estragar as conquistas do Plano Real — controle da inflação, câmbio flutuante, rígido compromisso fiscal — e trazendo para comandar o Banco Central, com a missão de administrar tudo isto, Henrique Meirelles, profissional respeitado pelos mercados internacionais, ao longo do governo do presidente Lula nosso crescimento foi o maior desde o início da década de 1970 e a inflação atingiu um dos patamares mais baixos da história. O resultado fiscal primário (excluindo juros pagos pelos títulos públicos) foi o melhor desde 1994. Nunca tivemos um déficit fiscal tão baixo, nem um superávit de conta corrente tão grande, o que indica a força de nossas contas externas. Exatamente a mesma coisa, com uma ou outra exceção, pode ser dita da maioria dos países da América Latina no mesmo período e, de forma ainda mais geral, de quase todos os mercados emergentes. Nunca antes na história deste país, não: nunca antes na história destes mais de 150 países.

Convergência mundial

Para ilustrar essa ideia, podemos — e é um exemplo entre muitos — considerar a evolução das contas fiscais ao longo da primeira década deste milênio. Em 2002, as economias americana e europeia eram superavitárias, enquanto a América Latina tinha grandes déficits. Nos anos seguintes, o déficit da América Latina diminuiu bastante, e muitos dos países desenvolvidos tornaram-se deficitários.

Por que isso importa? Porque a situação das contas públicas — atual e expectativas para o futuro — define as taxas de juros relativas entre os países do mundo a cada momento. Países com déficits grandes por períodos longos tendem a ter juros mais altos. Países com déficits pequenos ou superávits tendem a ter juros mais baixos.

No passado, caso quisesse captar dinheiro no mercado internacional, o Brasil precisava pagar uma taxa de juros que chegou a ser 24% mais elevada do que a dos Estados Unidos. Ao longo do governo Lula, essa sobretaxa cobrada do Brasil chegou a menos de 1% para captações de 5 anos.

Essa convergência foi resultado da redução da diferença de risco de se investir em um país ou em outro e de um forte apetite de investidores de todo o mundo por investimentos em países que estavam prosperando. Os juros são o retorno que um investidor espera receber quando investe em algo: quanto maior o risco de perder o que investiu, maior o retorno que ele vai exigir para compensar esse risco.

O que mudou?

A principal consequência da crescente importância e inserção de países asiáticos, em especial China e Índia, na economia global foi uma redução de custos para a produção de bens e serviços exportáveis, já que a mão de obra desses países é muito mais barata do que a dos países desenvolvidos. Isto vem puxando a inflação mundial e os juros para baixo nos últimos 15 anos, o que afetou positivamente os países em desenvolvimento, que pegam capital emprestado e passaram a ter de pagar menos por este capital, possibilitando uma forte expansão do crédito e, por consequência, do consumo e dos investimentos produtivos nestes países.

Pelo lado da produção, portanto, China e Índia já ajudaram os outros países emergentes a conter dois dos seus maiores flagelos, a inflação e os juros da dívida externa. Pelo lado do consumo, porém, a notícia talvez tenha sido ainda melhor para os países emergentes.

Com a venda de seus bens e serviços exportáveis, China e Índia se tornam países cada vez mais ricos e, portanto, mais importantes na economia mundial. Porém, os consumidores chineses e indianos ainda são bem diferentes dos americanos e europeus, por um motivo bem simples:

em sua maioria, eles são muito mais pobres. Apesar de crescer a um ritmo de quase 10% ao ano em média desde 1979, a renda per capita na China em 2001 — quando o país entrou na Organização Mundial do Comércio, e seus impactos na economia mundial começaram a se sentir — era apenas 1/3 da brasileira.

Por isso, um chinês que tinha acabado de se mudar da sua vila perdida no meio do nada para um centro industrial e arranjar um emprego numa fábrica de sapatos ou de brinquedos não podia nem pensar em usar seu primeiro salário para comprar um carro ou um notebook: ele comprava mais comida para a família. Passando para o nível macroeconômico, uma sociedade com tanta gente pobre indo do campo para a cidade precisou investir pesado em infraestrutura, o que quer dizer comprar, entre outras coisas, minérios e combustível. Ou seja, tanto os cidadãos chineses quanto a sociedade chinesa como um todo estão consumindo cada vez mais *commodities*.

Precisamos, portanto, colocar um asterisco na observação de que chineses e indianos ajudaram a manter a inflação mundial em baixa nos últimos 15 anos. Isso, sem dúvida, foi verdade para a economia em geral, e principalmente para produtos manufaturados, mas falso quando falamos de *commodities*, em particular até 2011.

Taxas de juros em baixa, preços das *commodities* em alta: duas características que favoreceram muito o Brasil, que tem pouco capital — e por isso precisa pegar emprestado de fora — e muita terra e recursos naturais — e por isso é um grande exportador de *commodities*.

Brasil, fazenda do mundo

Deixando os eufemismos politicamente corretos de lado, países "desenvolvidos" são simplesmente países ricos. E o que países ricos têm de sobra é capital — dinheiro. Além disso, eles têm mais mão de obra qualificada, porque investem muito mais em educação de ponta. Em todos os produtos e serviços que dependem principalmente desses fatores, países ricos levam uma vantagem competitiva considerável sobre o resto do mundo.

Países asiáticos emergentes, por outro lado, têm muita gente. A mão de obra, na sua grande maioria, não é qualificada, mas é disciplinada e abundante. Por isso, eles são imbatíveis quando o assunto são bens e serviços que dependem de mão de obra barata.

Na América Latina, e no Brasil em particular, não temos tanto capital ou trabalhadores qualificados quanto os países ricos, nem tanta mão de obra barata quanto os países asiáticos. Mas temos algo que eles não têm tanto quanto a gente: recursos naturais. Temos muita terra cultivável — e boa parte dessa terra ainda não está cultivada porque atualmente é usada para pecuária extensiva, isto é, gado solto pela fazenda — e quantidades significativas de diversos minérios, além de sol o ano todo e de água doce.

Por consequência do aumento da procura por produtos em que somos muito competitivos, nosso superávit comercial — a diferença entre o que exportamos e importamos — foi substancial na década passada. Até 2003, era maior até do que na China e em 2008 foi o sexto maior do mundo.

Nem tudo caiu do céu: havíamos feito nosso dever de casa

Não foi só o cenário externo que permitiu uma aceleração do crescimento brasileiro ao longo da década passada, mas também de algumas reformas implementadas no Brasil a partir da década de 1990. Não fizemos tudo o que poderíamos e deveríamos, mas ao menos, até aquele momento, tínhamos feito o bastante para aproveitar a oportunidade que nos foi dada.

Por isso, nosso papel na economia mundial mudou da água para o vinho. Antes, éramos uma economia frágil, pronta para pegar pneumonia assim que alguém espirrasse do nosso lado. No final da década passada, a situação era bem diferente, o que levou à célebre frase do ex-presidente Lula sobre o "tsunami no mundo e a marolinha no Brasil" durante a crise financeira global de 2008 e 2009.

Um fator importante para isso foi a redução da dívida externa. Em 2007, pagamos quase US$ 40 bilhões aos nossos credores; em fevereiro de 2008, o Banco Central brasileiro anunciou que o país havia se tornado credor externo, o que quer dizer que as reservas internacionais brasileiras, somadas a outros ativos, valiam mais do que toda a dívida — pública e privada — do país com o exterior.

Como já comentado antes, na década de 1980 e no começo da de 1990, grandes altas e grandes baixas no crescimento brasileiro se sucediam de forma mais ou menos inexplicável. A partir de meados da década de 1990, apesar de continuarmos a crescer menos do que o mundo, essa oscilação acaba — e só isso já seria uma boa notícia, porque grandes oscilações impedem que as empresas e os indivíduos vejam o futuro com clareza e tenham um planejamento do longo prazo confiável. Assim, a segurança trazida pela estabilidade, mesmo que não traga crescimento num primeiro momento, foi fundamental para garantir o crescimento futuro. Mais previsibilidade significa mais consumo e mais investimentos produtivos. Ao contrário, quando há grandes dúvidas sobre o futuro, consumidores apertam os cintos e empresas limitam seus investimentos, com medo do que possa vir pela frente.

Enfim, vivíamos um período de euforia e expectativa de que, finalmente, o eterno país do futuro emergiria. Os artigos a seguir, do final deste período, deixam isto bastante claro.

2009

EUA em crise, China em ascensão: e o Brasil com isso?

Publicado em Clube L'Unico – dezembro de 2009

Enquanto a economia americana se retraiu cerca de 3% no último ano, a chinesa cresceu 8,5%.

Muito mais do que um fato atípico, essa diferença gritante de desempenho das economias americana e chinesa em 2009 coroou uma década na qual gradualmente os EUA vieram perdendo importância na economia mundial e a China ganhando.

A ascendência chinesa começou muito antes dessa década. Desde 1979, a China vem sustentando uma espetacular média de crescimento anual de 9,7%. No entanto, foi a partir de 2001 e da sua entrada para a Organização Mundial do Comércio (OMC) que ela vem redefinindo o equilíbrio da economia mundial em favor dos países emergentes e com impactos negativos sobre os países ricos.

A parcela do crescimento mundial vinda da China tem sido muito maior do que a que vem dos EUA. Para ser mais preciso, no ano em que os EUA tiveram uma maior participação no crescimento global de 2001 para cá, em 2005, eles representaram apenas 13% do crescimento mundial. Já a China, no ano em que menos contribuiu para o crescimento do mundo nesta última década, em 2004, representou 18% dele.

Com toda razão, muitos se preocupam com o que uma mudança tão radical da economia mundial representa para o Brasil. Será que o aumento de concorrência chinesa levará a uma falência da indústria nacional?

Tenho uma péssima e várias boas notícias para vocês. A péssima notícia é que, em função do desemprego elevado e forte endividamento de consumidores nos países ricos, os bancos serão muito mais seletivos por lá para oferecer crédito daqui para frente, o que resultará em um ritmo muito menor de expansão de consumo nos EUA e Europa nos próximos anos.

Com isso, os chineses terão de vender seus produtos em algum outro lugar. Em um não, em vários outros lugares.

O primeiro, mais importante e mais óbvio dos mercados que receberá mais produtos chineses é a própria China. Parcelas crescentes da produção chinesa ao longo dos próximos anos serão destinadas ao consumo dos próprios chineses. Ainda assim, haverá uma quantidade colossal de produtos chineses que serão exportados. Desses, uma parcela crescente irá para países emergentes, principalmente aqueles com grandes mercados consumidores, que é o caso do Brasil. Portanto, se você já se preocupava com a concorrência chinesa, preocupe-se muito mais nos próximos anos.

Chega de más notícias! Ainda que vários setores da indústria brasileira encontrem desafios imensos para lidar com a concorrência chinesa nos próximos anos, a economia brasileira continuará a ser uma grande beneficiária da ascendência chinesa, como aliás já tem sido desde 2004. Desde então até 2008, a média de crescimento da economia brasileira foi de 4,8%, mais do que o dobro dos 25 anos anteriores.

Mais da metade das exportações brasileiras está concentrada em produtos básicos — alimentos, metais, minerais, petróleo etc. — cuja demanda e preços têm aumentado e continuarão a aumentar ao longo do tempo enquanto a importância da China na economia mundial continuar a crescer. Com isso, nossas exportações continuarão a crescer, apesar de dificuldades em alguns setores da indústria. Aliás, em 2009 já exportamos mais para a China do que para os EUA. Em 2001, meros 3% de nossas exportações eram destinadas à China e 24% — 8 vezes mais — para os EUA.

Além disso, se o maior gargalo do crescimento brasileiro é sua precária infraestrutura, o grande gargalo do crescimento chinês é a sua necessidade de receber as *commodities* que precisam para produzir e alimentar sua população. Para resolver o seu gargalo — e de quebra, melhorar a alocação dos investimentos de suas reservas internacionais, hoje primordialmente investidas em títulos do tesouro americano, um péssimo investimento — é muito provável que, nos próximos anos, os chineses invistam pesadamente em financiamento de nossa infraestrutura de transportes — portos, estradas, linhas ferroviárias, aeroportos. Se os chineses resolverem destinar meros 10% de suas reservas internacionais para financiamento de infraestrutura de transportes no Brasil na próxima década, receberíamos uma enxurrada de US$ 230 bilhões em investimentos. Viajei pela África, outra fonte de *commodities* para os chineses, há alguns meses e, por lá, praticamente todos os investimentos de infraestrutura de transporte já recebem financiamento chinês.

Por fim, fortes exportações e a grande entrada de investimentos da China, somadas a várias fragilidades da economia americana, colaborarão para que a taxa de câmbio continue se apreciando no Brasil nos próximos anos — não, a queda do dólar não vai ser revertida nem mesmo terminar tão cedo, mesmo que possa se desacelerar ou até parar temporariamente — e isso ajudará a manter a inflação brasileira sob controle. Assim, os juros vão cair mais nos próximos anos — independentemente de uma possível alta em 2010 — e o crédito continuará em forte expansão, o que causará um enorme crescimento da demanda doméstica.

Por tudo isso, o crescimento do PIB brasileiro em 2010 deve ser o maior em mais de 20 anos, ultrapassando 6%. Para o Brasil, a ascendência chinesa não chega a ser um negócio da China, mas ajuda bem mais do que atrapalha.

Reflexões

Provou-se correta a parte negativa da análise. O crescimento da economia e do consumo nos países ricos foi menor, forçando empresas chinesas, americanas, europeias e japonesas a exportar mais para os países emergentes, incluindo o Brasil. Isso aumentou a pressão sobre a indústria nacional.

Quanto às expectativas positivas que eu tinha então, de uma forma geral, elas se concretizaram nos primeiros anos após a publicação do texto e mais recentemente foram revertidas, por razões que ficarão cada vez mais claras ao longo da leitura deste livro.

O crescimento de 2010, de fato, ultrapassou com folga os 6%, chegando a 7,5% ao ano, o mais rápido em um quarto de século no país.

Os investimentos chineses no mundo e no Brasil, cresceram mesmo muito desde então e devem continuar a crescer.

A China atrai mais de US$ 100 bilhões anuais de investimentos externos para o país, mas investe ainda mais no exterior, principalmente no setor de infraestrutura. O governo chinês prevê investimentos externos de US$ 1,25 trilhão em infraestrutura nos próximos dez anos.

Os investimentos chineses no Brasil também cresceram bastante. De 2005 a 2016, eles totalizaram US$ 34,3 bilhões, segundo o *China Global Investment Tracker*, com maior número de projetos nos setores de transportes, equipamentos, energia, mineração, eletroeletrônico e de telecomunicações, de acordo com o Conselho Empresarial Brasil-China. Além disso, eles parecem ter se acelerado recentemente.

Em janeiro deste ano, a China Three Gorges arrematou por R$ 13,8 bilhões as concessões das usinas hidrelétricas de Jupiá e Ilha Solteira, em São Paulo, correspondendo a 81% do total de R$ 17 bilhões arrecadados no leilão. Um dia antes, o Grupo HNA comprou 23,7% das ações preferenciais da Azul Linhas Aéreas por R$ 1,7 bilhão.

Ainda assim, todo este investimento é apenas uma fração do aporte de US$ 53 bilhões, concentrado em infraestrutura, prometido há um ano pelo primeiro-ministro chinês, Li Keqiang, durante uma visita ao Brasil.

Ainda mais relevante, apesar de termos nos tornado o principal supridor externo de alimentos para a China, os investimentos chineses no Brasil, particularmente em infraestrutura, ainda representam uma fração mínima dos investimentos externos chineses.

Como veremos mais para a frente, a menor capacidade brasileira de atração de investimentos externos, e mesmo capitais nacionais, no setor de infraestrutura foi consequência de um ambiente regulatório desfavorável e, como sabemos hoje, de corrupção desenfreada na relação do governo com empresas no setor.

O ponto fundamental aqui é que a capacidade brasileira de atrair investimentos em infraestrutura, que muito poderia ajudar no desenvolvimento do país, encontra como limitação não a disponibilidade de capitais interessados em financiar estes projetos, mas a própria inabilidade do governo brasileiro de construir um ambiente de negócios propício para que estes investimentos se materializem. É aí que mora a oportunidade. O Brasil pode acelerar muito os investimentos em infraestrutura e, por consequência, seu crescimento e desenvolvimento. Basta reformar a legislação, reduzindo entraves burocráticos e de órgãos regulatórios que atrasam o andamento dos projetos, encarecendo-os e alimentando o custo extra da corrupção,

Um fator externo favorável que eu esperava então e que acabou se sustentando, sendo temporariamente revertido nos últimos anos, foi a elevação dos preços das *commodities*. Efetivamente, a partir de 2009, os preços mantiveram-se em alta por cerca de dois anos. Desde 2011, a tendência foi invertida em função da apreciação do dólar em todo o mundo. Não foi só com relação à moeda brasileira, o real, que o dólar se fortaleceu neste período. Foi em relação a praticamente todas as moedas do mundo.

Por que isso influi? Porque as *commodities* têm seus preços cotados em dólar. À medida que o dólar vale mais, estes produtos ficam mais caros em moeda local em todo o mundo, reduzindo seu consumo e, por consequência seu preço nos mercados internacionais.

Um exemplo deixa este ponto mais claro. Em 2011, um dólar chegou a valer R$ 1,50. Recentemente, valia mais de R$ 4,00. Um produto que, em 2011 custasse US$ 10,00 no mercado internacional, custava para ser importado para o Brasil R$ 15,00. Mais recentemente, o mesmo produto chegaria ao Brasil por R$ 40,00. Só que a R$ 40,00 menos gente estará disposta a comprar o mesmo produto que a R$ 15,00. Com menos gente comprando o produto no Brasil e no resto do mundo, o preço não se sustentará em US$ 10,00. Ele cairá. E foi exatamente isso que aconteceu com o preço de quase todas as *commodities* desde então.

Aí entra outra oportunidade importante. Há cerca de dois meses, o dólar começou a enfraquecer-se em todo o mundo — no Brasil chegou a cair abaixo de R$ 3,50. Em contrapartida, o preço do petróleo, alimentos, metais e outras *commodities* começou a se elevar.

Ainda é cedo demais para ter certeza se, de fato, teremos uma nova tendência de dólar em queda e preços das *commodities* em alta nos próximos anos. Considerando os níveis extremos recentemente atingidos tanto pela moeda americana quanto pelos preços das *commodities*, a possibilidade que isto aconteça parece significativa. Se esta tendência se confirmar, o Brasil terá novamente um empurrãozinho favorável a seu crescimento nos próximos anos.

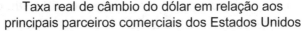

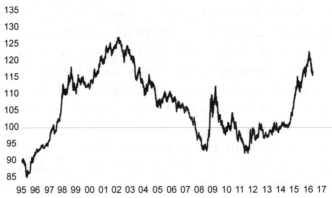

Fonte: JP Morgan
*2000 = 100

Quanto à taxa de juros, de fato, após a elevação ao longo de 2010 e primeira metade de 2011, a trajetória de queda da taxa SELIC foi retomada na segunda metade de 2011 e ao longo de 2012, trazendo esta taxa ao seu nível mais baixo em décadas no final de 2012 e início de 2013, o que, de fato acelerou a expansão do crédito e do consumo.

Como discutiremos mais tarde, infelizmente, o governo — e mais especificamente o Banco Central — descuidou-se da inflação ao longo do primeiro mandato da presidente Dilma, o que fez com que a taxa SELIC praticamente dobrasse de nível e acabou sendo um dos fatores responsáveis pela depressão econômica atualmente vivida pelo país.

Tsunamis, marolinhas e a nova ordem econômica global

Publicado em Clube L'Unico – dezembro de 2009

2009 não foi um ano fácil.

Para quem viu as vendas sumirem, a produção parar e o desemprego aumentar no último trimestre de 2008 e 1º trimestre de 2009, fica difícil concordar com nosso presidente que só recebemos uma marolinha da crise financeira global. Em 2009, o PIB brasileiro não cresceu nada e a indústria até se retraiu.

Por outro lado, se é verdade que os efeitos da crise chegaram, sim, ao Brasil, é ainda mais verdade que a crise está sendo muito mais aguda, prolongada e séria nos países ricos do que a breve crise que passou por aqui. Se Lula errou na marolinha, acertou no tsunami.

Passada a crise financeira, verifica-se que o mundo não é mais o mesmo. Nunca antes na história deste planeta, as economias dos países ricos — EUA, Japão, Inglaterra etc. — e não dos países emergentes, como o Brasil, foram as mais atingidas por uma crise econômica.

Na realidade, o mundo já não era o mesmo muito antes da crise, mas a maioria de nós precisou que a crise viesse para dar conta de que algo novo e único está se passando na economia mundial: o mais amplo e profundo processo de transformação econômico que a geração atualmente viva já presenciou.

Desde a virada do milênio, o centro de gravidade da economia mundial vem se deslocando dos Estados Unidos e Europa em direção à Ásia, mercados emergentes, e mais especificamente para a China e a Índia. A crise financeira global intensificou esse processo, mas não foi ela que deu início a ele.

Com a entrada da China para a Organização Mundial do Comércio (OMC) em 2001, a economia global vem se refigurando de uma forma que beneficia amplamente os países emergentes e tem impactos negativos sobre os países ricos.

Em primeiro lugar, uma crescente incorporação da China e da Índia à economia globalizada desde o início deste milênio, ampliou sensivelmente a oferta mundial de mão de obra barata, afinal de contas o que não falta nesses países é oferta de braços para trabalhar. Isso fez com que parcelas crescentes da produção global se deslocassem para lá, reduzindo o custo de produção global e, por consequência, a inflação mundial. Junto com a inflação, caíram, ao longo desta década, a taxa de juros e o custo do capital em todo o mundo, beneficiando países emergentes, que importam capital para investir, e punindo os países ricos, que, como o próprio termo "ricos" já diz, é onde está o capital, que passou a ser exportado mais barato.

Além disso, quando a liderança do crescimento mundial passou para duas economias extremamente populosas e pobres — China e Índia — e não mais países ricos, a demanda de produtos básicos — comida, metais, minerais, fontes de energia como petróleo e etanol — as chamadas *commodities*, explodiu. Isso beneficiou novamente países emergentes como o Brasil, grandes exportadores desses produtos e puniu mais uma vez os países ricos, que importam esses mesmos produtos.

Como consequência desse processo, desde 2001, todo santo ano, os países emergentes têm sido responsáveis por pelo menos 60% do crescimento do PIB mundial, cabendo aos países ricos fatias cada vez mais marginais do crescimento do mundo. Aliás, em 2009, enquanto o PIB dos países ricos contraiu-se em média 3,2%, o PIB dos países emergentes cresceu 2,0%, puxado por uma expansão de cerca de 8,5% na China.

Assim como em 2009, a diferença de crescimento do PIB entre os países emergentes e os ricos também foi superior a 5% em 2007 e 2008. Em 2010, essa diferença em prol dos emergentes vai se repetir e nos anos seguintes a história não deve ser diferente. Enquanto houver grandes parcelas da população chinesa e indiana deixando o campo — e, por consequência, produzindo menos alimentos — e indo para as cidades para trabalhar na indústria e setor de serviços, exigindo a construção de toda infraestrutura urbana e reduzindo o custo de produção e a inflação nos setores de indústria e serviços, a liderança emergente não deve ser abalada, o que deve levar ainda de duas a três décadas.

Em resumo, a década que se encerra foi, provavelmente, a primeira de algumas, na qual veremos cada vez mais os países emergentes tomarem a liderança da economia mundial. Ao longo deste período, esporadicamente, novas crises vão se materializar. Quando isso acontecer, estejam preparados para novas marolinhas por aqui e tsunamis por lá!

Reflexões

Lendo os jornais hoje, início de 2016, a impressão que temos é que esta tendência de desempenho melhor dos países emergentes do que dos países ricos teria sido revertida. Afinal, é difícil encontrar um noticiário que cubra a economia internacional que não diga que os países emergentes estão em crise e que a economia americana vai muito bem obrigado. A crise na China recebe muita atenção, em função da importância que este país adquiriu para a economia mundial e, em particular, para os demais países emergentes. O problema é que os parâmetros normalmente usados pela mídia para caracterizar o que é crise não são os mesmos para todos. As referências à maior economia emergente e à maior economia desenvolvida, a China e os Estados Unidos, têm sido completamente opostas. No caso da China, as manchetes sobre uma taxa de crescimento do PIB de 6,5% ou 7% ao ano têm vindo sempre acompanhadas da palavra crise. Nos EUA, crescimento de 2% ao ano vem elogiado como saudável e, às vezes, até acelerado.

Acredito que há um importante fator nesta análise. A diferença de tratamento pela mídia internacional vem primordialmente da percepção absolutamente correta que o potencial de crescimento de países desenvolvidos, onde a renda per capita é bastante elevada e que estão na fronteira tecnológica mundial, é muito menor do que de países emergentes que podem se aproveitar de tecnologias já disponíveis, na maioria das vezes criadas em outros países, e aumentar substancialmente seu nível de produtividade simplesmente adotando-as. Como, pelo menos ao longo do tempo, a renda per capita de um país ou de um trabalhador é determinada pelo seu nível de produtividade, o crescimento da produtividade mais acelerado nos países emergentes causa um crescimento mais acelerado da sua renda per capita. Além disso, na média, os países emergentes ainda têm taxas de crescimento populacional e da força de trabalho bastante superiores aos países ricos e — sem entrar em questões técnicas — o crescimento do PIB nada mais é do que o crescimento da renda per capita somado ao crescimento da população. Resumindo, é mais factível para os emergentes conseguirem índices de crescimento melhores do que os ricos.

No entanto, há um problema aqui. Se por um lado é verdade que devemos esperar taxas de crescimento mais aceleradas em países emergentes do que em países desenvolvidos, nem sempre isto aconteceu na prática. Aliás, isto era exceção e não regra até 2001, antes da China entrar na Organização Mundial do Comércio.

Mais importante, do ponto de vista do impacto na economia mundial, desconsiderando-se por ora as especificidades de cada país, é irrelevante esperar que países emergentes cresçam mais do que países ricos ou não. O que importa para o crescimento da economia global é quanto cresce cada país e o peso deste país na economia mundial. Mais especificamente, os pesos da China e dos Estados Unidos são hoje bastante parecidos porque o tamanho das duas economias é similar. Mais especificamente, considerando os dados ajustados pelo que o dinheiro é capaz de comprar em cada país, isto é, considerando-se a Paridade do Poder de Compra (PPC) no jargão dos economistas, a economia chinesa já é maior do que a americana desde 2014.

PPC é o conceito que importa para determinar o impacto do crescimento de diferentes países no consumo mundial, por exemplo. Por este conceito, no ano passado a China correspondia a 17,7% da economia global e os EUA a 15,8%. Considerando-se que a China "em crise" cresceu 6,9% e os EUA 2,4%, o impacto chinês no crescimento da economia global no ano passado foi mais de três vezes maior do que o americano.

Ainda mais importante, países que crescem mais rapidamente aumentam sua participação na economia mundial ao longo do tempo. Em 2001, os EUA representavam 20,5% de toda a economia do planeta e a China apenas 7,8%. Se voltarmos ainda mais no tempo, a desproporção é ainda maior. Em 1980, os EUA representavam 21,8% da economia mundial e a China somente 2,3%. Naquele momento, para ter o mesmo impacto no crescimento mundial que os EUA, a economia chinesa teria de crescer a uma taxa quase dez vezes maior do que a americana. Hoje, a China poderia impactar mais a economia mundial mesmo que crescesse até ligeiramente menos do que os EUA, enquanto na realidade, ela está crescendo a uma taxa quase três vezes maior. Por isso, mesmo com a economia chinesa crescendo menos hoje do que crescia há alguns anos e provavelmente crescendo menos ainda nos próximos anos, ao contrário do que a mídia normalmente sugere, seu impacto relativo no crescimento mundial não diminuiu. Muito ao contrário, ele até se expandiu.

É por isso que uma boa olhada nos dados da contribuição do crescimento dos países emergentes para o crescimento mundial, e não nas manchetes, vem bem a calhar. O que se nota é que de 2009 para cá, a vantagem dos países emergentes em relação aos países ricos em termos de participação no crescimento global não diminuiu. Pelo contrário, ela aumentou. Usando os mesmos dados do Fundo Monetário Internacional (FMI) que apontavam que de 2001 a 2009, os países emergentes foram responsáveis anualmente por pelo menos 60% do crescimento da economia mundial e os países ricos — apesar de representarem a maior parte da economia mundial — por 40% ou menos deste crescimento e atualizando-os para o período de 2001 a 2015, nota-se que, na média deste período, os países emergentes responderam por 72% de todo o crescimento mundial e os ricos por apenas 28%. O mais interessante é que a tendência não se alterou nos últimos anos, mesmo grandes países emergentes como Brasil e Rússia passando por recessões graves, sugerindo que as dificuldades desses países são específicas, pois a contribuição negativa que estes países tiveram para o crescimento mundial em função do encolhimento de suas economias foi integralmente compensada por uma maior contribuição positiva dos demais países. Além disso, considerando-se as projeções de crescimento do FMI para 2016 e os anos seguintes, o quadro também não deve se alterar neste ou nos próximos anos.

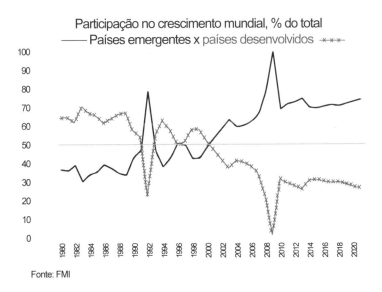

Fonte: FMI

Por que isto é importante? Porque, como veremos e explicaremos melhor adiante, começa a ficar claro que o argumento governista de que a crise brasileira recente foi consequência de uma crise internacional generalizada, que atingiu os mercados emergentes em geral, é tão falso como uma nota de três reais.

Isto é fundamental, pois se nossa crise foi consequência de erros nossos e não de fatores adversos ao nosso controle, está nas nossas mãos consertar o rumo da economia brasileira e voltar a ter um desempenho econômico similar ao da Era Lula, como a maioria dos países emergentes continuou a ter. Para que isto aconteça, necessitamos de clareza de estratégia, capacidade de implementação, perseverança e coragem de encarar problemas históricos que normalmente empurramos para debaixo do tapete. Nada disso é fácil, mas é possível e talvez seja até provável se a população brasileira transformar em hábito cobrar a classe política como tem cobrado nos últimos meses.

Boom de crédito e expansão imobiliária: você só viu o começo

Publicado em Clube L'Unico – dezembro de 2009

Durante nove anos morando em Nova York, vinha regularmente ao Brasil, mas normalmente só no eixo Rio-São Paulo.

Voltei a viver aqui em setembro de 2008 e, desde então, tenho viajado muito por todo o país. As mudanças que notei depois de muito tempo sem ir a muitos desses lugares são assustadoras. Atualmente, ficou quase impossível ir a qualquer canto de nosso imenso Brasil sem dar de cara com inúmeros canteiros de obras.

Trabalho há quase 20 anos no mercado financeiro no Brasil, Europa e EUA, e uma das diferenças gritantes que sempre notei nos bancos do Brasil em relação ao resto do mundo é a desproporcional concentração de engenheiros, em particular de engenheiros civis, entre seus funcionários. Também pudera, com pouquíssimo investimento em infraestrutura e menos ainda desenvolvimento imobiliário, o mercado de trabalho para os engenheiros que queriam efetivamente trabalhar como engenheiros, vinha se estreitando desde a década de 1980 e a escolha pelo mercado financeiro parecia fazer bastante sentido.

Não há mercado imobiliário que prospere sem oferta de crédito. O número de compradores potenciais para imóveis aumenta exponencialmente quando os compradores não são mais forçados a comprá-los à vista e passam a poder financiá-los. Quanto maior o número de prestações do financiamento, menor o valor individual de cada prestação, maior o número de potenciais compradores e, por consequência, maior a demanda por imóveis, seus preços e a quantidade de imóveis em construção.

No Brasil, faltava crédito imobiliário por falta de uma legislação coerente que desse melhores garantias para credores de hipotecas — um avanço importante da última década — mas, principalmente, porque a instabilidade macroeconômica não permitia que potenciais financiadores realizassem operações de financiamento de prazos mais longos por falta de previsibilidade do estado da economia em tais horizontes.

No fundo, tudo isso era consequência de inflação elevada e forte fragilidade cambial. A entrada da China para a Organização Mundial do Comércio (OMC) em 2001 e o impacto que isso teve sobre a demanda mundial e o preço de produtos em que o Brasil é o grande exportador, como soja, açúcar, ferro, aço, entre outros, reverteu esse quadro. Exportações e entradas de investimentos cada vez maiores no Brasil levaram o dólar a cair de quase R$ 4 no final de 2002 a R$ 1,55 em 2008, ajudando muito o Banco Central a manter a inflação no Brasil sob controle, mesmo reduzindo significativamente a taxa de juros. Não por acaso, as taxas de juros praticadas no Brasil são, atualmente, as mais baixas da história e a oferta de crédito, inclusive para o setor imobiliário, é a maior vista no país.

Do final de 2002 até hoje, o crédito no setor privado no Brasil mais do que dobrou em relação ao tamanho da nossa economia, passando de 22% para mais de 46%. No mesmo período, o crédito imobiliário triplicou em relação ao tamanho da economia brasileira, permitindo a proliferação de inúmeros projetos imobiliários.

No entanto, apesar do forte crescimento dos últimos anos, o crédito imobiliário no Brasil continua ínfimo, representando apenas cerca de 3% do PIB. Como padrão de comparação, esse mesmo indicador ainda em 2006, antes do início da retração do mercado imobiliário nos países ricos, já havia atingido 79% nos EUA, 83% no Reino Unido, 98% na Dinamarca e 132% na Suíça. O espaço para o crescimento do crédito imobiliário no Brasil é óbvio.

Por isso, se você ficou impressionado com a quantidade de empreendimentos imobiliários e acha que o preço dos imóveis andou subindo muito nos últimos anos, prepare-se para o que vem por aí.

Reflexões

Nos anos seguintes, as preocupações com o mercado imobiliário só cresceram e, como destacado em artigos mais à frente, mais e mais gente começou a falar em bolha imobiliária. Mais do que as preocupações, só subiram os preços. De acordo com o índice FIPE/ZAP, que mede os preços anunciados de imóveis, a alta média dos preços dos imóveis nas principais cidades do país de dezembro de 2009 a junho de 2011, próximo de quando publiquei meu artigo seguinte sobre o assunto, como veremos, foi de 41,4%.

É bom compreender que este índice, ao mediar preços anunciados e não os efetivamente praticados nas vendas de imóveis, é um termômetro impreciso. Em particular, mais recentemente, com a demanda por imóveis muito mais fraca, os descontos entre os preços anunciados e os efetivamente praticados cresceram — em alguns casos, cresceram muito. Naquele período, no entanto, isto não ocorria e a medição era bastante boa.

Além disso, é bom lembrar que, como destacado em outros artigos, o desempenho econômico das cidades médias do interior — impulsionadas pelo agronegócio — superou com folga o dos grandes centros urbanos, limitados por um desempenho mais modesto da indústria. Ainda que não haja dados agregados confirmando esta observação, o desempenho dos mercados imobiliários de algumas cidades do interior sugere que, se elas fossem incluídas no índice, constataríamos que o desempenho médio dos preços dos imóveis no país foi ainda melhor do que o sugerido pelo índice FIPE/ZAP.

2010

2010: ano de eleições = ano de crise?

Publicado em Clube L'Unico – janeiro de 2010

Desde a redemocratização do Brasil em meados da década de 1980, ano de eleição presidencial virou sinônimo de ano de crise.

A maldição eleitoral assombrou o Brasil em 1989, ano da eleição de Collor, em 1998 na reeleição de Fernando Henrique e em 2002 quando Lula foi eleito.

Como toda boa regra, a da maldição eleitoral também tem lá suas exceções: a eleição de Fernando Henrique em 1994 e a reeleição de Lula em 2006, anos em que as crises passaram longe do país, e o Brasil cresceu com vigor.

O que as eleições de 1990, 1998 e 2002 tiveram em comum? O medo da ruptura do modelo econômico vigente. Medo e estabilidade econômica não costumam andar de mãos dadas. Está aí a recente crise financeira global para mostrar...

Em 1989, os brasileiros tinham razões de sobra para estarem apreensivos: não bastasse a inflação chegando a 90% ao mês, Collor semeou habilmente o pavor de que Lula, então candidato favorito na corrida eleitoral, usurparia a poupança do povo — o que, ironicamente, acabou sendo feito pelo próprio Collor. De quebra, o alagoano era um ilustre desconhecido e ninguém sabia ao certo o que faria uma vez no governo.

Em 1998, em meio à crise russa, o medo de Lula ressurgiu, e capitais estrangeiros e nacionais correram para a porta de saída do país. Não foi daquela vez que Lula foi eleito, mas sim quatro anos mais tarde, em 2002, quando, mais uma vez, preocupações com uma mudança radical do modelo econômico causaram uma enorme fuga de capitais, uma nova megadesvalorização do Real e, consequentemente, a alta dos juros.

Por que as eleições presidenciais de 2010 devem se assemelhar às de 1994 e 2006, e não às demais? Em primeiro lugar, os fantasmas do Partido dos Trabalhadores (PT) e de Lula não assustam mais. Independentemente de gostar ou não do governo Lula, é impossível não reconhecer que o medo de que ele e o PT ateassem fogo ao circo, que foi o estopim das crises de 1990, 1998 e 2002 já não se justifica.

Além disso, mudaram os tais fundamentos econômicos brasileiros. Em português claro, o Brasil passou a ter uma economia sólida em função de políticas macroeconômicas austeras ao longo dos dois mandatos de FHC e dos dois mandatos de Lula, além de uma ajuda descomunal da conjuntura econômica externa entre 2003 e o ano passado. Essa solidez se vê em várias áreas, talvez a mais marcante seja que, de eterno endividado, o Brasil passou a ser credor externo líquido — isto é, temos mais ativos externos do que dívida externa. Até para o FMI, o Brasil está emprestando dinheiro. Não foi à toa que a crise financeira global do último ano foi muito mais branda por aqui do que em outras bandas.

Em resumo, com a economia sólida e crescendo de forma sustentada — o crescimento do PIB em 2010 deve ser o maior em mais de 20 anos — não há razões para mudanças radicais e a consequência é de que a eleição deve ficar polarizada entre os candidatos dos dois partidos que governaram o país nos últimos 16 anos, o PT e o PSDB. Apesar da incrível falta de carisma dos dois principais concorrentes à eleição presidencial, o governador tucano José Serra e a afilhada do filho do Brasil, a ministra Dilma da Silva, é bastante improvável que uma terceira via vingue e, por consequência, que haja grandes guinadas na condução da economia brasileira.

Pode dormir tranquilo. Pequenas chacoalhadas nos mercados financeiros até podem acontecer ao longo do ano, mas crise eleitoral em 2010 só se for na terra do Tio Sam.

Reflexões

De fato, o processo eleitoral de 2010 transcorreu sem maiores sobressaltos, evidenciando o fato de que não havia expectativas ou medos de grandes guinadas populistas por parte de nenhum dos dois principais candidatos a presidente.

Infelizmente, uma vez à frente do governo, cada vez foi ficando mais claro que as opções da já então presidente Dilma Rousseff eram outras e as consequências econômicas também.

Por um lado, o processo eleitoral tranquilo em 2010 mostra o avanço institucional que o Brasil viveu nos anos anteriores. Por outro, um quadro eleitoral bem mais conturbado em 2014 reflete o retrocesso dos anos seguintes. Tomara que cheguemos às eleições de 2018 com um quadro mais parecido com o de 2010 do que com o de 2014.

BRICs: tijolos de um novo mundo

Publicado em Clube L'Unico – março de 2010

Como se cunhou a sigla BRICs.

Em 2001, o banco americano Goldman Sachs — que ultimamente tem frequentado as manchetes de jornais por, supostamente, ter auxiliado o governo grego, em 2002, a esconder da Comissão Europeia US$ 1 bilhão em dívidas para poder juntar-se à zona do euro — cunhou a sigla BRICs. Ela se refere ao conjunto dos quatro maiores países emergentes — Brasil, Rússia, Índia e China — que, segundo estudo do Goldman Sachs, deverão representar em 2050 uma fatia maior da economia mundial do que os atuais países ricos.

A palavra *brics*, "tijolos" em inglês, alude ao fato de que esses países devem se tornar o sustentáculo da economia mundial ao longo das próximas décadas.

Eu já era do contra naquela época e, por várias razões, achava que uma melhor sigla para este grupo de países teria sido CRIBs. *Crib*, "berço" em inglês, enfatizaria que essas economias ainda estão em seus estágios iniciais de desenvolvimento e que seu gradual crescimento criará uma nova ordem econômica global, totalmente distinta desta com que nos acostumamos desde que nascemos.

Além disso, *to crib* significa plagiar, algo que os chineses são mestres, como é de amplo conhecimento de seus competidores nos mais diversos setores. Isto me leva ao último e mais importante ponto. Ao contrário de BRICs, que se inicia com o B de Brasil e termina com o C de China, CRIBs começa com o C de China — o motor propulsor deste processo após sua entrada na Organização Mundial do Comércio em 2001 — e finaliza com o B de Brasil, o último dos quatro países do bloco a verificar uma aceleração do crescimento econômico.

Isto ajudaria a deixar mais claras as diferenças dentro do bloco. China e Índia, as duas economias mais populosas do planeta, estão emergindo da pobreza, enquanto Brasil e Rússia, países de renda média e bem dotados de *commodities*, complementam as economias dos dois primeiros, suprindo-os de alimentos, metais, minerais e fontes de energia.

Essa distinção é fundamental para entendermos as próprias diferenças de ritmo de crescimento dentro do bloco, com a China sustentando taxas de crescimento do PIB de quase 10% ao ano em média nos últimos 30 anos, enquanto no Brasil, mesmo com a aceleração do crescimento nos últimos anos, não passamos da metade do ritmo de crescimento chinês.

A explicação está no estágio de desenvolvimento inferior que Índia e China ainda se encontram em relação a Brasil e Rússia. Metade da população chinesa e mais da metade da indiana ainda moram em zonas rurais. Algo não muito distinto acontecia no Brasil em meados do século passado. Hoje, menos de 10% da população brasileira ainda vive no campo.

Desta forma, a mera transferência gradual de parcelas crescentes da mão de obra chinesa e indiana da agricultura de subsistência para a indústria manufatureira e de serviços, onde a produtividade é bem maior, permite a estes países sustentar taxas de crescimento que no Brasil foram possíveis das décadas de 1950 a 1970, mas hoje dificilmente seriam.

Isto não significa que o Brasil ou a Rússia não estejam emergindo ou não continuarão a emergir, mas apenas que por estarem em estágios de desenvolvimento mais avançados, o ritmo de suas emergências daqui para a frente será menos intenso e mais dependente dos dois primeiros países e suas necessidades por recursos naturais. Para termos uma ideia da abundância de recursos naturais no caso russo, suas exportações apenas de petróleo ultrapassam US$ 200 bilhões por ano.

Enfim, BRICs ou CRIBs, pouco importa, o berço do novo mundo é feito de tijolos.

Reflexões

Efetivamente, desempenhos econômicos opostos nos últimos dois anos mostraram as enormes diferenças que eu salientava na época entre China e Índia, que cresceram em média 7% ao ano, liderando a economia mundial, e Brasil e Rússia, onde o PIB caiu em média 4% ao ano, as maiores contrações entre as maiores economias do planeta, sejam elas emergentes ou desenvolvidas. Putin e Dilma, tão diferentes, e ao mesmo tempo com tantos problemas em comum.

Talvez, tão importante quanto a diferença de desempenho recente e de potencial de crescimento ao longo das próximas décadas entre os dois primeiros e os dois últimos seja compreender que os dois primeiros — muito mais a China até agora, provavelmente mais a Índia no futuro — são ainda responsáveis por algumas das maiores transformações que estão acontecendo na economia mundial, enquanto os outros dois são meramente beneficiários dos impactos destas transformações.

De qualquer forma, continua sendo provável que o impacto agregado dos processos de urbanização e industrialização de China e Índia pelas próximas duas a três décadas gere um cenário externo predominantemente positivo para países exportadores de *commodities*, importadores de produtos manufaturados e importadores de capital, como o Brasil. É óbvio que, como sempre ocorreu, este cenário positivo será intercalado por recessões e crises financeiras globais cíclicas, onde o panorama torna-se por alguns trimestres bastante adverso para todas, ou praticamente todas, as economias do planeta.

Abre alas, que a classe média quer passar

Publicado em Clube L'Unico – março de 2010

Era uma vez um país tropical conhecido pelo samba, futebol e uma das piores distribuições de renda do mundo. De repente, as coisas começaram a mudar.

Pode ficar tranquilo, o futebol e o samba continuam coisa nossa. Onde parece que vamos perder o título é no último atributo.

Ainda que talvez seja difícil percebermos a olhos nus, a distribuição de renda brasileira vem melhorando estupidamente de 1994 para cá. O problema é que ela era tão ruim que, com tudo que melhorou, ainda está longe de ser a oitava maravilha do mundo.

No entanto, se continuar a melhorar no mesmo ritmo dos últimos 15 anos, antes de 2020 veremos algo inimaginável. A distribuição de renda no Brasil será melhor que nos Estados Unidos. Não, você não leu nada errado, nem eu estou ficando louco. Ok, talvez eu até esteja ficando louco, mas não pelo que acabei de afirmar.

Na última década, um milhão de empregos deixaram de existir nos EUA, enquanto a população aumentou em 30 milhões de pessoas e a distribuição de renda piorou bastante.

Enquanto isso, na terra da caipirinha, onde mais de 10 milhões de novos empregos foram gerados no mesmo período, os mais pobres foram os que mais ganharam e, muitas vezes, tiveram a chance de emergir da pobreza para a classe média, expandindo o mercado consumidor no país e melhorando sua distribuição de renda.

Apenas entre junho de 2003 e junho de 2009, em meros 6 anos, mais de 12% da população brasileira deixou as classes D e E — as duas mais baixas — e ingressou nas classes B e C. Estamos falando de mais de 20 milhões de pessoas.

Isto foi possível porque os mais pobres foram os maiores ganhadores da emergência brasileira dos últimos anos. A renda de toda a população brasileira cresceu, e não foi pouco, à medida que o país se beneficiou da fome chinesa pelas nossas matérias-primas e de baixas taxas de juros globais.

Para ser preciso, entre 2003 e 2008, a renda per capita do brasileiro aumentou, em média, 18%. No entanto, a renda cresceu muito mais entre os menos favorecidos. Nesse mesmo período, os 20% mais pobres do país viram sua renda per capita aumentar 40%.

Além disso, a própria distribuição geográfica da renda vem melhorando. Nas regiões Norte e Nordeste, o poder aquisitivo tem crescido mais que no resto do país, o que, por sua vez, reverteu o fluxo migratório que, nos últimos anos, foi em direção a essas regiões. Some um menor inchaço dos centros urbanos no Sul e Sudeste a um processo de envelhecimento da população brasileira e você não deveria ficar surpreso de saber que o número de homicídios por habitante na cidade de São Paulo no ano passado foi um quarto do que era 10 anos antes. Para ser mais preciso, ele foi mais baixo do que há 100 anos.

Por que essa revolução está acontecendo? Ela começou com a vitória contra a inflação na segunda metade dos anos 1990. Como mais da metade da população não tinha conta bancária, não tinha também como se proteger da inflação que corroía ferozmente seus já baixos salários. Com a queda da inflação, isto deixou de acontecer e a renda dos mais pobres começou a crescer.

Dois outros fatores também tiveram papel destacado. Todo santo ano, há 12 anos, o salário mínimo passa por reajustes superiores à inflação, mais uma vez favorecendo os mais pobres. O segundo foram os programas de redistribuição direta de renda, como Bolsa-Escola e Bolsa Família e programas de governo focados nos mais pobres, como o Minha Casa, Minha Vida, que complementaram o quadro.

A inflação deve continuar sob controle, o salário mínimo continuará crescendo acima dela, e os programas sociais provavelmente serão expandidos, independentemente de quem ganhar as próximas eleições presidenciais. Afinal, todo político gosta de ser popular.

Em resumo, é bastante provável que a melhora de distribuição de renda continue ao longo da próxima década. Bom demais para ser verdade? Pois acredite, ninguém segura a classe média!

Reflexões

Comecei errando feio no futebol, parece que já deixou de ser coisa nossa. Quanto ao samba, este permanece fiel às suas origens.

Como eu previa na época, a distribuição de renda — medida pelo Índice de Gini — continuou a piorar nos EUA e a melhorar no Brasil até 2014. Mantidas as tendências até então, a distribuição de renda brasileira iria tornar-se melhor do que a americana até antes do que projetava em 2020. Só que a tendência de melhora no Brasil foi revertida em 2015 em função da recessão.

Os principais fatores que contribuíram para a piora recente da distribuição de renda no Brasil foram a elevação da inflação — que tem impactos negativos maiores sobre o poder de compra dos mais pobres, que muitas vezes não têm contas bancárias para poder se proteger dos efeitos nocivos da inflação; o aumento do desemprego — que foi maior entre os menos qualificados e que têm renda menor; a precarização do emprego — muita gente que tinha carteira assinada, hoje não tem mais; os problemas das contas públicas — que limitaram o potencial de investimento do governo em programas sociais.

É provável que a distribuição de renda no Brasil piore de forma ainda mais aguda neste ano de 2016. Mesmo que ela volte a melhorar já em 2017, o que está longe de ser seguro, o ritmo de melhora não será, ao menos inicialmente, o mesmo de antes. Além disso, sairemos de um patamar bem menos favorável após as pioras de 2015 e 2016. Em resumo, mesmo acreditando que temos todas as condições de retomar a melhora da distribuição de renda no Brasil, e considerando tendências contrárias nos Estados Unidos, teremos de aguardar um pouco mais para alcançar um nível de distribuição de renda melhor do que o dos americanos, que aliás é o pior entre as principias economias desenvolvidas.

Da mesma forma, a expansão da classe média e de seu potencial de consumo também se sustentaram por vários anos após a publicação do artigo, mas foram revertidas nos dois últimos anos. Aliás, em função de seu endividamento e de a contração de crédito ter chegado antes da inflação e do desemprego — a classe média sentiu a crise antes dos mais pobres. Após quase 60 milhões de pessoas terem entrado nas classes A, B e C no Brasil de 2005 a 2012, de acordo com dados do IPSOS, apesar da falta de estatísticas completas mais recentes, já se sabe que, nos últimos anos, muitos deles regressaram às camadas de renda mais baixas.

Caipira, com muito orgulho

Publicado em Clube L'Unico – março de 2010

Chamar alguém de caipira já foi ofensa. Atualmente, é elogio.

Desde a virada do milênio e a crescente integração da China à economia global, o Brasil tem se tornado uma fonte cada vez mais importante de alimentos para os chineses. Como todos sabem, bocas a serem alimentadas não faltam por lá.

Por ter território extenso, clima favorável e oferta abundante de água potável, o Brasil tem uma vocação natural que muito o privilegia na produção de alimentos.

Não por acaso, o país é o maior exportador mundial de açúcar, café, carne bovina e avícola, suco de laranja e fumo. Aliás, as exportações brasileiras de suco de laranja correspondem a 84% das exportações mundiais de todo o setor. Além disso, estamos em segundo lugar nas exportações de soja, em terceiro nas de milho e algodão e em quarto nas de carne suína.

Também não por acaso, a empresa mais valiosa do mundo no setor de carnes e laticínios é brasileira, a JBS Friboi. Aliás, a segunda é a Brasil Foods, fruto da fusão da Perdigão com a Sadia.

Com os chineses cada vez mais ávidos por alimentos, ora importando-os diretamente do Brasil, ora colaborando para uma alta dos preços dos produtos que o Brasil exporta — mesmo comprando-os de outros países — o superávit comercial do agronegócio brasileiro passou de pouco mais de US$ 10 bilhões em 2000 para US$ 55 bilhões no ano passado, com as exportações do setor mais que triplicando no mesmo período. Neste ano, com a recuperação de preços e volumes transacionados de muitos produtos, deve crescer ainda mais.

O crescimento da riqueza no interior na última década foi muito maior que nos centros urbanos, e é provável que essa tendência não seja revertida tão cedo.

O Brasil é, disparado, o país com mais área potencialmente arável ainda não plantada, chegando a quase 350 milhões de hectares, segundo dados da Organização das Nações Unidas para Agricultura e Alimentação (FAO), três vezes mais que o segundo país com maior área disponível para a agricultura ainda não cultivada, o Congo.

Para se ter uma ideia de por que o Brasil deve se tornar, cada vez mais, o celeiro do mundo ao longo das próximas décadas, a área arável no país equivale a todo o território de trinta e três países europeus somados.

Quando alguém na rua lhe chamar de caipira, estufe o peito, sorria e agradeça.

Reflexões

Efetivamente, o agronegócio continuou sustentando a economia brasileira e possibilitando um crescimento do interior do país mais acelerado — alavancado pela renda do próprio agronegócio — do que das grandes regiões metropolitanas e capitais dos Estados, mais dependentes do desempenho da indústria.

De 2010 para cá, ganhamos em produtividade e participação de mercado na maioria das *commodities* agrícolas. No caso do complexo da soja, ultrapassamos os Estados Unidos e nos tornamos os maiores exportadores mundiais.

De acordo com dados do Ministério da Agricultura, Pecuária e Abastecimento, as exportações do agronegócio brasileiro quase quintuplicaram entre 2000 — um ano antes da entrada da China na Organização Mundial do Comércio — e 2013, passando de US$ 20,6 bilhões para US$ 100 bilhões, impulsionando o superávit do setor a US$ 82,9 bilhões naquele ano. Desde então, a queda dos preços internacionais das *commodities* agrícolas causou uma redução das exportações e do superávit, mas a julgar pela recuperação do preço das *commodities* no começo deste ano de 2016 e seu impacto no resultado da balança comercial do agronegócio no primeiro trimestre deste ano, novos recordes de exportação e superávit podem ser atingidos ainda neste ano ou, mais tardar, em 2017. Vale lembrar que a safra brasileira continua batendo recordes, com um crescimento da produção de cereais, leguminosas e oleaginosas de 7,7% em 2015, segundo o IBGE, atingindo expressivos 209,5 milhões de toneladas.

O desempenho do agronegócio — e o mau desempenho da indústria — fez com que as cidades do interior continuassem a crescer mais do que as capitais, o que causou uma reversão no fluxo migratório tradicional, com as cidades de tamanho médio do interior crescendo a ritmo acelerado, enquanto algumas das maiores cidades do país encolheram.

Por um lado, este fenômeno tende a colaborar para que problemas graves ligados à superpopulação de algumas cidades — como violência e transporte — diminuam ou ao menos não se agravem tão rapidamente, como no caso de algumas grandes cidades das regiões Sul e Sudeste. Por outro, uma migração de população e consumo para o interior torna ainda mais grave e latente nosso problema de infraestrutura logística, à medida que a distribuição de produtos e a prestação de serviços é mais difícil quando os consumidores estão menos concentrados geograficamente — como acontece no interior — além de, em geral, a infraestrutura de logística no interior ser menos desenvolvida do que nas maiores cidades.

Sem medo de ser feliz

Revista IstoÉ – abril de 2010

Por que poucos brasileiros conseguem acreditar que a economia do Brasil é hoje uma das mais sólidas do mundo?

Era uma vez um menino franzino que, desde o jardim da infância, se acostumou a ser o saco de pancadas na escola. Era só o clima esquentar e os grandalhões partiam para cima dele. Assim, ele acabou se acostumando ao seu destino.

De repente, sem que ninguém soubesse como, nem por quê, houve uma longa temporada de calmaria na escola. Nada de brigas, só festa. Como tudo que é bom um dia termina, a calmaria passou e os ânimos começaram a ferver novamente. O menino já foi se encolhendo, pronto para a tradicional surra. Sentia a dor antes mesmo que o tocassem.

Desta vez, para sua imensa surpresa, ninguém quis se meter com ele. Os grandalhões até olharam para ele, mas preferiram bulir com outros grandões a se meter com ele. Nosso menino adorou, mas não entendeu o que acontecia e continua até hoje com medo que na próxima briga vá sobrar para ele, como no passado.

Ele não percebeu que, durante o período de tranquilidade, sua madrasta o havia alimentado de forma especialmente nutritiva, o que, somado aos exercícios que ele vinha fazendo há tempos, o deixara forte e musculoso. Enquanto isso, os grandalhões, depois de muito tempo desfrutando do poder que tinham na escola, ficaram acomodados, preguiçosos, engordaram e perderam agilidade. Este menino se chama Brasil. Sua madrasta tem nome, China. Sua alimentação foram as exportações; os exercícios, a estabilização da economia e ajustes fiscais posteriores ao Plano Real. Os grandalhões são os países ricos e, como você já deve imaginar, as brigas nesta escola chamada mundo são as crises econômicas.

Com superávit comercial, reservas internacionais superiores a US$ 200 bilhões, um dos menores déficits fiscais do planeta e sem bolha imobiliária, excesso de consumo ou fragilidades latentes em seu setor financeiro, o Brasil tem hoje uma das economias mais sólidas do mundo. O interessante é que poucos brasileiros conseguem acreditar nisso.

Duas décadas e meia de péssimo desempenho econômico entre o final dos anos 1970 e 2003, quando o crescimento médio da economia brasileira não passou de ínfimos 2,3% ao ano, transformaram o país do futuro no país da descrença. A geração perdida — afinal, 25 anos correspondem a toda uma geração, não apenas a uma década, como costumamos nos referir à década de 1980 — deixou de ter a capacidade de acreditar que o país possa dar certo.

Sem perceber que a entrada da China na Organização Mundial do Comércio em 2001 alterou completamente a ordem econômica mundial a nosso favor — elevando a demanda e o preço das *commodities* que produzimos e exportamos e reduzindo a inflação e as taxas de juros mundiais, oferecendo-nos capital barato para financiarmos nosso crescimento — não acreditamos que um país onde ainda reinam corrupção, má educação e infraestrutura sofrível possa dar certo. Esta descrença molda a economia brasileira e o perigo é se tornar uma profecia autorrealizável. Decisões econômicas de empresários e do governo têm sido pautadas pelo Brasil que não dá certo.

Exemplo: toda a regulamentação cambial foi feita para evitar a fuga de dólares do país em meio a crises, porém a situação que vivemos nos últimos anos é oposta: abundância — segundo alguns, excesso — de divisas estrangeiras, e não falta delas. Sorte não é destino. Claro que é preciso fazermos a nossa parte. Para começar, devemos perder o medo de sermos felizes.

Reflexões

De fato, sorte não é destino. Tínhamos de ter feito a nossa parte para continuar a aproveitar os bons ventos. Não só não fizemos, como — aos poucos — desamarramos as velas. Quando o governo finalmente acordou, após as eleições de 2015, o barco já estava à deriva.

Se já era difícil acreditar quão mais sólida a economia brasileira era naquele momento em relação ao passado, o que se evidenciou na recuperação rápida e forte da economia após a crise financeira global, atingindo a maior taxa de crescimento do PIB em 25 anos em 2010, mais difícil ainda é acreditar o quanto ela se fragilizou nos anos que se seguiram.

De 2010 a 2014, fomos de crescimento recorde, inflação sob controle, superávit comercial recorde e situação tranquila das contas públicas à inflação em alta e artificialmente represada, déficit comercial recorde e contas públicas debilitadas. Para piorar, a crise política tomou conta do país desde então, o ambiente perfeito para uma crise de confiança, grande desvalorização cambial, alta da inflação e dos juros, contração econômica recorde e, por consequência, na ausência de uma forte redução dos gastos públicos, déficit público também recorde.

Como veremos mais tarde, se a velocidade da deterioração que vivemos no Brasil surpreende, do ponto de vista estritamente econômico, reverter esta situação é muito mais possível do que temem os mais pessimistas. A questão fundamental será criar as condições políticas para que os ajustes econômicos necessários, incluindo alguns bastante impopulares, sejam implementados.

O ex-ministro da Fazenda, Joaquim Levy, foi fritado pelo Congresso tentando passar medidas nesta direção. Seu sucessor, ministro Nelson Barbosa, tentou voltar às políticas populistas do primeiro mandato da presidente Dilma, mas nem assim tem tido grande sucesso na relação com o Congresso. O ainda vice-presidente Temer deve estar perdendo o sono não apenas para encontrar alguém que tenha um diagnóstico correto dos desafios econômicos brasileiros e soluções para eles, e que possa resolver este problema, mas também e, principalmente, em como criar condições para que esta agenda avance no Congresso. A julgar pelas notícias que têm saído na imprensa sobre os economistas com quem tem se encontrado, ele está no caminho certo.

A formiga e a cigarra trocam de papéis

Revista IstoÉ – abril de 2010

Na ciranda econômica global, China e EUA inverterão seus papéis e quem sairá ganhando com isso é o Brasil

Imagine um mundo onde os produtos são feitos nos Estados Unidos e consumidos na China. Impossível? Pois saiba que você vai viver neste mundo nos próximos anos.

A China tornou-se o grande centro de produção global ao longo dos últimos 30 anos. Neste período, as exportações chinesas passaram de meros 5% a 37% do seu PIB. Ao comprar um brinquedo, roupa, telefone ou qualquer outro bem de consumo, todos nos acostumamos com a etiqueta Made in China.

Boa parte dos produtos chineses terminava nos Estados Unidos, onde o consumismo, movido a crédito farto, parecia não ter fim. Aliás, não tinha mesmo. Na terra do Tio Sam, quando o limite do cartão de crédito acabava, era só pedir um cartão novo e rolar a dívida do primeiro. Quando a carteira já não cabia mais no bolso de tantos cartões, havia sempre a alternativa de refinanciar a hipoteca da casa e liberar mais uma dinheirama para financiar a gastança. Com isso, o hábito de poupar foi abolido no país. A família americana média gastava mais do que ganhava, todo santo mês.

Enquanto as cigarras americanas gastavam, as formigas chinesas poupavam. Desde 1962, o consumo em proporção do PIB despencou na China, passando de 72% para 36%.

O inverno chegou. É hora de as cigarras trabalharem e as formigas cantarem. A crise financeira minou a capacidade de consumo de americanos, europeus e japoneses. Os consumidores americanos viram mais de US$ 1 trilhão em crédito sumir. Nunca antes na história daquele país.

Junto com o crédito, foram-se os empregos. Oito milhões e meio de americanos ficaram sem emprego desde o início da Grande Recessão — como a crise foi apelidada por lá. Sete milhões deles estão desempregados há mais de seis meses, quase o dobro do recorde anterior.

Sem crédito nem emprego, e endividados até o pescoço, os americanos foram forçados a apertar os cintos e voltar a poupar. Após a crise, a poupança das famílias americanas tem oscilado entre 4% e 6% da renda. Este nível é apenas metade da média registrada no pós-guerra, sugerindo que os americanos terão de se tornar ainda mais frugais, obrigando os chineses a redirecionar suas vendas a outros mercados. Só há duas opções: mercados emergentes — preparem-se para uma invasão de produtos chineses por aqui — e os próprios consumidores chineses.

Por outro lado, sem a gastança dos americanos, as empresas sediadas nos Estados Unidos terão de vender seus produtos em outras bandas. A opção natural será por mercados emergentes, onde o crédito, a renda e a demanda estão em franca expansão. Para que os Made in USA se tornem mais competitivos, o dólar terá de cair nos próximos anos, provavelmente muito. As oportunidades e riscos que esta gradual inversão de papéis entre Estados Unidos e China trarão para a economia brasileira são enormes.

Devido às gigantescas diferenças de nível de renda, chineses e americanos consomem produtos diferentes. Com o crescimento do consumo chinês, o agronegócio brasileiro — cujo superávit comercial passou de US$ 10 bilhões para US$ 60 bilhões entre 2000 e 2008 — será ainda mais importante. A China já é, há anos, o maior consumidor mundial de metais e minérios. Este ano, vai se tornar o maior de energia.

Enquanto isso, a concorrência para as empresas brasileiras em produtos e serviços sofisticados — nos quais os americanos são competitivos — ficará ainda mais acirrada.

Prepare-se para este admirável mundo novo. Caso contrário, quem pode acabar passando frio no inverno de La Fontaine é você.

Reflexões

Efetivamente, as transformações ali diagnosticadas, com a **economia americana** — e também europeia e japonesa — produzindo e exportando mais após a crise global de 2008/2009 e, por outro lado, a China consumindo mais e se tornando um mercado consumidor mais importante, só ganharam ímpeto desde então.

Recentemente, a lucratividade das empresas americanas atingiu nível recorde, segundo dados da Standard & Poor's, e um dos propulsores foram exportações também recordes como proporção das vendas totais das mesmas empresas. Por outro lado, o mercado chinês já é hoje um dos maiores ou até o maior mercado consumidor da maior parte dos maiores bens de consumo, às vezes até ultrapassando o mercado americano, o que tem levado a um reposicionamento estratégico de empresas em todo o mundo. A grande atração do último lançamento da Apple, por exemplo, não foi um celular mais rápido ou inovador, mas um celular mais barato, voltado aos consumidores dos mercados emergentes e, em particular, aos chineses.

Como já comentado, de fato o agronegócio e seu papel na economia brasileira só cresceram em importância desde então. Aliás, foi o enorme superávit comercial do agronegócio ao longo deste período que permitiu que a economia brasileira não passasse por uma crise de balanço de pagamentos — ou no jargão popular, não quebrasse — neste período.

Infelizmente, o alerta que fiz na época quanto à concorrência crescente com produtos mais sofisticados foi solenemente ignorado e, como veremos mais adiante, um conjunto de políticas econômicas exclusivamente voltadas a estimular o consumo, sem nenhuma contrapartida de estímulo à produção, causou um encarecimento da produção no país — aumentos de custos de mão de obra, aluguéis e matérias-primas não compensados por aumento equivalente de produtividade — que acabou contribuindo mais adiante para um processo de desindustrialização e alta da inflação. Milhões que perderam o emprego em 2015 e 2016 foram vítimas deste processo desastroso, anunciado por mim e por tantos outros.

A conta é toda sua

Revista IstoÉ – maio de 2010

Cada vez que um político criar um pacote de bondades saiba quanto ele vai custar para você.

Ano eleitoral é ano de os políticos saírem distribuindo pacotes de bondades com seu dinheiro. A lógica para quem quer se eleger é simples. Escolha um grupo qualquer — pode ser funcionários públicos, aposentados, professores, médicos, doentes cardíacos, plantadores de amendoim do Estado do Amapá com mais de 93 anos e meio ou qualquer outro. Agora, crie ou modifique uma legislação para que este grupo receba um benefício novo ou maior. Os diretamente beneficiados lutarão pela aprovação da medida e apoiarão quem a propôs. Enquanto isso, o grupo que pagará a conta — toda a sociedade — é difuso demais para se organizar contra o aumento de despesas e punir o político gastão. Assim, gastos públicos e impostos não param de aumentar.

Muitas vezes, os aumentos de despesas são aprovados sem estimativas de custos. Mesmo quando elas existem, nunca nos contam como os gastos serão financiados. Só há três alternativas: corte de outro serviço público, emissão de dívida pública ou aumento de impostos. Cortes de gastos são raros. Emitir dívida pública é uma solução que parece indolor: posterga a conta, enquanto os benefícios políticos da gastança são imediatos. Quando os aumentos de impostos chegam, ninguém consegue relacioná-los aos gastos. Mais cedo ou mais tarde, o crescimento do endividamento será financiado através de elevação de tributos, aceleração da inflação ou calote da dívida. No final das contas, as duas últimas são apenas formas disfarçadas de — surpresa — aumento de impostos.

Para calcular o custo per capita de cada gasto público, é só dividir seu custo total por 190 milhões de brasileiros. E para estimar, aproximadamente, a parte da conta que cabe à sua família, basta saber quantas vezes sua renda familiar é maior ou menor que a renda per capita brasileira que, atualmente, é de R$ 1.370 por mês.

Um exemplo. O Congresso aprovou, recentemente, um aumento de 7,7% para as aposentadorias e eliminou o fator previdenciário, que reduz os benefícios de quem se aposenta muito jovem. O custo anual da medida é de R$ 5,6 bilhões ou cerca de R$ 30 por brasileiro. Um casal com renda total de R$ 5.500 por mês — cerca de quatro vezes a renda per capita brasileira — acabará pagando R$ 30 x 4, ou seja, R$ 120 a mais de imposto anualmente para financiar o aumento das aposentadorias.

Cada vez que um político criar algum pacote de "bondades", saiba o quanto ele vai lhe custar e decida se este é um bom uso do seu dinheiro. Se for, ótimo — e há vários gastos públicos que considero justificados e pago feliz. Se não, mande um e-mail para todos os congressistas do seu Estado defendendo o que acredita. Você já trabalha quatro meses e meio por ano só para pagar impostos e tem todo o direito de não querer pagar ainda mais. Caso seus congressistas se posicionem contra seus interesses, guarde os nomes de quem não trabalhou por você e nunca mais os eleja.

Por fim, uma sugestão para quem quiser o meu voto. Impeça seus colegas de fazerem benfeitorias com o meu dinheiro como se ele nascesse em árvores. Aprove uma lei exigindo que qualquer nova legislação que implique em aumento de gastos só possa ser votada com fonte específica de receita para financiá-la. Garanto que não será só o meu voto que você ganhará.

Reflexões

Desde então, os gastos públicos só se **expandiram e, por consequência, a carga tributária e os impostos também.** Em 2015, se somarmos a uma carga tributária de 36% do PIB, 9% do PIB de déficit nominal, concluímos que 45% de tudo que é produzido no país acaba passando pelas mãos do governo. De posse desta informação, é mais difícil ficar surpreso com os níveis de corrupção que têm se tornado de conhecimento público recentemente. Quanto mais dinheiro passar pelas mãos do governo, mais corrupção haverá, pois há mais dinheiro disponível para a corrupção. Tristemente simples assim.

Além disso, quanto mais dinheiro passar pelas mãos do governo, mais manipulação política acontecerá, porque maior será o arsenal na mão dos políticos para manipular as classes produtivas e a opinião pública.

Por isso, uma das condições *sine qua non* — em lembrança ao quase- -presidente Michel Temer, que gosta de latim — para recuperar a economia brasileira e permitir não só que ela volte a crescer, mas cresça em ritmo mais acelerado ao longo dos próximos anos, é reduzir o peso do setor público sobre toda a sociedade brasileira, através dos impostos. No entanto, isto só será possível sem levar o governo — e por consequência o país — à falência se o governo reduzir de forma ainda mais agressiva seus gastos.

Aí é que entra a necessidade de uma mudança de mentalidade de todos os brasileiros. Estamos acostumados a uma relação paternalista com o Estado, como se o Estado e não o setor produtivo fosse o provedor de nosso sustento. Assim, é fácil encontrar defensores da óbvia tese que um Estado mais enxuto é melhor para o país. O problema é que todos querem enxugar o Estado desde que os programas de governo que lhes beneficiam não sejam tocados.

Agimos como um obeso que sabe que precisa fechar a boca se quiser perder peso, melhorar de qualidade de vida, viver mais e melhor, mas que cada vez que vê um churrasco, uma cerveja ou um chocolate, não resiste às tentações e resolve deixar as boas intenções de lado. Tudo que vai conseguir é ficar cada vez mais obeso e, com o tempo, tornar-se diabético e hipertenso.

A bola e a grana

Revista IstoÉ – junho de 2010

A Copa do Mundo sugere que a decadência econômica europeia já pode estar se refletindo dentro de campo.

A economia é uma senhora perversa. Sem pedir licença, se mete na vida das pessoas e sociedades, vira tudo de cabeça para baixo e depois nos convida a rir ou chorar. Presidentes são transformados em heróis ou vilões. Potências militares viram pedintes endividados.

Nem mesmo os esportes estão livres de suas estripulias. Por conta da crise econômica no Velho Continente, as receitas não conseguiram acompanhar os aumentos de gastos em nenhuma das cinco principais ligas europeias — a Premier League inglesa, La Liga espanhola, a Serie 1 italiana, a Bundesliga alemã e a Ligue 1 francesa —, deixando vários dos times mais badalados do planeta no vermelho na última temporada.

O problema é tão sério que a Uefa impôs regras para limitar salários e custos de transferência de jogadores a partir da temporada 2013-2014. Uma provável consequência será a redução da atração de craques para clubes de lá.

Nesta Copa, Dunga poderia escalar sua equipe — como ele mesmo gosta de enfatizar — apenas com seus oito convocados que jogam na Itália e os quatro que atuam na Espanha. Na equipe de nosso mal-humorado treinador há apenas três jogadores de clubes brasileiros — os 20 restantes jogam na Europa. Aposto que não haverá tantos "estrangeiros" na nossa equipe em 2014.

Até aí, não há surpresas. O surpreendente é que a decadência econômica europeia talvez já esteja se refletindo dentro do campo. Pode ser mera coincidência — e tudo se altere antes da Copa terminar — mas, ao final da segunda rodada, quando esta coluna foi escrita, nenhum dos cinco países citados acima liderava seu grupo. Aliás, nenhum europeu liderava um grupo em que houvesse um sul-americano.

Enquanto os europeus tropeçavam, os cinco representantes da América do Sul — onde a economia vai muito bem, obrigado — lideravam seus grupos. Até mesmo um país africano que até 2002 nunca havia participado de uma Copa, Gana, estava à frente da tricampeã Alemanha. Falando em tricampeões, quem imaginaria o Paraguai à frente da Itália? O Chile superando a badalada Espanha? O Uruguai liderando seu grupo e a França virtualmente eliminada depois de duas partidas?

Enquanto os sul-americanos estão fazendo a festa, os africanos, à exceção de Gana, têm decepcionado. Faço aqui uma profecia. Apesar dos tropeços na Copa em seu continente, arrisco dizer que os africanos, e até mesmo os asiáticos — que se tornaram o motor da economia mundial ao longo dos últimos dez anos — vão fazer bonito na Copa no Brasil. Até aqui, a falta de tradição no esporte falou mais forte do que a emergência econômica, mas a qualquer hora a balança vai pender para o outro lado.

Não se surpreenda se a China enviar à Copa no Brasil mais do que as insuportáveis vuvuzelas e os torcedores da Coreia do Norte. Neste ano, a Yingli Solar, uma das líderes globais em produção de energia solar, estreou como a primeira empresa chinesa a patrocinar uma Copa do Mundo. Já em 2010, a China está superando os Estados Unidos, tornando-se o país a realizar mais investimentos diretos no Brasil.

É possível que empresas chinesas dominem a lista dos patrocinadores da Copa.

Reflexões

Na Copa de 2014, a Yingli Solar continuou a ser a única empresa chinesa entre os patrocinadores. Por outro lado, a pujança asiática e seu feito até no futebol fica evidente quando se nota que metade das empresas parceiras da FIFA – Emirates, Sony e Hyundai/Kia vem de lá.

Quanto aos resultados dentro dos campos, eu não poderia estar mais enganado. Não só um país europeu, a Alemanha, levou a Copa do Mundo — sem nem falar no massacre do 7 x 1 na semifinal contra nós — mas nenhum país asiático ou africano chegou sequer às quartas-de-final. Está provado que de bola não entendo nada.

No campo dos negócios futebolísticos, por outro lado, o quadro foi diferente. É verdade que os grandes clubes europeus estão mais pujantes do que nunca e atraindo os principais talentos talvez como nunca antes na história do futebol. Por outro lado — com a clara exceção da Inglaterra e em menor grau de alguns outros países — o que se viu na maior parte dos europeus foi a formação de poucos, às vezes um único supertime nacional, que está nadando em dinheiro e atraindo craques como um ímã — enquanto um número muito maior de clubes, alguns até bastante tradicionais, passam por dificuldades importantes.

Mais relevante, recentemente a China passou a pagar alguns dos maiores salários do planeta e atrair craques de todo o mundo — incluindo os brasileiros, como bem sabem os torcedores corintianos. É cedo para saber no que isso vai dar, mas parece ser só o começo de uma mudança significativa.

Mesmo no Brasil, antes da crise econômica atingir as recentes proporções, erodindo as receitas e a capacidade financeira dos clubes, notaram-se duas mudanças importantes. Talvez pela primeira vez na história, nos últimos anos, os clubes brasileiros trouxeram mais jogadores do exterior do que venderam jogadores ao exterior, mesmo que o nível e preço dos jogadores não fossem equivalentes. Além de muitos brasileiros voltando para jogar no país, um movimento muito raro até pouco tempo atrás, houve uma atração em números nunca antes vistos de estrangeiros para jogar nos principais clubes brasileiros. Só entre 2013 e 2015, o número de jogadores estrangeiros disputando o Brasileirão triplicou. Em 2014, só o Palmeiras chegou a ter 11 jogadores estrangeiros no elenco.

O aspecto negativo foi a descoberta concreta das negociatas e corrupção desenfreada também no campo do futebol. Como já se desconfiava há um bom tempo, a FIFA revelou-se uma quadrilha bem organizada. Subornos na escolha dos países para sediar as Copas, propinas nos patrocínios, gangsterismo na venda e distribuição dos ingressos foram alguns dos escândalos, entre outros. Foi preciso a intervenção da Justiça dos Estados Unidos para caçar, processar, e até prender, famosos craques da bandidagem do futebol, jogadores como Joseph Blatter, José Maria Marin, Ricardo Teixeira, J. Hawilla, e até um craque de verdade, o magistral meia Michel Platini. O Brasil, além dos bandidos com seu passaporte, teve também corrupção envolvendo a Copa, com inúmeros estádios repletos de falcatruas em sua construção. Além de elefantes brancos, elefantes cheios de corrupção. Não por acaso, várias das construtoras e empreiteiras envolvidas na operação Lava Jato, que investiga a corrupção em obras da Petrobras, são as mesmas dos estádios da Copa. Pura coincidência, não é mesmo?

Robin Hood às avessas

Revista IstoÉ – julho de 2010

Os impostos de todos os brasileiros podem aumentar para pagar mais a um grupo de marajás aposentados.

Imagine que Robin Hood tivesse um ataque de loucura e resolvesse fazer tudo ao contrário: roubar dos pobres para dar aos ricos. Liberte sua imaginação. Robin rouba de todos e distribui para pouquíssimos. Que tal se ele roubasse de 200 e desse tudo para um único indivíduo? Não sobraria nem picadinho de Robin Hood, certo?

Errado, principalmente se ele morasse no Brasil. Por aqui, Robin Hood às avessas não só está vivinho da silva, mas vai muito bem, obrigado. Responde pelo nome de Governo, sobrenome Previdência Social do Setor Público.

No ano passado, o déficit da previdência pública — a diferença entre o que os servidores públicos contribuíram e o que os aposentados do setor receberam em benefícios — atingiu R$ 47 bilhões, um déficit de R$ 50.146,00 por beneficiário. Representa 31 vezes mais do que nossos impostos tiveram de bancar por aposentado do setor privado.

Enquanto o valor máximo de aposentadoria no INSS — Regime Geral da Previdência Social que regulamenta as aposentadorias dos pobres mortais do setor privado — é de R$ 3,4 mil, as aposentadorias e pensões no Judiciário e Legislativo superam R$ 13 mil por mês em média.

Se resolvêssemos pagar aos 27 milhões de aposentados as mesmas aposentadorias e pensões pagas aos nossos marajás do Legislativo e Judiciário, os impostos no Brasil aumentariam cerca de R$ 4 trilhões por ano para cobrir o buraco.

Todo o PIB brasileiro não seria suficiente para pagar tal gastança. Nem que transformássemos tudo o que é produzido no Brasil em impostos — não sobrando um mísero centavo — teríamos dinheiro suficiente para estender os atuais benefícios do setor público aos demais aposentados do país.

Ainda assim, nosso Robin Hood tupiniquim não se deu por satisfeito e resolveu que seus 937.260 amigos do rei ainda não são suficientemente bem tratados.

Há no Congresso uma Proposta de Emenda à Constituição, já aprovada na Comissão Especial da Câmara dos Deputados, que elimina a contribuição de 11% sobre as aposentadorias e pensões de inativos do setor público. Se aprovada, os impostos de todos os brasileiros aumentarão para que um grupo de 0,5% de privilegiados ganhe ainda mais.

Pensando bem, estou sendo duro demais com nossos bravos ex-servidores. Só porque os benefícios deles são mais de dez vezes maiores do que dos demais aposentados não é razão para que eles paguem esta contribuição de 11% sobre seus benefícios. Isto é puro preconceito!

Tenho uma proposta mais justa e equânime. Para que eles não sejam prejudicados, tenhamos um regime único de previdência para todos, independentemente de trabalharem no setor público ou na iniciativa privada.

A melhor solução seria estendermos a todos os aposentados as regras atuais do setor público, tanto com relação aos benefícios quanto à contribuição de 11% sobre eles. Para isto, bastaria que todo brasileiro trabalhasse três horas a mais por dia — para que nosso PIB crescesse o suficiente para ficar do tamanho da conta — e transferisse tudo o que ganhasse ao governo, sob a forma de impostos.

Outra saída, talvez mais simples, seria abolir a previdência pública e estender a todos as atuais regras e valores de aposentadoria do setor privado. Desta forma, o Robin Hood brasileiro não precisaria roubar dos pobres para dar aos ricos. Nem vice-versa.

Reflexões

Nos últimos anos, a situação da Previdência só piorou. No caso da Previdência dos trabalhadores da iniciativa privada, no ano passado ele atingiu R$ 90,3 bilhões para 32,7 milhões de beneficiários. Portanto, o governo e cada um de nós através de nossos impostos — tivemos de complementar a aposentadoria de cada aposentado do INSS em R$ 2.761,00.

Duas razões explicaram o aumento do déficit. Aumentos anuais do salário mínimo, que corrige a maior parte dos benefícios, acima da inflação e mais recentemente, um forte aumento do desemprego e da informalidade no emprego, que reduzem a arrecadação da Previdência. Com um forte aumento do desemprego ao longo deste ano, o governo já projeta um grande aumento do déficit para 2016 e 2017 para, respectivamente, R$133 bilhões e R$168 bilhões.

Estes números são graves, mas menos do que parecem a princípio considerando-se que uma recuperação do emprego e das receitas do INSS poderia e deveria reduzi-los no ano seguinte. Além disso, os números do INSS abrangem tanto a previdência dos trabalhadores urbanos quanto rurais. Apesar de tecnicamente fazer parte da Previdência, a Previdência Rural é, na prática, um programa social de transferência de renda para trabalhadores rurais pobres, muitos dos quais nunca contribuíram. Excluindo-se os efeitos transitórios da atual recessão nas receitas do INSS e o déficit da Previdência Rural, o déficit dos trabalhadores urbanos do INSS é apenas uma pequena fração dos números que vemos. Considerando-se que a população brasileira está envelhecendo e que, por um lado, teremos cada vez mais beneficiários vivendo e recebendo benefícios por cada vez mais tempo, e, por outro, proporcionalmente cada vez menos gente trabalhando e contribuindo para arcar com estas aposentadorias, ajustes elevando a idade de aposentadoria, reduzindo o valor dos benefícios e/ou aumentando as contribuições são inevitáveis, mas eles não têm de ser draconianos. Considerando-se a Lei de Diretrizes Orçamentárias recentemente enviada ao Congresso, a estimativa é que sem novos ajustes, em valores atuais, somando-se o déficit acumulado pelo INSS até 2060, atingiria R$ 8,95% trilhões, ou 11,1% do PIB.

Já o ajuste na Previdência do Setor Público federal tem de ser draconiano e meio. Em 2015, seu déficit chegou a R$ 93 bilhões, beneficiando apenas 980 mil aposentados e pensionistas. Portanto, o governo e todos nós brasileiros que temos de pagar impostos mais altos para sustentar o governo e os gastos da Previdência do Setor Público pagamos a cada aposentado e pensionista do setor público — além da parte custeada pelas contribuições dos próprios servidores públicos e da parte que cabe ao governo como empregador, similar à que cabe a qualquer empresa que tem funcionários — quase R$ 95 mil por ano. Em um país onde o PIB per capita — isto é, o total de toda a riqueza produzida pelo país ao longo do ano dividido pelo número de habitantes — não chegou a R$ 28.900,00 no ano passado, isto é um descalabro.

Some-se a isso o déficit da Previdência pública de Estados e municípios, que deve passar de R$ 48 bilhões só neste ano segundo cálculos do

Tribunal de Contas da União (TCU). Em valores de hoje, a soma dos déficits projetados pelos regimes de Previdência de 7,3 milhões de servidores públicos de 2.031 Estados e municípios de hoje até 2050 atinge R$ 3,2 trilhões. O mesmo cálculo para o déficit da Previdência do setor público federal aponta um buraco ainda muito maior.

Em resumo, só há três alternativas possíveis a longo prazo. Ou eliminam-se as regras atuais da Previdência do Setor público federal e de Estados e municípios, aplicando a todos os brasileiros as mesmas regras, com moldes similares ao do INSS, ou a Previdência do Setor público dará um calote nos aposentados e pensionistas do setor público ou o Brasil quebrará.

Obviamente, a mais justa e menos traumática é a primeira. Foi para cumprir esta função que foi criado em 2013, em âmbito federal, a Funpresp, Fundação de Previdência Complementar dos Servidores Públicos Federais. O objetivo era aplicar aos novos servidores federais regras similares às do INSS. No entanto, dois problemas graves persistiram. Em primeiro lugar, foram mantidas as regras de aposentadoria anteriores a todos os servidores que ingressaram no serviço público antes de 2013 que geraram o déficit atual e que, se não forem revistas, continuarão gerando déficits astronômicos por décadas. Em segundo lugar, em função de vários lobbies de servidores, foram feitos vários "ajustes" às regras da Funpresp, de forma que, na prática, suas regras não chegam nem perto de se igualar às do INSS.

Pelo que vemos, o povo ainda terá muito que reclamar nas ruas, de preferência unindo firmemente o verde, o amarelo, o azul, o branco, o vermelho e todas as outras cores do arco-íris. Não há razões para justificar e aceitar que funcionários públicos sejam tratados como cidadãos de primeira classe pela Previdência às custas do resto dos brasileiros que não têm, nem teriam como ter, direitos e tratamento igual.

Ao contrário do que gostam de sugerir os políticos, a grande batalha no Brasil não é da esquerda contra a direita, mas do Brasil contra todos os que se apropriaram do Estado em benefício próprio, gerando um peso insustentável para o país, liderados, é claro, exatamente pelos políticos.

A volta da esperança

Revista IstoÉ – agosto de 2010

Ao contrário do que se pensa nas grandes cidades, os índices de violência estão caindo, graças à demografia e ao desenvolvimento do país.

Com a atuação da Seleção de Mano Menezes em sua estreia, você pode imaginar que esta coluna se refere às nossas chances de ganhar a Copa de 2014. Não é o caso. O assunto é bem mais sério: a criminalidade vem despencando em alguns locais do país. Não, você não leu errado. Efetivamente, nos últimos dez anos, em algumas cidades e Estados importantes, a violência vem diminuindo, ao contrário de nossa percepção, fortemente influenciada por algumas manchetes bombásticas, como a do caso do goleiro Bruno.

Você deve estar pensando que apenas desistimos de dar queixa de roubos e furtos, pois nossas esperanças de reaver o bem roubado são menores do que a popularidade do Dunga. No entanto, nos últimos anos, nenhum outro indicador de violência mostrou queda mais marcante do que o número de assassinatos. A menos que não estejamos registrando nem os mortos...

Talvez um dos locais onde este fenômeno — não me refiro ao craque gorducho do Corinthians — seja mais marcante é a maior cidade do país. Em junho, em São Paulo, a taxa de homicídios por 100 mil habitantes caiu abaixo de nove, 18% menos do que um ano antes. Em relação aos mais de 64 mortos em cada 100 mil paulistanos no ano de 1999, a queda foi de mais de 85%. Há dez anos, um habitante de São Paulo tinha 600% mais chance de ser assassinado do que um de Nova York. Hoje, a probabilidade é menos de 50% superior à americana.

Em todo o Estado de São Paulo, a taxa de assassinatos também ficou abaixo de nove por 100 mil habitantes, 70% inferior aos níveis de 1999, poupando 48.674 vidas desde então. No caso das mulheres, a violência caiu a níveis menores ainda. Em mais da metade dos cerca de 2.400 municípios brasileiros nenhuma mulher foi assassinada nos últimos cinco anos.

Por que a redução dos homicídios? Há razões específicas, como a melhoria do aparelhamento policial, o fechamento de bares e a proibição da venda de bebidas em determinados horários. Há também razões econômicas e demográficas. O bom desempenho e a forte geração de empregos têm reduzido a oferta de "mão de obra" para a criminalidade. Nos últimos dez anos, o número de empregos com carteira assinada no Brasil aumentou em mais de 11 milhões. Mais trabalho, menos crime.

O Norte, o Nordeste, o Centro-Oeste e o interior vêm crescendo mais do que o restante do país por causa dos programas de governo e do desempenho excepcional do agronegócio. Com isso, o fluxo migratório inverteu-se. Os grandes centros urbanos do Sul e do Sudeste começaram a desinchar e a violência a cair, ainda que às vezes sendo exportada para outros lugares.

Finalmente, em virtude da queda da taxa de natalidade, a parcela da população entre 15 e 25 anos — as maiores vítimas e algozes da violência — começou a se reduzir. Esta foi a principal razão da queda dos assassinatos nos Estados Unidos e na Europa nas duas últimas décadas. No Brasil, onde a taxa de natalidade demorou mais a cair, o impacto levou uma década a mais para chegar, mas chegou.

Com a demografia e a economia jogando a favor, é provável que a violência continue em queda. Pode respirar aliviado. A chance de, em 2014, você comemorar o título do time de Neymar e companhia é bem maior do que de ser assassinado.

Reflexões

Infelizmente, não só não comemoramos o título da Copa, mas ainda fomos humilhados pela Alemanha. Pelo menos, se você está lendo este livro, assassinado você também não foi.

Brincadeiras à parte, por incrível que pareça, de lá para cá a violência medida pela taxa de homicídios de fato continuou em ligeira queda nas regiões Sul e Sudeste do país, onde a população nos maiores centros urbanos não cresceu de forma significativa e, em alguns casos, até encolheu.

Na região Centro-Oeste, houve algum aumento da taxa de homicídios, na região Norte o aumento foi maior e na região Nordeste, com exceção do Estado de Pernambuco, o aumento foi brutal.

Para o país como um todo, em função da forte elevação da taxa de homicídios na região Nordeste, tanto o número total de homicídios, que chegou a 59.627 em 2014, quanto a taxa de homicídios, que passou de 29 assassinados para cada 100 mil habitantes, cresceram. Culpa da crise econômica, dos desmandos políticos, do desalento com a corrupção, da falta de firmeza na repressão à criminalidade? Não sou especialista em combate à criminalidade nem sociólogo, mas desconfio que tudo isto teve algum papel.

Guerra!

Revista IstoÉ – outubro de 2010

No mundo pós-crise, os países emergentes vão consumir mais e os ricos produzir mais.

Calma, o Brasil não vai invadir a Argentina. A guerra é cambial e foi anunciada pelo ministro Guido Mantega.

Por que você deveria se importar? Porque seu emprego, os lucros da sua empresa, o apartamento novo, a viagem para o Caribe, tudo que você pretende comprar depende desta guerra.

O mundo que surgiu após a crise financeira global de 2008 é bipolar. De um lado, Estados Unidos, Europa Ocidental e Japão, com consumidores e governos endividados até o pescoço, os empregos e o crédito sumindo. Do outro, os emergentes, liderados por China, Índia e Brasil, onde empregos e crédito nunca foram tão fartos e o crescimento econômico bate recordes. Para estimular suas combalidas economias e financiar déficits públicos impagáveis, os países ricos vêm imprimindo dinheiro em quantidades colossais. Entretanto, a maior parte deste dinheiro não está virando consumo por lá, e sim investimentos por aqui. Apavorados, seus consumidores pisaram no freio e começaram a poupar. O dinheiro depositado nos bancos acaba investido aqui, onde a rentabilidade é muito maior. Para completar, com a China consumindo quantidades cada vez maiores de matérias-primas, as tais *commodities*, os preços dos produtos exportados pelo Brasil não param de subir, favorecendo nossa balança comercial.

Some-se a isto o pré-sal, a capitalização da Petrobras, multinacionais investindo por aqui, e o dólar vale cada vez menos. Aliás, isto é parte importante do processo de ajuste dos atuais desequilíbrios da economia global. Quando foi a última vez que você comprou um produto *made in USA*? Pois é. Nas três últimas décadas, os americanos gastaram muito mais do que produziram. Com o sumiço do financiamento, chegou a hora de pagarem a conta. Para isso, os custos para produzir nas terras de Tio Sam terão de cair.

Isto acontecerá através de um dólar em queda livre — que torna produtos americanos mais baratos no resto do mundo — e uma bela recessão que elimina empregos, forçando os americanos a aceitarem salários mais baixos. Desde 2008, enquanto foram criados mais de cinco milhões de novos empregos no Brasil, nos EUA sumiram oito milhões.

No mundo pós-crise, os países emergentes vão consumir mais e os ricos produzir mais. Tomara que isto aconteça sem que a guerra cambial se transforme em uma guerra comercial, com barreiras protecionistas erguidas mundo afora. Tal protecionismo foi uma das principais razões da Grande Depressão dos anos 1930.

Uma valorização da moeda chinesa ajudaria a evitar uma guerra comercial, mas, com ela ou sem ela, é bom estarmos preparados para um real cada vez mais forte.

Para quem acha que o governo brasileiro deveria fazer mais para conter a queda do dólar, é bom saber que apenas o custo de carregamento de nossas reservas internacionais é próximo a R$ 40 bilhões por ano, o triplo do gasto com o Bolsa Família. Ainda, se o governo conseguisse evitar que o dólar caísse e, assim, impedir que os importados chegassem tão baratos por aqui, é provável que, com menos competição, a inflação subisse e as taxas de juros também. E aí, bye-bye financiamento barato para o seu carro, o apartamento novo, o Caribe...

Reflexões

De fato, o real continuou se fortalecendo e o dólar caindo após a publicação do artigo, mas apenas por cerca de um ano. Em seguida, iniciou-se um processo global de fortalecimento do dólar que foi muito mais intenso no Brasil devido ao gradual enfraquecimento da economia brasileira. Por um lado, como mencionado antes, o preço das *commodities* que exportamos começou a cair, o que limitou o ritmo de crescimento de nossas exportações de matérias-primas. Por outro, a crescente falta de competitividade da economia brasileira e a consequente desindustrialização limitaram a exportação de produtos manufaturados e aumentaram as importações, também colaborando para a deterioração da balança comercial.

Para completar, os fortes estímulos ao consumo, por parte do governo, estimularam também os brasileiros a viajar ao exterior e gastar mais por lá

— uma vez que os preços, por exemplo, eram mais baixos em Miami do que na Praia do Forte ou em Itacaré — fazendo com que nosso déficit de transações correntes, um importante indicador da força de nossas contas externas aumentasse ainda mais.

Para piorar, a capacidade do Brasil de atrair investimentos externos foi diminuindo ao longo do período, acabando por ser invertida nos últimos anos.

Menos exportações e menos atração de investimentos estrangeiros significam menos oferta de dólares no Brasil, enquanto mais importações, mais gastos de brasileiros no exterior e mais remessas para o exterior significam mais demanda por dólares. Como aconteceria com qualquer outro produto para o qual a procura aumentasse e a oferta diminuísse, o preço do dólar passou a subir.

O que chama a atenção é que desde o começo deste ano de 2016, quando os sinais de uma provável transição política no Brasil começaram a ficar mais claros, a taxa de câmbio inverteu a direção novamente e o dólar começou a cair. Mais uma vez, este movimento não está acontecendo só no Brasil. O dólar vem se desvalorizando nos últimos meses em praticamente todo o mundo. No Brasil, uma vez mais, o movimento é mais intenso em função da expectativa de mudança para melhor na condução da política econômica brasileira, após uma transição política e da melhora adicional das contas externas em função da alta do preço das *commodities,* que veio junto com a queda do dólar.

Estes movimentos de altos e baixos da gangorra cambial não são novidade, já aconteceram muitas vezes, e seguramente esta não será a última.

O príncipe, a rainha e a CPMF

Revista IstoÉ – dezembro de 2010

A retomada de um dos impostos mais malvistos da história só pode ser coisa de Maquiavel.

Em sua obra *O Príncipe*, um verdadeiro tratado sobre a arte de governar, Nicolau Maquiavel ensina que as más notícias devem ser dadas o quanto antes e todas de uma só vez, enquanto as boas notícias devem ser espaçadas ao longo do maior tempo possível.

Transferindo a sabedoria do mundo dos Médici para nossa democracia tupiniquim, presidentes, governadores, prefeitos e demais políticos que almejem a reeleição devem adotar medidas necessárias, mas impopulares, assim que tomarem posse e deixar medidas populares para mais perto das próximas eleições.

Ao lançar o balão de ensaio da suposta recriação da extinta CPMF, nossa recém-eleita rainha Dilma parece ter seguido os conselhos de Maquiavel. Difícil pensar em algo mais impopular do que reavivar um dos impostos mais malvistos da história brasileira.

Envergonhada com seu maquiavelismo, nossa soberana resolveu compensar e jogar para a torcida, dizendo pretender também elevar o salário mínimo a R$ 600 até o final de 2011 — fantasia lançada por seu adversário nas eleições, o derrotado José Serra. O custo anual para o governo da suposta benesse: R$ 28 bilhões. Adivinhe quem vai acabar pagando esta conta? Acertou!

Não contente em aumentar impostos e gastos públicos — que exigirão ainda mais impostos no futuro — nossa presidente já adotou outro bordão da campanha serrista: os juros brasileiros são elevados demais e o novo governo deve forçar o Banco Central a reduzi-los rapidamente.

Mais do que a cartilha de Maquiavel, Dilma parece seguir a cartilha tucana, afinal também foram eles que criaram a CPMF.

Durante a campanha eleitoral, afirmei categoricamente que, pelo menos em matéria econômica, os dois principais candidatos eram muito parecidos.

Ouvi reações indignadas dos dois lados. Entretanto, Serra e Dilma apoiam a manutenção dos principais pilares da política econômica do atual governo e do segundo mandato de FHC — que afinal são os mesmos. Além disso, defendem um Estado interventor e com presença destacada na economia. Antes do início do processo eleitoral, dado o histórico de ambos, imaginava-se que uma diferença importante entre eles seria um empenho maior de Serra em reduzir gastos públicos. Durante a campanha — talvez por estar atrás nas pesquisas — na tentativa de se posicionar supostamente à esquerda de Dilma, Serra descambou para o "promessismo", com direito a mínimo de R$ 600, mais 10% de aumento aos aposentados, mais 13º salário e aumentos reais ao Bolsa Família. Destruiu, assim, eventuais diferenças que haveria entre eles no campo fiscal. Agora, é a candidata eleita que resolveu aproximar-se do rival.

Faço aqui um apelo. Presidente, a senhora, como todos os brasileiros, quer que os juros caiam, mas não que a inflação suba. Em vez de criar impostos, aumentar gastos e forçar o Banco Central a reduzir os juros artificialmente, corte os gastos do governo — os mais elevados do mundo emergente. Os juros cairão sozinhos e, com a consequente queda do custo da dívida pública, sobrará dinheiro para a Saúde sem precisar da CPMF. Pode até sobrar algum para os seus projetos do PAC e, pasme, para cortar impostos.

Reflexões

Dilma parece ter uma certa atração pela CPMF. Em 2010, o projeto de recriar o tributo não voou, mas mais recentemente, a presidente sacou novamente a ideia do armário, mais uma vez sem sucesso — pelo menos até o momento em que este livro está sendo escrito, em abril de 2016.

Efetivamente, uma vez no governo, Dilma reforçou e muito o papel interventor e a presença destacada do Estado na economia e, como veremos a seguir, as consequências foram nefastas.

Meu apelo por corte de gastos públicos foi solenemente ignorado. Ao contrário, os gastos públicos só cresceram, o que acabou tornando uma série de isenções tributárias aos mais diversos setores insustentáveis, forçando o governo mais recentemente não só a revertê-las, mas a aumentar as alíquotas de outros impostos.

De quebra, um Estado mais inchado e com seus tentáculos mais espalhados por toda a economia somado a um modelo de presidencialismo de coalizão, onde o Estado é loteado em troca de um suposto apoio político no Congresso — apoio este que, na prática, não se materializou ao longo do governo Dilma — criaram o ambiente ideal para que o câncer da corrupção se alastrasse.

É possível que o ministro da Fazenda ainda a ser escolhido pelo quase-presidente Temer volte com a ideia da CPMF. Afinal, é um imposto de arrecadação fácil e imune a sonegações. Espero que não, mas por favor, senhor futuro ministro, no mínimo, corte também, e para valer, os gastos públicos.

Dilma I

Semeando tempestades

Dilma assumiu o governo no início de 2011, com o país registrando em 2010 a maior taxa de crescimento em 25 anos. A expectativa era de que ela mantivesse os pilares da política econômica que gerou estes resultados. Em particular, esperava-se que ela não desmontasse o tripé de sustentação desta política econômica: equilíbrio fiscal, inflação sob controle e câmbio flutuante. Como veremos a seguir, o governo Dilma acabou serrando os três pés do tripé, mas isto, naquele momento, ainda não estava claro.

Por outro lado, já era claro que o intervencionismo estatal na economia aumentaria, mas eu pelo menos, subestimei sua extensão e a gravidade das consequências negativas deste intervencionismo.

Mais do que isso, acreditei que a gestão da máquina pública melhoraria passando das mãos de Lula — um político de habilidade ímpar, mas conhecimento técnico mais limitado — à "gerentona" Dilma.

O que aconteceu foi o inverso. Lula, em particular na formação de seu primeiro ministério, cercou-se de técnicos muito competentes no Banco Central, Ministério da Agricultura, Ministério do Comércio Exterior e segundo escalão do Ministério da Fazenda, garantiu-lhes espaço e apoio político para trabalharem e, em oposição ao discurso de que recebia uma "herança maldita" de seu antecessor, Fernando Henrique Cardoso, não mexeu no que estava funcionando.

Dilma fez o inverso. Assumiu ela própria o comando das políticas de governo em todas as áreas, loteou os ministérios entre os políticos da suposta base de apoio e se cercou de técnicos de segunda grandeza e sem a coragem de se contrapor a ela. "Sim, senhora" passou a ser o comportamento no Palácio da Alvorada.

Para completar, um modelo de política econômica fundamentalmente de estímulo ao consumo, sem contrapartidas de estímulo à produção, começou a dar sinais de esgarçamento. Em todos os anos, o consumo — medido pelas vendas do varejo — crescia mais que a produção industrial. Nenhum país pode aumentar eternamente seu consumo acima do ritmo de crescimento da produção. A manutenção do crescimento acelerado do consumo exigiria medidas que permitissem a expansão também acelerada da produção, mas tais medidas nunca foram tomadas.

Além disso, com o país crescendo como não crescia há muito tempo, mesmo após um período relativamente longo sem reformas estruturais, a recém-eleita presidente Dilma assumiu que elas eram desnecessárias.

As boas perspectivas que o país parecia ter pela frente levaram o governo e nossos políticos em geral a fazer grandes promessas, mas pouco ou nenhum esforço para encarar de frente os muitos e enormes desafios que o Brasil tinha e tem para desenvolver-se.

Ainda mais grave, em busca de objetivos econômicos e políticos de curto prazo, optou-se por políticas econômicas que gradualmente geraram enormes desequilíbrios em nossas contas externas, nas contas públicas e pressões inflacionárias que, por uma série de razões, vieram à tona com toda a força após as eleições de 2014.

2011

As escolhas de Dilma

Revista IstoÉ – janeiro de 2011

É possível investir no futuro de todos sem sacrificar muito o passado de alguns.

João tem que escolher entre investir na educação do filho ou ajudar o pai a trocar de carro. Talvez ele não saiba, mas já optou pelo carro novo do vovô. Os investimentos em educação básica no Brasil estão abaixo da média mundial. Seu filho será mais um analfabeto funcional. Enquanto isso, os impostos que João paga sustentam os maiores gastos previdenciários do mundo.

Os 27 milhões de aposentadorias do INSS não são nenhuma maravilha. Nossos gastos previdenciários são inflados por menos de um milhão de aposentados e pensionistas do setor público — um em cada 200 brasileiros. Presidente Dilma, é hora de regulamentarmos a reforma da Previdência do setor público, aprovada em 2003.

O que é melhor, receber R$ 1.500,00 por mês mais férias, 13º, vale-transporte, vale-alimentação e outros benefícios ou ganhar R$ 3.000,00 todo fim de mês sem os benefícios? Ou o novo governo reforma nossa caduca legislação trabalhista — supostamente desenhada para defender os trabalhadores — ou João continuará a receber metade do que seu patrão paga.

Faz sentido gastar cerca de R$ 40 bilhões em infraestrutura e R$ 50 bilhões com as reservas internacionais, como fez o governo brasileiro em 2010? O Banco Central acumula reservas para limitar a queda do dólar e proteger as exportações brasileiras. Não seria melhor investirmos muito mais em infraestrutura, reduzindo o custo Brasil e tornando nossas empresas competitivas, mesmo com um dólar mais baixo?

Melhor pagar R$ 15.000 ou R$ 26.000 pelo mesmo carro? Se nossos impostos sobre produção e venda de automóveis fossem similares aos dos EUA ou Alemanha, um carro zero-quilômetro que aqui custa R$ 26.000 à vista, custaria por volta de R$ 15.000. Financiado fica ainda muito mais caro.

Já passou da hora de uma reforma tributária que reduza substancialmente os impostos, barateando produtos e inserindo milhões de consumidores no mercado.

Imagine que Dilma fizesse tudo isso. Acabando com as diferenças entre os sistemas de aposentadoria para trabalhadores dos setores público e privado, sobrariam recursos para melhorar nossa educação, gerando trabalhadores mais bem preparados e mais produtivos. Uma reforma trabalhista que reduzisse o custo de contratação geraria salários maiores e mais empregos formais, reduzindo e, eventualmente, até eliminando o déficit da previdência do INSS. Investindo mais em portos, estradas, ferrovias e aeroportos, ganharíamos competitividade e poderíamos gastar menos com as reservas. Gastos menores com reservas e previdência do setor público, arrecadação de impostos maior com mais empregos, melhores salários e maiores vendas fortaleceriam as contas públicas, criando condições para juros menores.

Com impostos menores, salários mais elevados, produtos e crédito mais baratos, seria a festa do consumo. João poderia investir na educação do filho e ajudar o pai a trocar de carro. Enfim, com as escolhas certas, é possível investir no futuro de todos sem ter de sacrificar muito o passado de alguns.

Falando em futuro, sem ter feito nada disso, a popularidade do presidente Lula chegou a 87%. Imagine aonde Dilma chegaria.

Reflexões

Dilma levou o Brasil à direção oposta da que eu sugeria. Aumentou nossas reservas internacionais em quase US$ 100 bilhões — com o consequente aumento no seu custo de carregamento — mas não aumentou investimentos em infraestrutura no ritmo que necessitaríamos.

Demorou a regulamentar a Reforma da Previdência do Setor Público e, quando o fez, não resistiu aos lobbies de diversas categorias de servidores públicos e permitiu que a reforma fosse dilapidada em sua regulamentação.

Diminuiu inicialmente alguns impostos, mas não através de uma reforma tributária, mas apenas reduzindo ou zerando temporariamente alíquotas de impostos como o IPI de automóveis e alguns eletrodomésticos — normalmente por períodos tão curtos quanto 3 meses, sujeitos a posteriores renovações ou não das isenções.

Assim, não chega a ser surpreendente que a sua popularidade tenha sido a inversa também. Se Lula atingiu o mais alto nível de popularidade após a redemocratização brasileira, Dilma atingiu o mais baixo, com um nível de aprovação de um único dígito, 1/10 do de seu antecessor, criador e mestre.

O Brasil de Dilma

Revista da MAN – janeiro de 2011

O que pode mudar na condução da política econômica brasileira nos próximos quatro anos?

A linha geral da política econômica do governo Dilma será similar à de Lula, que, por sua vez, não foi muito diferente da de Fernando Henrique. E isso é ótimo. O Brasil se tornou um país mais estável e previsível, em que as instituições são mais sólidas e mudanças presidenciais significam ajustes e não viradas radicais de rumo de política econômica, como no passado.

Isso não significa que não haverá mudanças. Não teremos um "terceiro mandato" de Lula e, mesmo que tivéssemos, elas aconteceriam. Ao que tudo indica, Dilma favorecerá um Estado mais atuante na economia, adotando políticas industriais contundentes, capitaneadas por isenções tributárias e acesso a financiamentos do BNDES. Diga-se de passagem, tal processo já teve início nos dois últimos anos do governo Lula, mas, provavelmente, será intensificado.

O governo Dilma tem maioria absoluta tanto na Câmara quanto no Senado e, portanto, poderia, pelo menos em tese, aprovar reformas constitucionais que ajudariam o Brasil a crescer mais, incluindo as reformas tributárias e política e na previdência social. Entretanto, até agora, não há nenhuma proposta de reforma. Além disso, na prática, a situação política do governo Dilma é menos confortável do que os números de sua bancada sugeririam. Como a disputa por indicações nos ministérios deixou claro, a coalizão de apoio ao governo não parece muito sólida, o que limita sua capacidade de fazer mudanças radicais.

Por fim, o novo governo alimentou expectativas de que será agressivo no processo de queda dos juros e enfraquecimento do Real, o que tornaria as exportações brasileiras mais competitivas. Só o tempo dirá, mas desconfio que tais expectativas serão frustradas.

Reflexões

Imprudentemente, de fato o governo abusou das **chamadas políticas industriais**, enquanto havia dinheiro para isso, em vez de criar um ambiente de negócios favorável e estimular a competição entre as empresas. Em particular, a carteira de empréstimos do BNDES teve um crescimento de algumas centenas de milhões de reais, o que gerou uma série de distorções na economia brasileira, como discutiremos mais adiante.

Quanto à agressividade na queda dos juros, o Banco Central e o governo, de fato, tentaram ser agressivos. Como, porém, esta agressividade não foi acompanhada de um fortalecimento das contas públicas, reduzindo a demanda por financiamento do setor público, o resultado inevitável foi uma elevação da inflação, que forçou o Banco Central e o governo a voltarem atrás na estratégia. E os juros voltaram a subir.

Já o enfraquecimento do real até acabou acontecendo mesmo, mas não pelas razões desejadas pelo governo e, sim pela perda de confiança na economia brasileira que levou estrangeiros e brasileiros a sacarem dinheiro do país.

Economia Motivacional

Revista IstoÉ – fevereiro de 2011

O copo meio vazio não é novidade. A novidade é o copo meio cheio. O Brasil mudou, para bem melhor.

Uma equipe mais motivada alcança melhores resultados. As empresas brasileiras investem milhões em eventos com grandes campeões e pessoas com histórias de superação para motivar seus funcionários. Funciona. Certamente muitos vendedores de automóveis, por exemplo, sentem-se confiantes em alcançar suas metas depois de ouvi-los.

Entretanto, eu ficaria ainda mais seguro e motivado sabendo que, na última década, a venda de automóveis no Brasil triplicou, e que com a expansão sustentada de crédito, renda e emprego ela continuará a crescer de forma pujante. É mais fácil acreditar que posso cumprir minha meta, sem precisar ter a garra do Cesar Cielo, simplesmente porque vou nadar a favor da correnteza econômica.

Se tiver de percorrer 100 quilômetros de bicicleta, prefiro saber que será na descida do que conhecer a superação do Lance Armstrong, que foi capaz de ganhar o Tour de France sete vezes, após ter tido câncer.

No Brasil, normalmente, não associamos economia com motivação devido ao péssimo desempenho econômico brasileiro entre 1981 e 2003, com média de crescimento de 2% ao ano. Nesse período, falar de economia significava deixar claro que os 100 quilômetros de bicicleta seriam ladeira acima. Era melhor contar a história do Lance Armstrong.

Estes 23 anos tornaram descrente toda uma geração que não acredita que o Brasil possa dar certo. Toda vez que a situação melhora, tal geração está convicta de que o colapso é iminente. Afinal, foi o que aconteceu ao longo de mais de duas décadas — período que apagou da memória coletiva que, antes, o Brasil crescera a um ritmo de 7% ao ano durante oito décadas. Tivéssemos sustentado o mesmo crescimento e, hoje, o brasileiro seria mais rico do que o alemão.

Some-se a isso o dever de ofício dos economistas — classe de que me orgulho fazer parte — em apontar o que está errado, exatamente para que possa ser corrigido, e o caldo para o pessimismo econômico brasileiro está pronto.

O Brasil tem problemas econômicos sérios — como gastos públicos absurdamente elevados — que devem ser duramente criticados. Além disso, seremos afetados quando houver turbulências profundas na economia mundial. Por isso, venho alertando, há mais de ano, sobre as fragilidades da economia europeia.

O copo meio vazio não é novidade. A novidade é o copo meio cheio. Mudanças estruturais da economia mundial e reformas econômicas implementadas no Brasil a partir da metade da década de 1990 permitiram que nosso crescimento mais do que dobrasse desde 2004 e, em 2010, fosse o maior em 25 anos. O Brasil mudou, para bem melhor.

Se o visto de trabalho nos EUA fosse liberado, desconfio que 9 entre 10 brazucas gostariam de tentar a sorte na terra do Tio Sam. O que eles não sabem é que, na última década, foram criados mais de 16 milhões de novos empregos no Brasil, enquanto nos EUA um milhão de empregos evaporaram. Nada indica que, nesta década, a tendência vá se reverter. Por isso, não param de chegar estrangeiros vindo trabalhar no Brasil.

Está na hora de os brasileiros acreditarem no que os gringos já perceberam. A América, terra da oportunidade, agora é aqui. Esta deve ser nossa maior fonte de motivação.

Reflexões

Uma das grandes lições de reler o que escrevi há vários anos é reforçar uma antiga percepção de que tudo na vida é cíclico. Em outras palavras, não há mal nem bonança que dure para sempre.

O mesmo vale até para os ídolos. Lance Armstrong, ciclista mais bem-sucedido da história do esporte e exemplo mundial de superação caiu no ostracismo após o reconhecimento de uso de doping. Cesar Cielo, maior ídolo da história da natação brasileira, e ainda hoje recordista mundial, não conseguiu se classificar para participar das Olimpíadas em agosto. Saiu honrosamente declarando sua confiança nos nadadores que breve irão nos representar nos Jogos do Rio de Janeiro. Mas que foi uma pena, foi.

A atração de brasileiros que estavam no exterior e estrangeiros para vir trabalhar no Brasil atingiu seu pico em 2012. Naquele ano, uma pesquisa da minha empresa, a Ricam Consultoria, apontou que de cada 13 empregos novos gerados no Brasil, um foi ocupado por um estrangeiro. A última vez que o Brasil tinha atraído mais estrangeiros para trabalhar aqui foi no ciclo do café. Faz um tempinho.

Nos anos recentes, com o mercado de trabalho por aqui cada vez mais difícil, o ciclo inverteu-se, e desde 2014 o que mais se escuta são histórias de brasileiros que optaram por se mudar para o exterior ou que gostariam muito de fazê-lo se tivessem uma oportunidade.

A China é aqui

Revista IstoÉ – março de 2011

Nos EUA, são vendidos hoje cinco vezes menos imóveis do que há quatro anos. No Brasil, é impossível ir a uma cidade e não encontrar um mar de canteiros de obras.

Há mais de 30 anos, a China cresce a um ritmo de quase 10% ao ano, causando inveja e alterando toda a ordem econômica global.

No Brasil, a crescente importância da economia chinesa é visível a olhos nus. Examine os produtos à sua volta neste exato momento e encontrará as inevitáveis etiquetas de *made in China*. Desde 1999, a corrente de comércio — soma de exportações e importações — entre Brasil e China saltou de US$ 1,5 bilhão para mais de US$ 55 bilhões.

De carona na fome chinesa por nossas matérias-primas e na sua oferta abundante de capitais baratos para financiar investimentos e consumo no país, o Brasil dobrou seu ritmo de crescimento nos últimos sete anos para cerca de 5% ao ano. As regiões Norte, Nordeste e Centro-Oeste têm sustentado taxas de expansão bem maiores. Vários setores, em particular o imobiliário, o automotivo e o agronegócio crescem em ritmo de dar inveja até aos chineses.

Este crescimento acelerado colocou o Brasil em posição de destaque. Na última década, o país passou de quinto a segundo maior exportador do agronegócio no mundo, multiplicando por seis o superávit comercial do setor, passando de US$ 10 bilhões a mais de US$ 60 bilhões. O crescimento do interior do país não deixa nada a dever ao dragão asiático.

No setor automotivo, a história não é diferente. De 2003 para cá, as vendas de automóveis no país aumentaram quase 150% — sustentando uma média anual de crescimento de quase 14% — passando de 1,4 milhão a 3,5 milhões de unidades. O Brasil pulou de oitavo para quinto maior mercado de automóveis no planeta. Se o crescimento continuar parecido até a Copa do Mundo, teremos o terceiro mercado mundial de automóveis. Ainda assim, o número de automóveis por habitante no Brasil será três vezes menor do que nos EUA. Quem você acha que continuará crescendo?

A importância do Brasil para as montadoras é também cada vez maior. Há anos, a Fiat já vende mais automóveis aqui do que na Itália. Talvez ainda neste ano, a Volkswagen venda mais automóveis no Brasil do que na Alemanha. Para a GM, o Brasil já é o terceiro mercado consumidor. Aliás, o primeiro é a China — que você achava ser o país da bicicleta — onde a venda de automóveis era 1/10 da dos EUA há dez anos, mas há dois anos tem superado o tradicional país do automóvel.

A mesma coisa acontece no setor imobiliário. Enquanto a contração nos mercados americano, europeu e japonês parece não ter fim, o mercado brasileiro vive o melhor momento da história. Nos EUA, são vendidos hoje menos imóveis do que há 50 anos, cinco vezes menos do que há quatro anos. No Brasil, é impossível ir a uma cidade e não encontrar um mar de canteiros de obras. A alta de preços dos imóveis ao longo dos últimos anos foi causada pela abundante oferta de crédito e consequente multiplicação dos compradores.

Aliás, é a expansão de crédito e renda nos países emergentes, onde o endividamento ainda é baixo, que deve manter esse quadro inalterado na próxima década, apesar de inevitáveis solavancos ao longo do caminho.

Você anda preocupado com as recentes manchetes comparando a alta de preços de imóveis no Brasil com a bolha imobiliária americana? Saiba que o crédito bancário ao setor imobiliário no Brasil não chega a 4% do PIB, 30 vezes menor do que nos EUA e 45 vezes menor do que na Suíça. Durma tranquilo em seu apartamento novo.

Reflexões

De junho de 2011, três meses após a publicação deste artigo, a junho de 2012, o índice FIPE/ZAP indicou uma alta adicional na média de preços das maiores cidades de 19,8%, que muito deve ter alegrado quem investiu em imóvel ou comprou sua casa própria no período.

Diagnóstico errado

Revista IstoÉ – abril de 2011

Mitos sobre a desindustrialização do Brasil levam a gastos equivocados por parte do governo.

Como qualquer calouro de medicina aprende ao entrar na faculdade, para tratarmos uma doença antes temos de diagnosticá-la corretamente. Tratando catapora como sarampo, as chances de sucesso caem bastante.

Hoje, há um diagnóstico quase unânime de que o Brasil está passando por um processo de desindustrialização grave, causado pela valorização do real e seus efeitos nocivos sobre a competitividade nacional.

Tanto o diagnóstico quanto sua suposta causa cambial estão equivocados. Nossa indústria vem batendo recordes. No ano passado, o crescimento da produção industrial, superior a 10%, foi o maior em 25 anos. O número de empregos criados no setor foi o mais elevado da história, assim como o percentual de empresas que pretendem contratar mais trabalhadores neste ano. Cresceu também o volume de investimentos. Nosso setor manufatureiro passou de oitavo a sexto maior do mundo, ultrapassando França e Reino Unido. Em 2000, nossa indústria era apenas a décima do mundo.

Ficaram todos loucos, então? De jeito nenhum. Efetivamente, a participação dos produtos industrializados importados no mercado brasileiro está aumentando e nosso volume de exportações caindo. Hoje, excluindo-se veículos, ele é 25% menor do que há três anos. Além disso, nos últimos oito anos, o varejo cresceu mais do que a indústria em todos os anos. Entretanto, as razões dessa disparidade de desempenho são muito mais complexas e profundas do que a simples queda do dólar.

O volume de exportações brasileiras para os EUA, nosso principal destino externo para manufaturados, foi no ano passado 36% inferior ao período anterior à crise. Nossas exportações para Japão e Europa também ainda não retornaram aos patamares pré-crise. Reflexo de uma brutal contração de consumo por lá e forte expansão por aqui, levando nossa indústria e a deles a redirecionar produtos para o mercado brasileiro. Enquanto isso, nossas exportações para a China — o país que mais cresce no mundo e principal importador de nossas matérias-primas — aumentaram 77% apenas em quantidade desde a crise, sem falar no ganho de preço. Em resumo, menores exportações de industrializados para países ricos e maiores importações de lá não refletem nossa fragilidade, mas a deles.

Como a valorização da taxa de câmbio foi apontada como a causa das dificuldades da indústria, o governo vem adotando medidas para limitá-la. Uma delas vem sendo um colossal acúmulo de reservas internacionais — uma espécie de seguro contra crises — que nos últimos oito anos se multiplicaram quase por dez.

Acontece que todo seguro tem um custo; no caso, a diferença entre a taxa de juros dos títulos brasileiros, cerca de 11% ao ano, e a taxa dos títulos americanos, próxima a 3%, multiplicada pelo tamanho das reservas — cerca de US$ 320 bilhões. Atualmente, a conta chega a mais de R$ 40 bilhões por ano.

Nos últimos quatro anos, os investimentos públicos em infraestrutura cresceram mais de 50% em termos reais. Ainda assim, desde 2009, gastamos mais com a manutenção de nossas reservas do que com estradas, aeroportos, ferrovias, portos que tornariam o país mais competitivo. Além de investir mais, se gastasse menos com as reservas, o governo poderia reduzir impostos, estimulando nossa produção e consumo.

Diagnosticamos a doença errada e gastamos com o tratamento errado. Se estivesse na faculdade de medicina, nossa equipe econômica seria reprovada no primeiro ano.

Reflexões

Como apontado antes, o governo fez uma opção equivocada do uso dos recursos públicos, favorecendo a manutenção de níveis ainda maiores de reservas internacionais em detrimento de investimentos em infraestrutura que, desde então, não sustentaram o ritmo de crescimento anterior.

Como eu já revelava no texto, nossa indústria já encarava naquele momento condições de competitividade desafiadoras. Sem tomar as medidas necessárias, acabamos transformando, anos à frente, o medo de desindustrialização em triste realidade.

Como investir em educação

Revista IstoÉ – abril de 2011

O Brasil faz uma importante correção de rumos, mas ainda precisa privilegiar o futuro em vez do passado.

É fácil ser pessimista com relação à educação no Brasil. Diariamente ouvimos histórias da falta de recursos e do descaso. Para piorar, os resultados dos estudantes brasileiros em exames internacionais são razão de vergonha nacional. No exame PISA (*Program for International Student Assessment*) de 2009, a educação brasileira ficou em 53º lugar entre 65 países, atrás de Trinidad e Tobago.

Entretanto, há cerca de 20 anos, iniciamos no Brasil uma despercebida correção de nossas maiores mazelas educacionais, que deve se acelerar ao longo das próximas décadas. Nos anos 90, começou um processo de inclusão educacional, com a universalização do acesso à educação básica, a elevação da escolaridade média e a expansão do acesso à universidade.

O número de universitários no país passou de 1,5 milhão em 1990 para 3,5 milhões em 2000 e para 6,5 milhões em 2010. O problema é que este avanço no acesso à educação deteriora os indicadores de qualidade do ensino. A população brasileira ficou mais educada, mas o nível médio do estudante universitário, refletido nos exames, piorou à medida que estudantes menos preparados passaram a ingressar nas faculdades. Quando comparamos a nota média dos alunos de 2000 com a média dos estudantes em 2010, desconsideramos que, dez anos antes, três milhões deles nem sequer chegavam à faculdade. Uma fotografia mais fidedigna da evolução da qualidade apareceria se comparássemos apenas as notas dos 3,5 milhões dos melhores alunos de hoje com as dos 3,5 milhões de dez anos antes.

A verdade é que a expansão do acesso à universidade ainda tem de progredir muito nas próximas décadas. Apesar de todo o avanço em inclusão nos últimos 20 anos, ainda hoje apenas um de cada cinco jovens brasileiros chega à universidade.

Também a qualidade de nossa educação vai melhorar gradualmente nas próximas décadas, por duas razões. A primeira é um sustentado aumento dos investimentos públicos em educação, possibilitado pelo forte crescimento econômico e consequente elevação da arrecadação de impostos. De 2005 a 2010, os gastos do governo com educação passaram de 3,9% para 5,4% do PIB e devem atingir 7,0% do PIB em 2014.

A segunda razão é demográfica. Com a forte queda da taxa de natalidade nas últimas décadas, o número de crianças e jovens em idade escolar e universitária cairá nas próximas décadas. Com mais recursos e menos alunos, o investimento por aluno aumentará consideravelmente, o que — salvo total desperdício do dinheiro gasto — deve resultar em melhor qualidade de ensino.

Tudo resolvido então? Claro que não. Precisamos acelerar muito a inclusão e a qualidade de nossa educação. A Coreia, país mais bem colocado no exame PISA (Xangai ficou em primeiro lugar, mas não foi apurada uma média para toda a China), mostra o caminho.

Há 30 anos, a renda per capita na Coreia era similar à brasileira; hoje ela é duas vezes maior. Não por acaso. Na Coreia, para cada R$ 1 que o governo gasta com crianças de até 15 anos, ele gasta R$ 0,80 com aqueles com mais de 65 anos. Como consequência, os coreanos são líderes em qualidade de ensino e mais de 60% dos jovens coreanos chegam à universidade.

No Brasil, para cada R$ 1 de gasto público com crianças, são gastos R$ 10 com idosos. A Coreia escolheu investir no futuro. O Brasil, no passado.

Reflexões

De acordo com a maioria dos exames que medem a qualidade da educação no Brasil até ocorreu, sim, uma melhora da qualidade da educação brasileira desde então. No entanto, a educação no resto do mundo melhorou em ritmo semelhante à melhora no Brasil, o que fez que o Brasil permanecesse em patamares similares aos de cinco anos atrás nas comparações internacionais.

Infelizmente, nos últimos cinco anos continuamos a privilegiar o passado de alguns em detrimento do futuro de todo o país e sem reformas da Previdência agressivas, em particular no caso da Previdência do setor público, dificilmente este quadro irá se modificar.

A hora e a vez das micro
e pequenas empresas

Revista IstoÉ – maio de 2011

Nos últimos 12 meses, dois milhões de empregos foram criados pelas micro e pequenas empresas no Brasil.

Com uma carga tributária de dar inveja a governos socialistas, uma burocracia capaz de tirar do sério monges tibetanos e taxas de juros que assustariam até o Mike Tyson, o Brasil tem um longo histórico de repressão aos empreendedores.

Não que nós brasileiros tenhamos algum defeito de fabricação que nos impeça de empreender. Pelo contrário. O jeitinho brasileiro nada mais é do que uma mutação de empreendedorismo que não teve como aflorar.

Com a legislação e a economia jogando contra, só um louco para abrir uma empresa no Brasil. Ainda na primeira metade desta década, quando o mar econômico já estava bem menos revolto que no período hiperinflacionário, metade das empresas montadas no país morria antes de completar seu segundo ano de vida.

Enquanto isso, nos EUA, quem quisesse montar uma empresa encontrava legislação favorável, crédito farto e uma cultura que, ao contrário da brasileira, valoriza as tentativas, mesmo as malsucedidas. Não por acaso, os EUA se tornaram a meca do empreendedorismo.

Gradualmente, tudo começou a mudar. Na virada do milênio, estourou a bolha da Nasdaq, destruindo o sonho de milhares de empresas que queriam se tornar a próxima Microsoft. Com elas foram embora milhares de chineses e indianos que chegaram a ser 40% dos funcionários das empresas pontocom do Vale do Silício, na Califórnia. Sem empregos e oportunidades, eles fizeram as malas e foram empreender em seus países.

Em 2008, a explosão da bolha imobiliária e a consequente crise financeira complicaram mais a vida dos que tentavam montar um negócio nos

EUA. De lá para cá, estima-se que a mortalidade das empresas americanas em seu primeiro ano de vida, tradicionalmente próxima a 15%, dobrou.

Enquanto isso, nosso manco capitalismo tupiniquim começou a funcionar aos trancos e barrancos, alimentado pela fome asiática por nossas matérias-primas e, nos últimos anos, depois que os bancos centrais dos países ricos inundaram o mundo de dinheiro, por uma ampla disponibilidade de capitais.

Com maior penetração nos principais focos recentes de crescimento brasileiro, nossas micro e pequenas empresas (MPEs) começaram a florescer. Nos últimos 12 meses, quase 80% dos 2,5 milhões de empregos criados no Brasil vieram delas. São principalmente elas que atendem os 55 milhões de brasileiros que emergiram das classes D e E nos últimos cinco anos. MPEs têm maior presença no interior que, na carona do agronegócio, vem crescendo mais do que as capitais.

As MPEs concentram-se nos setores de varejo e serviços, que têm liderado nosso crescimento.

Até o crédito, antes desconhecido pelas MPEs, começou a dar as caras.

Como consequência, a mortalidade de nossas empresas nos seus dois primeiros anos despencou para 22% e é hoje inferior à dos EUA.

Tudo isto sem que nossas mazelas estruturais fossem resolvidas. Isto me faz pensar no que aconteceria se o governo parasse de atrapalhar: acabasse com a burocracia para abertura e fechamento de empresas, reduzisse impostos e cortasse gastos, permitindo que os juros caíssem. Até você iria se tornar um empresário, não iria?

Reflexões

Desde então, o empreendedorismo continuou em ascensão no Brasil, entretanto, mais recentemente, as estatísticas passaram a ser influenciadas por dois fatores negativos.

O primeiro é que a maior parte do crescimento se concentrou nos Microempreendedores Individuais (MEIs). A criação das MEIs foi, inegavelmente, um importante avanço institucional que tirou da informalidade mais de 6 milhões de pessoas, mas não representou um crescimento real do empreendedorismo, na melhor das hipóteses uma formalização. Mais do que isso, os microempreendedores individuais, como o próprio nome esclarece, são na realidade agentes que trabalham sozinhos, *free lancers*, e não empreendedores propriamente ditos, que criam negócios que geram diretamente novos empregos.

Além disso, com a deterioração das condições econômicas — queda do crescimento, alta dos juros, alta dos impostos e redução da oferta de crédito — as estatísticas de sobrevivência de MPEs em 2015 e 2016 certamente mostrarão uma piora muito significativa. Espero estar errado, mas não creio.

Aposentando a máquina concentradora de renda

Revista IstoÉ – junho de 2011

Desde 1994, com a queda da inflação, a distribuição de renda no Brasil está melhorando substancialmente.

Só nos últimos 5 anos, 45 milhões de brasileiros — mais do que toda a população da Espanha — deixaram as classes D e E. No mesmo período, 55 milhões entraram nas classes A, B, C. Em outras palavras, o Brasil ganhou uma Itália de consumidores de classe média e alta neste período. Se mantivermos o ritmo de melhora de distribuição de renda dos últimos 15 anos, antes do final desta década, a distribuição de renda no Brasil será melhor do que nos EUA.

Razão para comemorarmos, certo? Ainda não. Recentemente, a inflação subiu e, para não provocar uma desaceleração mais brusca do crescimento econômico, o Banco Central foi relativamente leniente. Além de outros efeitos nocivos, esta opção retarda e pode até reverter o processo de redistribuição de renda no Brasil de várias formas.

Não foi coincidência que o país teve as maiores taxas de inflação do planeta e uma das piores distribuições de renda do mundo. Quem mais sofre com a inflação é quem não tem conta bancária para proteger seu dinheiro da corrosão inflacionária, exatamente os mais pobres.

Em particular, a recente alta inflacionária foi liderada por uma elevação significativa do preço dos alimentos, que também atinge particularmente os mais pobres, que gastam uma parcela mais significativa de sua renda com comida.

Ao optar por não combater a inflação de forma mais dura agora, o Banco Central, provavelmente, terá de agir com mais rigor no futuro. Como com qualquer doença, quanto mais demoramos para tratá-la, maiores as doses necessárias de remédios e seus efeitos colaterais. No caso, o remédio é a elevação da taxa de juros, que, além de frear a atividade econômica, também funciona como um mecanismo concentrador de renda. Enquanto os mais pobres, normalmente, têm dívidas, cujo financiamento fica mais caro com a alta dos juros, os mais ricos têm aplicações financeiras, cuja rentabilidade sobe junto com os juros.

Para reacelerar o processo de redistribuição de renda no Brasil, além de parar de titubear no combate à inflação, o governo precisaria, apenas, de mais duas medidas.

Primeiro, aumentar investimentos em educação básica. Além da própria inflação, as raízes de nossa má distribuição de renda estão na péssima distribuição de oportunidades educacionais. Crianças sem acesso a educação de qualidade transformam-se em trabalhadores desqualificados, com baixa produtividade e baixos salários.

Além disso, o governo deveria reduzir seus gastos. Assim, diminuiria sua necessidade de financiamento, permitindo que os juros caíssem. Permitiria também a redução de impostos, que, no Brasil, penalizam os mais pobres com uma concentração de impostos sobre consumo. Enquanto aqueles com maior renda conseguem poupar parte dela, os mais pobres gastam tudo que ganham e, às vezes, até mais do que ganham em consumo.

O Brasil não chegou a uma das piores distribuições de renda do planeta por acaso. Já passou da hora de aposentarmos nossa máquina concentradora de renda.

Reflexões

A leniência do Banco Central com a inflação naquele momento e a incapacidade do governo em reduzir seus gastos de fato causaram uma agressiva alta dos juros mais à frente.

Para piorar, não aconteceu uma melhora significativa da educação básica, o que deixou os menos qualificados e mais pobres mais vulneráveis ao crescente crescimento do desemprego.

O programa Bolsa Família tem seus méritos e deméritos e, certamente precisaria ser melhorado, porém disparado o mais importante mecanismo de melhora de distribuição de renda que já inventaram é a melhora da qualificação dos mais pobres. No Brasil, a distribuição de renda é das piores porque a distribuição de oportunidades é das piores do mundo.

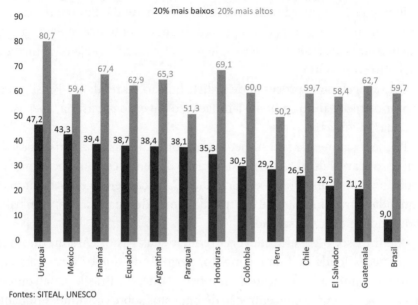

Porcentagens de jovens de 18 a 25 anos na Universidade por quintil de renda

Fontes: SITEAL, UNESCO

A taxa de acesso à universidade entre os brasileiros mais ricos é parecida com a dos outros países latino-americanos. Já a dos brasileiros mais pobres é a menor em toda a América Latina. Por consequência, acabamos com muita gente pouco qualificada no mercado de trabalho.

Em economia, há uma regra que acaba sempre funcionando, chamada lei da oferta e procura. Toda vez que a oferta supera a procura, os preços serão baixos. Toda vez que a procura supera a oferta, os preços são altos.

No caso, o preço a que me refiro é o preço do trabalho das pessoas, vulgarmente conhecido como salário. Como a oferta de trabalhadores pouco qualificados no Brasil é enorme, superando em muito a procura por eles, o desemprego entre eles é maior e os salários são baixos.

Já no caso dos trabalhadores mais qualificados, acontece exatamente o contrário. No Brasil, em geral — tirando momentos de crises econômicas agudas, como atualmente — há mais empresas interessadas em contratá-los do que oferta de gente qualificada para ocupar as vagas.

A consequência é que a diferença de salários no Brasil entre os poucos que terminam a universidade e os muitos que não terminam é muitas vezes maior do que em qualquer país do mundo.

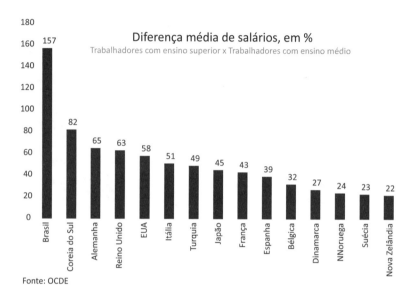

Fonte: OCDE

Por isso, os programas dos governos petistas de financiamento do acesso à universidade — que expandiram a milhões de pessoas que antes não tinham acesso ao estudo universitário a chance de ir à universidade — são muito mais importantes para melhorar a distribuição de renda no país de forma sustentada do que seus programas de distribuição de renda direta. Se não agirmos para lidar na causa da má distribuição de renda, a má distribuição de acesso à educação, ficaremos eternamente enxugando gelo, tentando agir na sua consequência.

Brincando com o dragão

Revista da MAN – junho de 2011

No início deste ano, renasceu das cinzas um antigo fantasma que parecia morto e enterrado: o dragão inflacionário.

Em parte, o monstro se nutriu de uma significativa alta do preço dos alimentos causada pelo crescimento do consumo global e, em alguns casos, quebras de safras agrícolas. Como a política monetária não produz alimentos, nem faz os chineses comerem menos, nosso Banco Central optou pela timidez no combate ao monstro.

Como resultado, a inflação continuou em elevação. Por fatores sazonais e uma possível retração dos preços dos alimentos, até é provável que a inflação caia nos próximos meses, mas não que ela volte aos níveis anteriores à sua elevação.

Há outra fonte de pressão inflacionária que não está sendo levada suficientemente a sério: um crescimento de dois dígitos do consumo que a expansão de nossa oferta não consegue acompanhar.

Na realidade, além da timidez do Banco Central na alta dos juros, há outro fator fundamental reforçando o desequilíbrio entre oferta e demanda: a gastança pública, que eleva a demanda agregada no país. O ideal seria que o governo cortasse significativamente os gastos e, assim, os juros não tivessem que aumentar.

Como isto, infelizmente, não deve acontecer, melhor seria lidar com o dragão inflacionário agora, que ele ainda está meio dormente depois de um período hibernando, do que dar-lhe a chance de, pouco a pouco, retomar as energias, exigindo doses muito maiores do amargo remédio dos juros no futuro. Pior, se não agir agora, o BC pode ter de fazê-lo às vésperas das eleições municipais, quando as condições políticas serão muito piores.

Enfim, se não quiser colocar em risco seu desempenho nas eleições municipais ou depender de uma nova crise global para desacelerar a economia brasileira e domar o dragão da inflação, é bom o governo colocar as rédeas no bicho o mais rapidamente possível.

Reflexões

Por razões eleitorais, o governo e o **Banco Central** optaram por não combater a inflação com a firmeza e afinco necessários não só antes das eleições municipais de 2012, mas antes das eleições presidenciais de 2014.

Pior ainda, o governo preferiu camuflar a inflação, postergando a elevação de preços que ele controlava, como gasolina, energia elétrica e transporte urbano para após as eleições. Com a inflação dos preços controlados pelo governo chegando a atingir 17% há alguns meses, a desvalorização cambial pressionando o preço dos produtos importados e dissídios continuando a elevar salários acima da inflação não chega a surpreender que a inflação tenha atingido mais do que o dobro da meta de inflação do próprio governo, chegando a dois dígitos.

Por outro lado, a recessão profunda e a queda do dólar nos últimos meses fez com que a inflação iniciasse uma trajetória de queda, inclusive um pouco mais intensa do que a maioria dos economistas esperava nos últimos dois meses. O dragão não atingirá o centro da meta inflacionaria neste ano, mas talvez termine o ano dentro do intervalo de tolerância da meta, isto é entre 4,5% e 6,5%, particularmente se o movimento de queda do dólar continuar. Parece aquela velha canção: se correr o bicho pega, se ficar o bicho come.

Bolsa-Brasil

Revista IstoÉ – outubro de 2011

Se você achou que este artigo trataria das perspectivas para nossas ações, enganou-se. Vou falar dos programas de transferência de renda do governo e suas consequências.

Com frequência, escuto inúmeras críticas ao Bolsa Família. Algumas procedentes, como o fato do benefício não ter prazo para acabar e seu valor ser idêntico em locais com custo de vida tão díspares como São Paulo e o sertão nordestino. Outras, como a existência do programa, improcedentes. O que realmente impressiona é que outros programas de transferência de renda e subsídios implícitos ou explícitos, com custos muito mais elevados do que os R$ 16 bilhões anuais do Bolsa Família, não recebam as mesmas críticas. Por exemplo, o Bolsa-Empresário — diferença entre o custo de financiamento do Tesouro Nacional e as taxas dos empréstimos do BNDES — custará R$ 18 bilhões em 2011. O Bolsa-Exportador — diferença entre a remuneração das reservas internacionais e o custo de financiamento da dívida pública — custará mais de R$ 60 bilhões. O Bolsa-Aposentado custará mais de R$ 90 bilhões — o déficit de nosso sistema de previdência.

Você deve estar pensando "só eu não ganho o meu". É muito provável que ganhe, sim. Há, por exemplo, o Bolsa-Idoso e o Bolsa-Estudante, conhecidos popularmente como Lei da Meia-Entrada, que faz com que todos os demais paguem ingressos mais caros para que estudantes e idosos paguem menos. Há ainda o Bolsa-Mulher, a lei que permite que mulheres se aposentem cinco anos antes dos homens; o Bolsa-Rural, com linhas de créditos subsidiadas para o setor; o Bolsa-Banqueiro, abençoado pelas nossas taxas de juros elevadíssimas para cobrir as enormes necessidades de financiamento do setor público; o Bolsa-Funcionário Público, devido a salários superiores aos praticados pela iniciativa privada para as mesmas funções, e às aposentadorias privilegiadas; o Bolsa-Universitário, para os estudantes de universidades públicas gratuitas. Não nos esqueçamos do Bolsa-Corrupto, recursos do inchado erário público desviados para bolsos privados. Eu sei, eu sei. O programa que beneficia especificamente você é completamente diferente dos demais e plenamente justificado. É por isso que o Brasil tem hoje uma das cargas tributárias mais elevadas do planeta, mas faltam recursos para investimentos em educação, saúde e infraestrutura. E continuamos discutindo a elevação do Bolsa-Político — a arrecadação pública — criando-se mais um imposto para financiar o setor de saúde. Uma das funções mais importantes do Estado é corrigir distorções de mercado — como, por exemplo, uma excessiva concentração de renda. No Brasil, confundimos isto com governo gastão, que se mete em tudo e que distorce mais do que corrige distorções.

Enfim, enquanto você continuar convencido de que o seu programa é mais do que justo, pense duas vezes antes de reclamar do Bolsa Família, dos impostos altíssimos, da infraestrutura precária e da saúde, educação e segurança deficientes. Ao compactuar com o atual sistema, a sociedade brasileira faz uma opção por um governo forte e poderoso que nos oferece migalhas e um país cuja capacidade de se mover é limitada pelo peso do próprio governo. Escolhemos o dinheiro das Bolsas, ao invés de dinheiro nos bolsos. Já passou da hora de refazermos nossas escolhas.

Reflexões

Talvez um dos problemas brasileiros mais graves que se intensificou nos últimos anos, mas que vem de muito antes, foi o conceito de paternalismo estatal.

Suas razões políticas são fáceis de compreender. Do lado dos políticos, mais e mais gordos programas nas mãos do governo significam mais poder, mais moeda de barganha, mais recursos para fazerem média com seus eleitores ou manipularem politicamente os grupos que, teoricamente, se beneficiam dos programas e — é bom não esquecer — mais recursos ao alcance da corrupção.

Do lado dos grupos supostamente beneficiados por cada um dos programas, inicialmente eles parecem não apenas justos, mas muito vantajosos e, a curto prazo, normalmente são mesmo. Muitos beneficiários do Bolsa Família talvez não tivessem condições de sobrevivência sem ele quando o programa foi criado. O mesmo pode se dizer para as empresas beneficiadas pelo que chamei de Bolsa-Empresário ou Bolsa-Exportador. Se tantas mulheres mais que homens exercem uma dupla jornada de trabalho, como não seria justo que fossem compensadas de alguma forma ou como aposentadorias altas não seriam benéficas aos funcionários públicos?

No entanto, nenhum destes grupos e tantos outros que se beneficiam de outros programas percebem que a longo prazo saem perdendo de pelo menos duas formas.

Em primeiro lugar, estes programas ou criam dependências que acabarão levando à ruína de seus supostos beneficiários ou são insustentáveis e criam expectativas, como planejamentos de vidas que acabarão sendo frustrados, com consequências negativas cruéis para aqueles que dependem deles.

O Bolsa Família por exemplo, foi criado há 13 anos e nunca incluiu nenhuma qualificação de seus beneficiários — apenas de seus filhos — para que possam sonhar mais do que receber uma esmola de, no máximo, umas poucas centenas de reais até o final da vida. Imagine pais que começaram a receber o "benefício" há 13 anos e que daqui a mais 13 anos tenham visto uma boa parte da sua vida produtiva passar, que tiveram sua subsistência garantida, mas uma boa parte de sua vida e seu potencial desperdiçados.

Com as empresas que transformaram o Bolsa-Empresário e Bolsa-Exportador no seu balão de oxigênio, acontece exatamente a mesma coisa. Inicialmente, estes programas garantiram sua sobrevivência; a longo prazo, na melhor das hipóteses condenam-nas à letargia, na pior à morte. Com a subsistência garantida, estas empresas sentem menos necessidade de inovar, de melhorar seus produtos, serviços e atendimento, de fortalecer sua gestão financeira. Enfim, tornam-se incompetentes.

Um dia vem uma crise e elas não estão suficientemente preparadas para lidar com os desafios. Como filhos superprotegidos, acabam fragilizados. Para piorar, no meio da crise — como a situação financeira do governo costuma estar também mais fragilizada pela recessão — o oxigênio acaba sendo cortado na hora em que as empresas mais precisariam dele.

No caso das aposentadorias, a história é parecida. O problema é matemático. Justas ou não, não haverá dinheiro para pagá-las. Portanto, de uma forma ou de outra — a inflação, sem reajustes equivalentes nos benefícios, é uma das formas de fazer isso sem que a maioria se dê conta inicialmente, como os aposentados, em particular pelo INSS, sentiram na pele ao longo das últimas décadas — elas acabarão não sendo pagas. O problema é que contando com elas, as pessoas não pouparam como deveriam e terão menos recursos disponíveis na fase em que mais precisarão deles porque terão perdido ou no mínimo limitado sua capacidade de gerar renda.

Na prática brasileira sequer cabe o argumento social de que o Estado funciona como um Robin Hood, tomando dos ricos e dando aos pobres. Por incrível que pareça, a distribuição de renda depois de impostos e benefícios públicos é pior do que antes deles. Em outras palavras, no Brasil, o Estado toma dos pobres e dá aos ricos.

Por fim, perdemos todos com o agregado de todos estes programas governamentais. A curto prazo, só há duas formas de financiá-los: ou pagamos impostos ou o governo emite dívida pública. Impostos diminuem a renda que sobra no bolso das pessoas e, portanto, sua capacidade de consumir, reduzindo as vendas e resultados das empresas e, por consequência o número de empregos que geram e os salários que pagam a seus funcionários. Dependendo da característica do gasto público, isto seria integralmente ou até mais do que integralmente compensado pelo impacto estimulante do próprio gasto público na economia, pela característica de Robin Hood às avessas apontada há pouco. Isto não acontece no Brasil, pois os mais ricos, que acabam com mais após os impostos e gastos do Estado, têm menor propensão a consumir que os mais pobres, que costumam gastar toda ou quase toda a renda que têm disponível.

Ao emitir dívida, o governo retira do mercado recursos que poderiam financiar mais consumo para as famílias ou mais investimentos para as empresas. Com o aumento da demanda pelos parcos recursos disponíveis, a taxa de juros que o próprio governo, as famílias e as empresas têm de pagar acaba sendo mais alta.

Para completar, esta dívida do governo terá de ser paga um dia, o que só será possível com ainda mais impostos. A única outra alternativa possível é que o governo dê um calote e não honre sua dívida, basicamente transformando a poupança dos brasileiros que através de diversos instrumentos financeiros está direta ou indiretamente investida ou lastreada por esta dívida, em lixo.

O grande problema é que os supostos beneficiários dos programas não percebem que perderão mais eles mesmo, no longo prazo, com a sustentação por mais algum tempo dos programas e reagem com estridência a qualquer tentativa de reduzi-los ou limitá-los. Já o resto da população não costuma exigir com a mesma estridência o fim dos programas porque o custo individual de cada um deles é relativamente limitado. Somados, no entanto, eles geram um país condenado ao fracasso.

Um dos maiores desafios e uma das maiores oportunidades de acelerar o crescimento brasileiro a curto, médio e longo prazos é desmontar o Estado paternalista. O desmonte de cada um dos programas tem de ser feito de forma gradual e programada. Tirar a linha de oxigênio de tantos que se tornaram dependentes dela, ainda mais em um momento de crise econômica, como o atual, os levaria ao colapso. No entanto, todos têm de saber que isto ocorrerá gradualmente e fortalecer seus pulmões pouco a pouco. O processo não é fácil, nem agradável, mas a alternativa é a subsistência apenas por aparelhos, até que os aparelhos tenham de ser desligados, de uma hora para outra, porque faltou dinheiro para a conta de luz.

A contrapartida é que, se tivermos a coragem política de encarar este desafio, eu não tenho dúvida absolutamente nenhuma de que o patamar de desenvolvimento do país em algumas décadas será completamente diferente do atual. Claro, não sou ingênuo, sei muito bem que coragem política não é propriamente o nosso ponto mais forte. Exatamente por isso, nós, a população brasileira, temos de exigir e criar condições políticas para que isso aconteça. Caso contrário, acabaremos desperdiçando mais uma oportunidade e mais uma geração de brasileiros.

Crônica de uma decepção anunciada

Revista IstoÉ – dezembro de 2011

Dezembro, mês internacional das promessas e previsões para o ano vindouro.

Uma previsão para 2012: você vai prometer e programar um monte de mudanças que não vão acontecer... e eu também. Ano novo, imaginamos tudo que gostaríamos que acontecesse e desconsideramos solenemente qualquer potencial dificuldade. Conhece alguém que inclua problemas de saúde, perda de emprego ou crises no casamento em suas expectativas para o ano novo? Nem eu.

A mesma coisa acontece com as previsões econômicas. A maioria dos economistas projeta a manutenção do status, ignorando potenciais obstáculos. No caso das previsões dos governos, o problema é ainda pior.

O governo brasileiro projeta um PIB 5% maior em 2012; a maioria dos economistas espera crescimento de 3,5%. Minha previsão de ano novo: todos exageraram no otimismo, talvez por muito.

Devido à letargia dos líderes europeus, recessão por lá em 2012 é praticamente uma certeza. Uma recessão branda é o cenário mais otimista. O cenário alternativo — se os europeus forem incapazes de implementar uma resposta ampla e significativa aos desafios atuais — é uma crise crônica de proporções superiores às causadas pelo colapso do banco Lehman Brothers em 2008.

No caso de um eventual processo generalizado de calotes de países europeus, a probabilidade de problemas financeiros mais sérios, similares aos causados pela quebra do Lehman Brothers, é muito grande.

Só que desta vez, o arsenal de combate à crise nos países desenvolvidos está praticamente exaurido. Ao contrário de 2009, não podem mais estimular suas economias com aumento de gastos públicos e redução de impostos. Agora, há uma crise fiscal que exigirá exatamente o contrário. Também não terão como impulsioná-las reduzindo as taxas de juros. Elas já estão em 1% a.a. ou menos, em praticamente todos eles. O único instrumento de estímulo econômico que restou, o menos eficiente deles, é imprimir dinheiro — com efeitos colaterais na inflação e na taxa de câmbio, como todo brasileiro que viveu a década de 1980 sabe.

Mesmo que mais calotes não ocorram e a Europa tenha apenas uma recessão branda, é bem provável que ela se estenda aos EUA. Desde 1948, toda vez que o crescimento trimestral americano caiu abaixo de 2% em relação ao mesmo trimestre do ano anterior, em seguida ele se tornou negativo. Quando o crescimento perde força, empresas param de contratar e investir, e bancos param de emprestar, aprofundando o próprio desaquecimento. No 3º trimestre de 2011, o PIB americano cresceu 1,4% em relação ao 3º trimestre de 2010. Paralisia política, cortes de gastos públicos e aumentos de impostos elevam ainda mais a probabilidade de recessão nos EUA em 2012.

Com Europa e EUA em recessão, só restaria o último dos pilares da economia mundial, a China. Infelizmente, a economia chinesa também está mais frágil do que em 2008. Então, o PIB chinês crescia 14% a.a. Agora, 9% a.a. Além disso, a redução na oferta de crédito global causada por preocupações com a Europa, expôs problemas nas construtoras chinesas. Um eventual estouro de bolha imobiliária na China aumentará as dificuldades da economia global.

Quem lê habitualmente esta coluna não se surpreendeu com a estagnação do PIB brasileiro no 3º trimestre deste ano. Não se surpreenda também com um crescimento muito baixo no ano que vem e até com uma pequena queda, se calotes ocorrerem na Europa. Feliz 2013.

Reflexões

Infelizmente, como eu previa no final de 2011, o crescimento em 2012 ficou muito abaixo não só da expectativa de 5% do governo, mas também da expectativa média dos economistas dos bancos de 3,5%. Ele só atingiu 1,9%.

Como veremos a seguir, em todos os anos do governo Dilma esta decepção de expectativas se repetiu. Em nenhum dos 5 anos até aqui, o crescimento atingiu as expectativas do final do ano anterior e em 2016 não será diferente. Por melhor intencionada que tenha sido nossa quase-ex-presidente, cabe a máxima popular: de boas intenções o inferno está cheio.

2012

Comemorando pelas razões erradas

Revista IstoÉ – janeiro de 2012

Muita fanfarra na virada do ano porque o Brasil tornou-se a 6ª economia mundial, ultrapassando o Reino Unido.

Não entendo por quê. Somos a 6ª economia do planeta há tempos. As estatísticas oficiais não incluem a economia informal, como se os camelôs, pipoqueiros, professoras de violão e catadores de latinhas não existissem.

Acontece que há muito mais informais no Brasil do que na França ou na Alemanha, que segundo as estatísticas são a 5ª e 4ª economias do mundo. Estes trabalhadores são ignorados pelas estatísticas, mas não deixam de produzir, comer, morar, comprar, ir ao futebol. Já somos pelo menos a 5ª ou talvez a 4ª economia global, apesar do FMI ainda não indicar isto.

Mesmo assim, não vejo razão para euforia. Ser uma das maiores economias ajuda a atrair investimentos e gerar empregos, mas não garante prosperidade para todos. Tudo depende do nível de renda per capita e de como a renda está distribuída. A China, por exemplo, é a 2ª economia do planeta e tem um PIB 110 vezes superior ao de Luxemburgo. No entanto, cada chinês é, em média, 20 vezes mais pobre do que cada luxemburguês.

O Brasil não tem razões para se ufanar. Nossa distribuição é uma das piores do mundo e nossa renda per capita é medíocre, a 55ª do globo.

Ruim, mas já foi bem pior. O excepcional processo de transformação pelo qual o país está passando trouxe melhoras significativas. De 2002 para cá, a economia brasileira pulou de 13ª a 6ª maior do planeta segundo o FMI. Nossa renda per capita avançou 19 posições, saindo do 74º posto. Nossa distribuição de renda também melhorou muito.

Ao contrário do que reivindicam alguns, nossa ascensão econômica não aconteceu por méritos deste ou daquele político. Melhoras semelhantes ocorreram em dezenas de outras economias no mesmo período. A explicação é uma transformação muito mais ampla e menos sujeita aos caprichos dos políticos.

Ao entrar na Organização Mundial do Comércio em dezembro de 2001, a China condenou o Brasil e vários outros países em desenvolvimento a emergirem.

Este evento provocou uma forte e sustentada elevação dos preços de matérias-primas que exportamos, enquanto reduziu o preço de inúmeros produtos industrializados e do capital que importamos, favorecendo consumo e investimento por aqui e em muitos países emergentes. A mudança foi tão grande que hoje, entre os 10 países com renda per capita mais elevada, metade é exportador de matérias-primas.

As forças que impulsionaram a economia mundial na última década, possivelmente, continuarão ao longo desta, o que sustentará nosso processo de desenvolvimento, apesar de solavancos esporádicos, como o que deve ocorrer este ano devido à crise europeia. Não deixe a decepção de 2012 nublar as perspectivas do que esta década pode trazer.

Se as tendências de crescimento econômico e cambiais dos últimos 9 anos em todo o mundo continuarem iguais, antes da Copa do Mundo nossa distribuição de renda será melhor do que a dos EUA. No final da década, seremos a 3ª economia mundial, nossa renda per capita avançará mais 21 posições. Um ano depois, em 2021, nossa renda per capita será maior do que a dos americanos.

Nada disso está garantido. Oportunidade não é destino. Em lugar de comemorar uma estatística errada e que significa pouco para a vida dos brasileiros, deveríamos nos preocupar em criar as condições para que este desenvolvimento potencial se torne realidade. Como já cantou o poeta: "quem sabe faz a hora, não espera acontecer".

Reflexões

O poeta está certo, ficamos esperando. Não fizemos acontecer e o bonde da oportunidade passou. A decepção de 2012, na realidade, foi apenas um pequeno preâmbulo de uma deterioração econômica que se agravaria, e muito, ao longo dos anos seguintes.

Em 2012, nosso PIB foi de US$ 2,5 trilhões. Neste ano, será de US$ 1,5 trilhão. Por consequência, não apenas fomos ultrapassados pelo Reino Unido, mas também pela Índia e até pela França e a Itália, cujas economias também encolheram desde 2012, mas menos do que a nossa.

Em outras palavras, não apenas andamos para trás, mas em ritmo mais acelerado do que países europeus que vivem crises estruturais gravíssimas.

De 2012 para cá, a renda per capita brasileira encolheu bastante, enquanto continuou subindo em outros países, em alguns casos, em ritmo bastante acelerado. Por consequência, nossa posição no ranking mundial caiu bastante. De acordo com dados do FMI, em 2016, seremos apenas o 76º país do mundo em renda per capita, atrás do Gabão, Suriname, Guiné Equatorial e China, por exemplo. Antes que alguém diga que o problema é a desvalorização da taxa de câmbio, que de fato reduz nossa renda per capita quando convertida a dólares, convém dizer que considerando-se o critério ajustado pelo que a renda compra em cada país — Paridade do Poder de Compra (PPC) — nossa posição é ainda pior: 86º, atrás ainda de superpotências como Botsuana, Palau e República Dominicana, além do Iraque e da Venezuela. A classificação pior deriva do alto custo de produtos e serviços — e, por consequência, do alto custo de vida no Brasil — por razões já discutidas.

A boa notícia desta catastrófica década perdida — nossa renda per capita medida em dólares neste ano será praticamente igual à de 2007 — é que, como um elástico já afrouxado, é mais fácil voltar ao nível de renda que já tivemos do que foi atingi-lo pela primeira vez, porque os meios de produção para gerá-lo, ao menos na sua maior parte, continuam disponíveis. Agora, é sempre bom lembrar Geraldo Vandré: quem sabe faz a hora, não espera acontecer.

O Brasil que só os gringos enxergam

Revista IstoÉ – março de 2012

Nos últimos meses, é raro passar uma semana sem que eu receba um convite para palestrar em conferências no exterior sobre investimentos no Brasil.

Tenho feito também muitas reuniões de consultoria com estrangeiros, presidentes e diretores de multinacionais, visitando nosso país para conhecer melhor sua economia. Em pauta, decisões sobre uma eventual entrada ou ampliação das operações de suas empresas por aqui. Quase sempre, algum tempo depois, os investimentos se materializam.

Após duas décadas apresentando a economia brasileira a investidores locais e estrangeiros, pensei que nada mais me surpreenderia. Engano meu. Nos anos 1990 e início da década passada, perguntas em relação ao Brasil eram sobre problemas e riscos. Ao longo deste período, a análise aprofundada de casos de crises financeiras em muitos países treinou-me a identificar sintomas e causas que levam a crises econômicas, mais ou menos como um médico faz um diagnóstico.

Eu nem imaginava que um dia iria antecipar crises nos EUA, Europa e Japão — as ex-economias modelos — e suas consequências. Imaginava, ainda menos, que altos executivos de empresas de lá me procurariam para entender crises econômicas e impactos nos seus negócios. Ao contrário de nós brasileiros, forjados em crises nos anos 1980 e 1990, os ricos não as enfrentavam há décadas, o que despreparou seus executivos.

Outra surpresa, a imensa maioria das perguntas dos estrangeiros agora foca em participar da emergência brasileira e não mais em quais problemas o Brasil ainda tem.

O ganho de importância do Brasil e a consequente mudança de postura da comunidade empresarial global em relação a nós já aconteciam há anos, mas se aceleraram após a crise financeira global de 2008.

Nos últimos três anos, investimentos produtivos de empresas estrangeiras no país — IED no jargão dos economistas — triplicaram, levando o país de 14º a 3º receptor global, atrás apenas da China e EUA.

A imagem do país entre os estrangeiros mudou. Entre nós mesmos, ainda não.

As recentes reclamações da presidente Dilma em relação ao "tsunami financeiro" vindo dos países ricos, e do ministro Guido Mantega quanto à Guerra Cambial desconsideram a nova ordem econômica global. Em 2010, neste mesmo espaço, em meu artigo Guerra!, já alertava que a forte emissão monetária e o enfraquecimento das moedas dos países ricos, e ainda um redirecionamento do crescimento chinês para mais consumo local — também anunciado esta semana — eram inevitáveis.

Não significa que o Brasil não possa e não deva enfrentar o novo quadro. Porém, para ter sucesso, é preciso compreender este quadro, abandonar sucessivas medidas de controles de capitais, que só enxugam gelo, e lidar com o cerne do problema brasileiro de competitividade: o excesso de gasto público.

Se o governo gastar menos, tomar menos dinheiro emprestado, as taxas de juros baixarão mais, atraindo menos dólares e reduzindo a apreciação do real. Os impostos podem cair e investimentos em infraestrutura crescer, melhorando a competitividade.

Enfim, os estrangeiros enxergam o Brasil como potência econômica, já nosso próprio governo, em vez de tomar as rédeas da situação, culpa outros países pelos males que nos afligem e por defender seus próprios interesses e necessidades.

Reflexões

Em vez de fortalecer a economia brasileira — investindo na qualificação de nossos profissionais, em um maior grau de automação na indústria e serviços, na melhora de nossa infraestrutura de transportes e criando condições para impostos e juros menores com a redução dos gastos públicos — o governo Dilma preferiu apostar pesado na suposta proteção da economia brasileira da concorrência internacional.

As consequências, tristemente óbvias, foram o encarecimento dos produtos no Brasil e, mais à frente, a atual crise econômica.

O que chama a atenção é que também hoje, em condições econômicas muito mais adversas do que as que prevaleciam na época em que o artigo foi escrito, os brasileiros têm uma visão muito mais pessimista do seu futuro do que os gringos.

Claro que os gringos, em particular os que têm investimentos por aqui, também estão preocupados, e muito, com o que está acontecendo. Mas, ao contrário de nós mesmos — talvez por ter uma visão muito mais globalizada da economia mundial — muitos entre eles não perdem de vista o potencial da economia e do mercado brasileiro.

Em um mundo onde os países que possuem mercados grandes e potencial de crescimento acelerado são pouquíssimos, empresas que pretendem ser líderes globais não podem dar-se o luxo de não ter uma participação significativa no mercado brasileiro.

Por esta razão, investimentos estrangeiros significativos têm acontecido, mesmo em meio à profunda recessão atual. Entre os clientes de minha empresa, a Ricam Consultoria, neste exato momento, há vários com forte interesse em investir no Brasil assim que haja uma sinalização clara de mudança no rumo da política e estabilização da economia. Estas empresas querem aproveitar um momento em que a recessão barateou o preço das empresas no Brasil, e a moeda brasileira desvalorizada torna estes preços ainda mais atrativos. Do ponto de vista das empresas estrangeiras interessadas em investir por aqui, a hora é agora.

Isto significa que, quando o governo brasileiro for capaz de retomar a confiança de investidores nacionais e estrangeiros e dos consumidores, é provável que haja uma forte aceleração nos investimentos produtivos no país, gerando empregos, desenvolvimento e crescimento econômico.

E parece que isto está caminhando no rumo certo: hoje, no dia que faço a revisão final do livro, dia 24 de abril de 2016, saiu a notícia de que Henrique "Confiança" Meirelles foi ao Palácio do Jaburu conversar com o quase-presidente Michel Temer. Entrevistado na saída, elegantemente negou o convite para assumir o ministério da Fazenda, declarando-se disposto a colaborar com o próximo governo no que o país precisar. Sei não, tomara que o antigo ditado da fumaça e do fogo esteja certo.

Manifesto por um Brasil mais rico, não um Brasil mais caro

Revista IstoÉ – abril de 2012

Na Idade Média, o tratamento para a peste bubônica era forçar o doente a penitenciar-se com um padre. Buscava-se tratar sintomas como febre, calafrios e delírio através da graça de Deus.

O resultado: um terço da população europeia foi dizimada pela peste. De lá para cá, muito mudou, mas nem tanto assim. Vários tratamentos médicos continuam lidando exclusivamente com os sintomas e não com as causas das doenças. Na economia, também.

Na história brasileira, há mais casos de tratamentos de sintomas de problemas econômicos do que episódios onde as verdadeiras razões dos desarranjos foram confrontadas.

Nesta semana, tivemos mais um. Para lidar com dificuldades da nossa indústria, o governo e o Banco Central vêm adotando uma série de medidas, incluindo redução temporária de impostos para alguns subsetores, aceleração da queda da taxa de juros, adoção de restrições à entrada de capitais estrangeiros para enfraquecer nossa moeda e elevação de impostos sobre produtos importados.

Além de sujeitarem o país a eventuais retaliações comerciais, estas medidas criam um Brasil mais caro, não mais rico. Quem pagará a conta do encarecimento dos produtos importados e da redução da competição com os nacionais é você, o consumidor. Aliás, já paga. No ano passado, impostos sobre importação arrecadaram mais que o Imposto de Renda Pessoa Física. Você pagou ambos. Os primeiros, nos preços elevadíssimos praticados no Brasil e o IRPF, na fonte.

A própria indústria, beneficiária no curto prazo, acaba perdendo no longo prazo, à medida que a elevação de preços reduz o número de consumidores que podem arcar com preços mais elevados.

O governo deve, sim, adotar medidas enérgicas para elevar a competitividade do país. Para isso, precisa cortar gastos públicos excessivos e de péssima qualidade. Somos pouco competitivos e nossos preços são elevados porque, no Brasil, compramos o produto ou o serviço e pagamos junto nosso governo gastão.

Não raro, pagamos duas vezes pelo mesmo serviço. Saúde e educação são exemplos óbvios. Através de nossos impostos, pagamos os sistemas públicos, mas, devido à baixa qualidade, quem pode paga também por serviços privados.

Com menos gastos públicos, os impostos também cairiam e, com eles, os preços. Com preços menores, o consumo aumentaria e a geração de empregos também. Sobrariam mais recursos para investimentos em infraestrutura, reduzindo custos de transporte, energia, comunicação etc. O governo necessitaria de menos dinheiro emprestado, permitindo que a taxa de juros caísse, sem gerar desequilíbrios. Juros menores atrairiam menos capital estrangeiro, levando a uma taxa de câmbio menos apreciada.

Menos gastança governamental e impostos são a receita para um país mais rico. Mais impostos sobre produtos importados constroem apenas um país mais caro.

Nossa presidente tem reclamado do tsunami financeiro dos países ricos — que ela não controla — mas não tem atacado sistematicamente o tsunami de gastos públicos, sob seu controle.

Reflexões

Como na atual crise política, a opção de Dilma foi colocar-se na posição de vítima. Como suposta vítima do tsunami financeiro vindo dos países ricos, a solução dos problemas brasileiros não estaria na nossa mão.

Além de falsa, esta interpretação tirava das nossas mãos as rédeas de nosso futuro. A opção do governo por medidas paliativas não funcionou, como já era de se esperar na época.

As soluções continuam a ser as mesmas e hoje só se fazem mais necessárias, urgentes e desafiadoras do que na época.

Por outro lado, dadas uma realidade muito pior e expectativas muito mais baixas com relação ao país, seus impactos positivos potenciais, inclusive via reversão de expectativas são hoje muito maiores do que eram na época, vide o que aconteceu na Argentina nos últimos meses, após a posse de Mauricio Macri e a implementação — ainda bastante inicial — de uma agenda mais liberalizante.

Lucro: ode ou ódio?

Revista IstoÉ – junho de 2012

Novamente, o governo adotou várias medidas para combater a desaceleração da economia causada pelos efeitos globais da crise europeia.

Tais medidas ilustram bem os defeitos da economia brasileira. Somos o país do plano B. Falta o plano A. Não planejamos, nem temos um modelo de desenvolvimento. Também na economia, somos o país do puxadinho, do combate à doença, ao invés da prevenção. Já dizia Peter Drucker que a melhor maneira de prever o futuro é criá-lo. Nós não prevemos, não criamos, nem agimos. Apenas reagimos.

O governo alega que a crise europeia e suas consequências eram imprevisíveis. Mentira. Meus leitores já sabem disto faz tempo.

Nossos governos, todos eles, quase nunca atacam as causas dos desarranjos, apenas suas consequências. Distorções causadas por gastos públicos excessivos — impostos elevados, infraestrutura precária, juros altos e câmbio apreciado — limitam a competitividade de vários setores. As respostas? Tentar forçar, na marra, a queda dos juros e a queda do real, ou então elevar impostos de produtos importados. Isto transfere a conta das empresas para o consumidor, através de uma alta da inflação, transformando o Brasil em um país caro, em vez de um país rico.

Reações favoráveis da maior parte da opinião pública a algumas medidas recentes mostram o quanto o capitalismo ainda tem de evoluir por aqui.

O melhor exemplo é o uso de bancos públicos para forçar bancos privados a reduzirem suas taxas de juros. Sou favorável ao máximo de competição possível em qualquer setor da economia. Entretanto, não dá para esperar que um país com os mais altos níveis de juros básicos, tributação do sistema financeiro e alíquotas de depósitos compulsórios do mundo não tenha também as mais altas taxas de juros ao consumidor e às empresas. "Mas os bancos lucram demais." Este argumento carrega uma contradição que nos condena ao fracasso. Vivemos em um sistema capitalista onde lucrar é pecado.

Com sua atuação onipresente, o Estado quebra um dos pilares do capitalismo: a livre iniciativa. Casos de favorecimento a grupos, empresas e indivíduos pelo Estado — sem falar em uma cachoeira de corrupção — criaram a percepção de que, no capitalismo brasileiro, qualquer lucro é suspeito. Um histórico de lucros privados e prejuízos socializados distorceu ainda mais a percepção da sociedade em relação aos empresários e empreendedores. Nos EUA, um empresário de sucesso desperta admiração, no Brasil, desconfiança. Somos um pássaro com vergonha de voar. Esta não é uma receita de desenvolvimento, mas de atraso.

Faria melhor o governo retirando entraves à competitividade da economia, o que só será possível com redução de gastos públicos e fim do envolvimento do Estado em tudo, e das benesses que já chamei aqui de Bolsa-Brasil. Feito isso, ele precisa abolir os entraves à competição, abolindo "resgates" de setores ou empresas em dificuldade. Em um regime capitalista, para que haja vencedores, também haverá perdedores.

O Brasil tem de adotar políticas de redistribuição de oportunidades e capacitação, que tornam não apenas os pobres, mas toda a sociedade mais rica. Políticas diretas de redistribuição de renda, na maioria das vezes, tornam os ricos e a sociedade permanentemente mais pobres, e os pobres apenas temporariamente mais ricos. Já passou da hora de garantirmos a todos uma boa educação e substituirmos o ódio ao lucro por uma ode ao lucro.

Reflexões

Infelizmente, pobres, ricos e a sociedade como um todo ficaram mais pobres ao longo dos últimos anos. Mesmo considerando o conceito de Paridade do Poder de Compra (PPC), para retirar potenciais distorções causadas pela variação cambial — a renda per capita brasileira medida em dólar cresceu 47% nos anos 1980, a chamada década perdida. Nos dez anos findos ao final de 2016, ela só terá crescido 19% e será menor do que era em 2011.

Já passou da hora de deixarmos o capitalismo funcionar no Brasil e de focarmos em redistribuição de oportunidades, qualificando os mais pobres, melhorando a educação básica brasileira. Que tal irmos para as ruas, todos, unidos, cobrar mais e melhores escolas, e menos privilégios e desperdícios?

Mais e melhores estradas, portos, aeroportos, ferrovias, e mais nenhum estádio superfaturado? Mais e melhores hospitais, e menos empréstimos subsidiados do BNDES aos amigos do governo?

O medo da bolha imobiliária

Revista IstoÉ – julho de 2012

O mercado imobiliário gera paixões. Para muitos, a compra de um imóvel é a decisão financeira mais importante da vida.

Para investidores, é um potencial de lucros às vezes fantásticos. Para o país, um poderoso motor de crescimento e geração de empregos.

Desde 2008, venho refutando alegações de que o Brasil tem uma bolha imobiliária prestes a estourar. De lá para cá, os preços dos imóveis dobraram, triplicaram ou subiram ainda mais.

Impressionado com o ritmo da atividade imobiliária e com a forte elevação dos preços, resolvi atualizar meus estudos sobre o assunto para checar minhas conclusões.

Analisei as bolhas imobiliárias de todos os países para os quais consegui dados desde 1900. Ignorei apenas bolhas imobiliárias regionais como, por exemplo, a causada pela busca do ouro no oeste americano.

Algumas conclusões saltam aos olhos. Primeiro, bolhas imobiliárias costumam envolver forte atividade de construção. Para tornar os dados de construção comparáveis entre diferentes países e períodos, analisei o consumo anual de cimento, per capita, em cada país no ano em que a bolha estourou. Não encontrei nenhum estouro de bolha com consumo anual de cimento inferior a 400 kg per capita. Na Espanha, passou de 1.200 kg e há casos, como na China atual, de consumo ainda superior, 1.600 kg, sem estouro de bolha. No Brasil, minha estimativa é de que hoje estamos em 349 kg.

Segundo, uma bolha imobiliária sempre se caracteriza por preços muito elevados em relação à capacidade de pagamento das pessoas. Considerando-se quantos anos de salários são necessários para comprar um imóvel de preço médio nas principais cidades do mundo, nenhuma cidade brasileira está hoje entre as 20 mais caras. Por outro lado, Brasília, Rio de Janeiro, Salvador e Balneário Camboriú estão entre as 100 mais caras. Entretanto, mesmo por esse parâmetro, Brasília, a mais cara do país, ainda é duas vezes e meia mais barata do que Rabat, no Marrocos, a mais cara do mundo.

O ar que infla qualquer bolha de investimento, imobiliária ou não, é sempre uma abundante oferta de crédito. Ela possibilita que investidores comprem algo que não poderiam apenas com suas rendas. Todas as bolhas imobiliárias que encontrei estouraram quando o total do crédito imobiliário superava 50% do PIB e, em alguns casos, passava de 130% do PIB. Nos EUA, em 2006, um ano antes dos preços começarem a cair, era de 79% do PIB. No Brasil, apesar de todo crescimento dos últimos anos, este número é hoje de 5% do PIB.

Aliás, é sempre uma súbita ruptura na oferta de crédito, normalmente associada a uma forte elevação do custo deste crédito, que faz com que bolhas estourem. No Brasil está acontecendo exatamente o contrário. O crédito imobiliário está em expansão e o seu custo em queda. Por tudo que pesquisei, concluo que é bastante improvável que haja um estouro de bolha imobiliária no Brasil, pelo menos em breve. Se você vem adiando o sonho da casa própria por este medo, relaxe.

Então os preços dos imóveis continuarão subindo no ritmo dos últimos anos? Dificilmente. Os preços atuais já estão mais elevados; em casos específicos, até altos para padrões internacionais.

O mais provável, são altas mais modestas, às vezes bem mais modestas. Em alguns casos, até pequenos ajustes de preços para baixo são possíveis e salutares. São exatamente eles que garantiriam que bolhas não estourem em um futuro mais distante.

Reflexões

As primeiras preocupações e discussões sobre bolha **imobiliária no Brasil surgiram em 2007, quando as bolhas imobiliárias da Europa e dos Estados Unidos estouraram, mas o assunto entrou com força nas discussões do grande público em 2011 e 2012.**

Apesar disso, de junho de 2012 a junho de 2013, os preços dos imóveis subiram 13,9%, de acordo com o índice FIPE/ZAP.

Socorro!
Estamos exportando consumidores

Revista IstoÉ – julho de 2012

Na semana passada fui a Nova York a trabalho. Como bom brasileiro, aproveitei para fazer umas comprinhas.

Fiquei chocado. Em todas as lojas em que entrei, sem exceções, muitos brasileiros também compravam. Políticas econômicas equivocadas estão exportando nossos consumidores. Fico imaginando o que estará acontecendo em Miami...

Há tempos se afirma que as dificuldades da nossa indústria são causadas por um real excessivamente forte. Com esse diagnóstico, o governo taxou investimentos estrangeiros e gastos em viagens, dificultou a entrada de produtos importados por meio de mais impostos e medidas regulatórias, e acumulou muitos bilhões de dólares em reservas internacionais. Sozinha, a última medida custará mais de R$ 50 bilhões só neste ano. Somadas a uma conjuntura internacional, que reduziu nossas exportações e levou multinacionais europeias e americanas a repatriarem capitais, tais ações impulsionaram a cotação do dólar de R$ 1,50 a pouco mais de R$ 2 nos últimos meses.

Problema resolvido, certo? Não, muito pelo contrário. Este ano, a produção da nossa indústria até agora foi 3,5% menor do que no mesmo período do ano passado. Os desafios para a indústria são muitos, começando pela concorrência com produtos chineses e passando pela contração dos mercados de consumo nos EUA e na Europa e, consequentemente, excesso de capacidade industrial instalada no mundo após a crise de 2008. Some-se a isso uma enorme mudança socioeconômica no país desde 1994 que se acelerou nos últimos anos.

Só entre 2005 e 2011, 47 milhões de brasileiros emergiram das classes D e E, passando a gastar uma parcela maior de sua renda com serviços — telefonia, educação, turismo, saúde — e menor com produtos industrializados.

Não deveria surpreender a ninguém que a indústria foi, sistematicamente, o setor com o pior desempenho da economia brasileira nos últimos anos. Desde 2004, o varejo e o atacado, impulsionados por uma forte expansão de renda e crédito, cresceram mais do que a indústria em todos os anos. Não apenas as vendas, mas também os preços do setor de serviços vêm crescendo mais do que na indústria. O agronegócio e toda a cadeia de matérias-primas metálicas, minerais e de energia cresceram e tiveram ganhos de preços ainda maiores, alimentados pela fome chinesa. Por fim, impostos elevados e baixos investimentos em infraestrutura, devidos a altos gastos públicos e desvios de verbas, prejudicam particularmente a indústria.

A novidade que percebi nas lojas de Nova York é que os efeitos maléficos da carga tributária sobre a competitividade e o crescimento brasileiro atingem, cada vez mais, setores tradicionalmente protegidos, onde não havia competição internacional. Maior facilidade de transporte e avanços do comércio eletrônico permitem que produtos antes adquiridos na lojinha local sejam agora comprados em qualquer lugar do planeta.

Por que tudo aqui é tão caro? Impostos. No mundo emergente, apenas três países têm carga tributária mais alta do que o Brasil. Ao tornar produtos feitos ou vendidos no Brasil mais caros do que no resto do mundo, nossos impostos estimulam os consumidores brasileiros a comprar em outros países, debilitando não apenas a indústria, mas também os setores de comércio e serviços. Até quando?

Reflexões

Pela maior concorrência com produtos importados, a **indústria foi o primeiro setor a sentir os efeitos nocivos de políticas econômicas que incentivavam consumo sem incentivar a produção**, mas pouco a pouco, estes efeitos foram se disseminando, atingindo nos últimos anos os setores de serviços, incluindo o comércio através de dois canais.

O primeiro foi através da redução do número de empregos na indústria. O sujeito que perdeu o emprego não pode continuar consumindo como antes.

O segundo foi a opção, ao menos pelos que tinham acesso, de comprar no exterior o que aqui era mais caro. No início de 2014, vi uma reportagem que citava um dado supostamente da Associação de Shopping Centers do

Estado da Flórida, nos Estados Unidos, de que em 2013, 46% de todas as vendas de todos os shopping centers da Flórida foram para brasileiros.

Minha reação inicial foi não acreditar que o dado pudesse estar certo. Eu não achava possível que poderia ser tanto e resolvi investigar.

Quando estava começando minha investigação, aconteceu uma coincidência que me dissuadiu. Voltando ao Brasil de um evento em que participei na Europa, estava eu esperando pelas minhas malas no Aeroporto de Cumbica, em Guarulhos, quando olhei para a esteira ao lado da que trazia as malas do meu voo. Por ela chegavam as malas de um voo vindo de Miami. A umas tantas, vi passar na esteira quatro pneus. Se os brasileiros estavam trazendo até pneus da Flórida, resolvi que não valia a pena conferir a veracidade do dado. Fosse ele verdadeiro ou não, vivíamos uma situação extrema de desincentivo à produção e ao consumo no Brasil.

É bom lembrar que, desde então, o real desvalorizou-se muito, encarecendo o preço dos produtos importados. Duvido que hoje ainda haja alguém trazendo pneus da Flórida.

Imagine

Revista IstoÉ – agosto de 2012

Outro dia, em Nova York, passando em frente ao edifício Dakota, onde viveu e foi assassinado John Lennon, eu me peguei pensando como seria se ele fosse um compositor brasileiro.

No meu devaneio, imaginei-o cantando algo assim:
    Imagine que não há mensalão
    É fácil se você tentar
    Sessenta e cinco impostos a menos
    Para você pagar
    Imagine seu salário
    Pagando as contas e sobrando
    Imagine que não há corrupção
    Não é difícil
    Nada de drogas e crimes
    Educação de primeira
    Imagine seu salário
    Sobrando no final do mês
    Você pode dizer
    Que sou um sonhador
    Mas eu não sou o único
    Espero que um dia
    Você se junte a nós
    E o Brasil será melhor
    Imagine bons aeroportos
    Será que você consegue?
    Nada de fome ou miséria
    Infraestrutura de primeira
    Imagine seu salário
    Sobrando no final do mês

Você pode dizer
Que sou um sonhador
Mas eu não sou o único
Espero que um dia
Você se junte a nós
E o Brasil será melhor

Reflexões

E pensar que naquele momento o país e eu estávamos chocados com o Mensalão, que nas palavras do Procurador-Geral da República foi fichinha perto do escândalo da Petrobras, que começaria vir à tona dois anos e pouco depois. Pois é, como dizem por aí, sempre pode ficar pior.

Mas afinal, quanto custa a corrupção?

Revista IstoÉ – agosto de 2012

Os efeitos nocivos da corrupção são muitos e óbvios.

Olhando apenas o lado econômico, ela prejudica a eficiência do gasto público e desestimula investimentos, reduzindo o crescimento, a geração de empregos, os serviços como educação e saúde, e a renda da população.

Estimar seu custo não é fácil. Corrupto não passa recibo, pelo menos não na maioria das vezes. Ainda assim, várias tentativas foram feitas para mensurar quanto é desviado da atividade produtiva através de atos corruptos no Brasil e no mundo.

Ainda que imprecisas, estimativas indicam que a corrupção reduz nosso PIB em até 2,3% desviando, em valores atuais, cerca de R$ 100 bilhões da economia brasileira todo santo ano. Se este dinheiro não fosse surrupiado seria possível ampliar em sete vezes o Bolsa Família. Outra opção seria dobrar os investimentos públicos em infraestrutura, melhorando estradas, ferrovias, portos, aeroportos. Outra ainda seria abolir o imposto de renda sobre rendimentos do trabalho, aumentando o poder de consumo de cada um dos brasileiros. Mais uma seria extinguir o IPI e o IOF, tornando produtos e financiamentos mais baratos no país.

Infelizmente, nada disso acontecerá. Pior, estas estimativas abrangem apenas custos mensuráveis. Além deles, há custos incomensuráveis significativos. Um deles é a perda de foco de outros problemas que limitam nosso crescimento. Enquanto o país acompanha a novela do julgamento do mensalão e a CPI do Cachoeira, projetos de reformas fundamentais não são nem discutidos no Congresso.

Outro custo incalculável é a desconfiança que se lança sobre o lucro, o qual deve ser um dos principais motores de qualquer economia capitalista saudável. Quanto mais o governo se envolve em atividades econômicas, mais suspeitas — corretas ou não — recaem sobre sucessos empresariais, com menos incentivo ao empreendedorismo, e como consequência menos crescimento, riqueza e empregos.

Corrupção não é exclusividade brasileira. Estima-se que, neste ano, o mundo perderá R$ 2,5 trilhões, equivalentes à metade de tudo que será produzido no Brasil. Eliminá-la completamente é uma utopia, mas inúmeros casos de sucesso em reduzi-la, em outros países, mostram que combatê-la ferozmente vale muito a pena.

Reflexões

Se na época do Mensalão as estimativas de custo da corrupção já apontavam para R$ 100 bilhões por ano, fico imaginando quanto apontariam hoje, quando estimativas da Polícia Federal avaliam que só o prejuízo da Petrobras com corrupção pode chegar a R$ 43 bilhões.

Não posso deixar de manifestar um desejo: que o juiz Sergio Moro se multiplique e se espalhe pelo Brasil. Curitiba só não basta, precisamos de um juiz exemplar em cada capital do país. Claro, eu sei que eles já existem. Mas precisam ser mais eficientes, mais enérgicos, mais corajosos, mais independentes, enfim, precisam ser mais Sergio Moro. Tenho certeza que os brasileiros agradeceriam.

Libertando o dragão da inflação

Revista IstoÉ – outubro de 2012

Em todo conto de fadas que se preze, para conquistar a formosa princesa, o príncipe precisa antes derrotar um temível dragão.

Com a economia brasileira não foi diferente. Por quase duas décadas, nossa princesa do desenvolvimento foi refém do dragão da inflação.

A partir do Plano Real fomos gradualmente domando o monstro. O controle da inflação, somado ao aumento da população em idade de trabalho, e aos impactos na economia brasileira da entrada da China na OMC, permitiu que a taxa média de crescimento do PIB do país a partir de 2004 fosse o dobro da média dos 24 anos anteriores. Além disso, a distribuição de renda melhorou muito.

Desde 1999, o dragão inflacionário brasileiro esteve amarrado a um tripé chumbado firmemente. Sua primeira perna é o regime de metas de inflação. À medida que elas foram sendo atingidas, a credibilidade do regime e sua capacidade de balizar as expectativas inflacionárias e de reduzir o risco de uma aceleração foram crescendo.

A segunda perna do tripé é o câmbio flutuante. Quando a economia mundial está aquecida, os preços das matérias-primas que exportamos sobem e as entradas de capitais no país aumentam, valorizando o real e barateando produtos importados, o que segura a inflação.

A terceira perna é a política de superávit primário do governo. Além de garantir a solvência brasileira — evitando que o país passe por uma crise similar à de muitos países europeus — esta poupança pública para pagamento de juros limita os gastos do governo, reduzindo o risco de que a demanda interna se aqueça e alimente a fogueira inflacionária.

Acontece que, de uns tempos para cá, o governo vem serrando as três pernas do tripé. O Banco Central tem reduzido a taxa de juros, mesmo com a inflação acima da meta e em elevação. Para piorar, muitos já desconfiam de sua independência em relação ao governo e de sua capacidade de apertar o cinto, elevando a taxa de juros para segurar a inflação, quando necessário.

A julgar pelos últimos meses, o dólar agora só pode flutuar entre R$ 2,00 e 2,05. Uma taxa de câmbio mais desvalorizada encarece produtos importados, elevando a inflação.

Por fim, o governo já admite que a meta de superávit primário não será cumprida. De quebra, para proteger alguns setores da indústria, o governo vem elevando a alíquota de importação de diversos produtos, colaborando para preços e inflação mais altos por aqui.

Não bastasse o tripé já meio bambo, o dragão está ganhando força por outros fatores. O desemprego é o mais baixo da história, gerando elevações de salário acima da inflação, o que é ótimo do ponto de vista social, mas também eleva os custos de produção, pressionando os preços.

Além disso, os países ricos emitem moeda no ritmo mais acelerado da História. Isto eleva os preços de matérias-primas, ajudando nossas exportações. No entanto, sem apreciação cambial, a inflação por aqui aumenta. O preço da gasolina, por exemplo, subirá em breve ou a Petrobras terá de cancelar investimentos.

Por fim, a quebra de safra de grãos em várias partes do mundo devido a um clima desfavorável elevou ainda mais os preços dos alimentos.

Em resumo, se o governo não voltar a reforçar o tripé anti-inflacionário, não se assuste se encontrar o dragão inflacionário voando cada vez mais alto e levando com ele nossa princesa do desenvolvimento.

Reflexões

Pobre princesa do desenvolvimento. Serraram todos os **pés do tripé macroeconômico**, tentaram represar a inflação, às custas da Petrobras, e o dragão voou livre e alto, cuspindo fogo em qualquer perspectiva de crescimento em 2015 e 2016. O pior é que ainda sobrarão uns chamuscos para 2017...

Acorda, Brasil!

Revista IstoÉ – dezembro de 2012

O ministro Mantega ficou surpreso com o fraco crescimento do PIB no terceiro trimestre e culpou o termômetro, a medida do IBGE.

Os leitores desta coluna não se surpreenderam. Meu artigo *Crônica de uma Decepção Anunciada*, de dezembro de 2011, já previa: "não se surpreenda com um crescimento muito baixo no ano que vem e até com uma pequena queda, se calotes ocorrerem na Europa. Feliz 2013".

Com crescimento de 1% neste ano, nosso PIBinho só vai superar o do Paraguai, em toda América Latina. Peru, Colômbia e Chile crescerão quatro vezes mais.

Esse mau desempenho não se deve apenas à conjuntura externa, mas ao esgotamento de um modelo de política econômica baseado na expansão da demanda. O Brasil dobrou o crescimento médio do seu PIB a partir de 2004 aproveitando o aumento de consumo nacional e de demanda externa por matérias-primas, usando mão de obra e infraestrutura ociosas.

Não dá mais. Com o menor desemprego da história e múltiplos gargalos de infraestrutura, só um incremento substancial do investimento e da produtividade permitiria um crescimento acelerado e sustentado daqui para frente. Só que isto não está acontecendo.

No Brasil, o investimento produtivo não chega a 19% do PIB. Ele é cerca de 50% maior nos nossos vizinhos, atingindo 30% do PIB no Peru e 27% no Chile e na Colômbia.

Por que investimos tão pouco? Para investir, um país precisa antes poupar. A poupança nacional é baixíssima por conta da gastança do setor público. Apesar de termos uma carga tributária que é o dobro da dos nossos vizinhos, nossos governos ainda gastam mais do que arrecadam, consumindo uma parte da poupança do setor privado.

Para completar, à medida que o crescimento do país se desacelerou, o governo reagiu de forma atabalhoada, levando empresários a postergarem ou até cancelarem investimentos. Já há até quem chame o Ministério da Fazenda de Remendobras.

Reduzir a tarifa de energia elétrica é um objetivo louvável, mas em vez de eliminar mais taxas e impostos, o governo preferiu reduzir a lucratividade das empresas do setor. Várias cortaram investimento. Não se surpreenda se tivermos apagões nos próximos anos.

No setor financeiro foi parecido. Diminuir os juros é um ótimo objetivo, mas trazer a taxa básica ao menor nível da história com a inflação acima da meta do próprio governo é arriscado. É como cortar a medicação com o paciente convalescendo.

Aumentar a competição bancária é um objetivo justíssimo. No entanto, expandir a oferta de crédito dos bancos públicos com a inadimplência em elevação transferiu a eles clientes que os bancos privados já não querem. Isto expõe seus acionistas — todos nós que pagamos impostos — a cobrirem eventuais perdas no futuro.

Por fim, há tempos o governo culpa a taxa de câmbio pelas dificuldades da indústria. Por isso, elevou-a de R$ 1,50 para mais de R$ 2,00 por dólar. O resultado? Produtos mais caros, pressões inflacionárias e a produção industrial caindo cerca de 3% no ano.

Tomara que nosso crescimento surpreenda positivamente em 2013. Pode acontecer. Se a crise europeia não se aprofundar, Obama conseguir desarmar o abismo fiscal americano e a China sustentar sua incipiente recuperação econômica, provavelmente cresceremos mais do que os 3,5% hoje projetados. Basta um destes fatores externos não cooperar, e o crescimento decepcionará pelo terceiro ano consecutivo.

Sem um encolhimento do peso do setor público, nossos investimentos serão baixos, nossa competitividade idem e o crescimento continuará limitado. Boas surpresas só quando a sorte ajudar. Está na hora de ajudarmos a sorte.

Reflexões

Não ajudamos a sorte e o ministro **Mantega passou sequencialmente, trimestre a trimestre, a explicar porque no trimestre anterior o crescimento tinha decepcionado, mas a partir do trimestre seguinte tudo seria diferente e o crescimento voltaria com força, sem que isso nunca se tornasse realidade, até deixar o governo no final de 2014, sem deixar saudades.**

2013

Por que pagamos mais caro no Brasil?

Revista IstoÉ – janeiro de 2013

A diferença de preços do Brasil com o resto do mundo é impressionante. Do restaurante aos eletrônicos, quase tudo é mais caro aqui.

Razões não faltam, começando pelos impostos. Uma das cargas tributárias mais elevadas do planeta, particularmente concentrada sobre consumo e produção, encarece tudo que é feito e comprado aqui.

Impostos não explicam todas as distorções. Também as margens de lucros são mais elevadas. A esquerda culpa a ganância dos empresários pelas gordas margens. A explicação está equivocada. Sim, empresários querem cobrar mais por seus produtos e serviços. Se você pudesse dobrar seu salário, não dobraria?

A pergunta é: por que conseguem cobrar mais aqui? Por que aceitamos pagar mais? Apesar dos avanços desde 1994, a distribuição de renda no Brasil ainda é das piores. Grande concentração gera uma valorização de status nas compras. Demarcam-se as diferenças através do consumo, mesmo que para isso tenha-se que pagar mais. Comprar determinado carro, celular ou iogurte "separa" seus consumidores das classes sociais "abaixo" deles.

A explicação mais importante, porém, não é esta. A baixa competição, a dificuldade de se fazer negócio e o risco mais elevado da atividade empresarial pesam mais.

Burocracia absurda, corrupção, carga tributária elevada, regime tributário complexo, infraestrutura ruim, mão de obra cara e despreparada dificultam a vida das empresas, aumentando o risco de seus investimentos. Com risco maior, empresários reduzem investimentos e, por consequência, a competição. Com menos competição, inclusive com importados — o Brasil é o país com menor taxa de importação de produtos e serviços no planeta — é possível subir preços e aumentar margens de lucro.

Nos últimos anos, as margens no país caíram. Em muitos setores, empresas não conseguiam repassar integralmente aumentos de custos de mão de obra e matérias-primas aos preços porque uma competição crescente não permitiu.

A competição aumentou porque a crise no mundo desenvolvido estimulou as empresas a buscarem os grandes mercados emergentes. Somou-se a isso um forte crescimento do consumo no país impulsionado pelo aumento da renda e do crédito. Com mercado maior, cresceram os investimentos produtivos e a competição, reduzindo as margens de lucro. Até aí, ótimo.

Acontece que nos últimos trimestres, tal movimento se reverteu. Desvalorizar o real encareceu importações, inclusive de máquinas e equipamentos, diminuindo a competição e reduzindo investimentos no país.

Além disso, ao atacar bancos e empresas de energia elétrica para reduzir rapidamente suas margens de lucro, o governo aumentou o risco dos negócios nesses e em outros setores, que temem medidas semelhantes. Com rentabilidade menor e riscos maiores, investimentos caíram, o que através da redução da competição, vai aumentar margens de lucros e encarecer preços nos próximos anos. Em economia, às vezes os resultados são o inverso das intenções.

Antes de usar os bancos estatais para pressionar os demais a reduzirem juros — um objetivo louvável, buscado de forma ineficiente — a lucratividade média do setor bancário brasileiro era a segunda mais baixa das Américas, atrás apenas dos EUA, ao contrário do que supõe a maioria. Venezuela e Argentina, onde os governos mais "perseguem" bancos, eram os países com os bancos mais lucrativos.

Para reduzir margens e preços, o governo precisa eliminar a burocracia, simplificar a legislação, estimular a competição, evitar o protecionismo, reduzir impostos, inclusive sobre importados e incentivar investimentos. O benefício será dos consumidores.

Reflexões

Como eu temia, as medidas de protecionismo comercial e a tentativa de redução de margens de bancos privados e empresas do setor elétrico acabaram tendo resultados opostos aos seus objetivos.

A elevação de tarifas de importações de produtos não foi suficiente para realmente proteger as indústrias que buscavam proteger. A produção destas indústrias é hoje menor do que na época, em alguns casos significativamente menor.

Além disso, elas colaboraram para fragilizar outros elos da cadeia produtiva, encarecendo seus insumos, e para a elevação da inflação.

A alta da inflação, até porque demorou muito a ser combatida, acabou exigindo uma forte elevação dos juros. Como os *spreads* bancários tem uma relação diretamente proporcional ao nível da taxa básica de juros — isto é quanto mais alta a taxa de juros, maior a margem de lucro que os bancos cobram para emprestar — a margem de lucro dos bancos no Brasil aumentou desde então até recentemente, ao contrário do que aconteceu com a maioria dos outros setores econômicos.

Ainda mais grave, a política do governo de usar os bancos estatais para estimular o crédito, quando os bancos privados pisaram no freio devido à expectativa de alta da taxa de inadimplência, abriu aos bancos privados a porta de saída que necessitavam para limpar suas carteiras de crédito às custas dos bancos estatais.

Sabendo que os bancos estatais estavam expandindo suas carteiras os bancos privados puderam escolher renovar o crédito apenas dos clientes que tinham mais certeza que honrariam seus compromissos futuros. Aqueles clientes que os bancos não tinham tanta certeza que seriam capazes de honrar suas dívidas — portanto os piores riscos de crédito — não tiveram seus créditos renovados. Nesta hora, estes clientes procuravam os bancos públicos, que estimulados pelo governo, estavam com muito apetite para emprestar e tomavam dinheiro emprestado neles. Com o dinheiro emprestado dos bancos públicos, estes clientes pagavam suas dívidas com os bancos privados, que assim transferiam os clientes com maior risco de calote para os bancos públicos.

Adivinhe quem fica com as perdas quando a situação econômica piora e a inadimplência aumenta nos anos seguintes? Acertou, os bancos públicos. Adivinhe agora quem pagará a conta se as perdas dos bancos públicos forem grandes o suficiente para exigirem uma recapitalização destes bancos nos próximos anos, como ocorrido no governo Fernando Henrique Cardoso?

Algo parecido aconteceu no setor elétrico com a proposta demagógica de reduzir o preço da energia elétrica aos consumidores primordialmente através da redução da margem de lucro das empresas do setor.

Aproveitando que geração, transmissão e distribuição de energia são concessões públicas, isto é que o governo concede às empresas o direto de explorar este serviço em contratos com prazos determinados, o governo propôs antecipar a renovação dos contratos de várias empresas que operavam no setor em troca de uma pequena redução já naquele momento dos preços que as empresas cobravam.

As empresas não eram forçadas a renovar os contratos, pelo menos não aquelas que, de alguma forma, eram manipuladas politicamente pelo governo. Na prática, a escolha das empresas era entre renovar e vender energia por um custo menor no presente e no futuro, portanto reduzindo as receitas e margem de lucro das empresas ou não renovar e perder o direito de exploração ao serviço uma vez vencido o contrato.

Em ambos os casos, as empresas tinham menos incentivos a investir na expansão da capacidade instalada do que antes. Aceitando a renovação, a lucratividade seria menor e, por consequência, os projetos em que ainda faria sentido investir — menos frequentes. Não aceitando, não haveria porque investir em expansão, no máximo em manutenção.

O resultado óbvio foi uma queda dos investimentos, o que significa que a oferta de energia cresceu em ritmo mais lento no Brasil nos anos seguintes. A consequência foi um crescimento da demanda de energia maior do que a oferta.

As únicas formas de curto prazo de equilibrar oferta e demanda, considerando que é impossível aumentar oferta de energia imediatamente sem investimentos que tivessem acontecido alguns anos antes, eram colocar as usinas termoelétricas que têm custo de geração de energia e impacto ambiental maiores para aumentar a oferta e aumentar o custo para os consumidores, que assim reduzem a demanda.

O problema é que energia elétrica é um serviço que, no jargão dos economistas, tem demanda muito pouco elástica a preço, pelo menos no caso do consumo residencial. Isto significa que o consumidor não aumenta ou diminui seu consumo de energia em função de pequenas variações de preço, só quando as variações são grandes.

Somando a entrada no mix de produção de energia bem mais cara com a necessidade de limitar a demanda só havia uma solução: uma grande elevação do preço da energia elétrica que foi exatamente o que aconteceu assim que as eleições de 2014 ficaram para trás.

O resultado é que em algumas regiões do Brasil, os consumidores acabaram com um custo de energia que chegou a ser três vezes mais elevado do que era antes do governo tentar reduzir o custo da energia elétrica na marra, até porque aos investimentos mais reduzidos somaram-se os efeitos de uma redução das chuvas nas regiões dos reservatórios de várias hidrelétricas importantes.

Que fique claro que o objetivo de reduzir o custo da energia elétrica no país era um ótimo objetivo. A energia elétrica no Brasil é uma das mais caras do mundo, o que além do impacto direto nos bolsos dos brasileiros, tem um impacto indireto ainda maior, encarecendo a produção de praticamente tudo que é feito no país. O problema é a forma atabalhoada como foi feito.

Como em quase tudo, o primeiro componente que explica o custo elevadíssimo da energia elétrica no país é a carga total de impostos, que chega a quase metade do custo, em particular devido a uma série de "contribuições" para financiar uma série de programas que não têm relação nenhuma com a questão energética. Em defesa do governo, ele reduziu esta carga tributária naquele momento, mas de forma muito mais tímida do que a necessária.

A segunda grande razão do custo elevado é a utilização de equipamentos e componentes importados com altas tarifas de importação, situação similar, diga-se de passagem, à do setor de telecomunicações. Menores tarifas de importação destes equipamentos e componentes poderiam ter reduzido custo da energia no Brasil e ainda podem fazer isso.

Mais uma vez, fica claro que soluções existem. A questão é que, em economia, medidas demagógicas, querendo jogar bonito para a plateia — no caso para os eleitores — com falsos pacotes de bondades, quase sempre saem pela culatra. A sabedoria popular já diz que os melhores remédios geralmente são os mais amargos e difíceis de engolir. Um verdadeiro líder deste país precisa ter a coragem de dizer ao povo que em economia é parecido. Caso contrário, continuaremos trocando o desenvolvimento do país a longo prazo, por alguns pontos a mais a curto prazo na popularidade de falsos líderes, popularidade esta, aliás, que acaba sendo perdida com juros e correção monetária ao longo do tempo à medida que as consequências negativas das opções demagógicas começam a emergir, como o caso de Dilma recentemente deixou claríssimo.

Industriais do Brasil, uni-vos!

Revista IstoÉ – fevereiro de 2013

É equivocada a ideia de que as dificuldades da indústria brasileira vêm de um real excessivamente valorizado.

Há dois anos publiquei uma coluna intitulada **Diagnóstico Errado**. Baseado nesse diagnóstico errôneo, o governo promoveu uma forte desvalorização da taxa de câmbio no ano passado. Os resultados? A produção industrial caiu 2,7% em 2012, e com o encarecimento dos produtos importados, a inflação de janeiro foi a mais alta desde 2005.

Nos últimos nove anos, a produção da indústria no Brasil cresceu em sete e caiu em dois, 2009 e 2012, os únicos anos em que a taxa de câmbio média se desvalorizou. Se o problema é a cotação do real, por que a indústria sofre exatamente quando o problema diminui? Porque a valorização do câmbio — ainda que efetivamente aumente os desafios para a indústria — não é a causa original de suas dificuldades, mas sim consequência dos mesmos processos globais que têm causado tais dificuldades.

A primeira, causada pela migração da indústria global para a China em função de custos de mão de obra menores, começou após a entrada dos chineses na Organização Mundial do Comércio no final de 2001. Desde então, a produção da indústria chinesa triplicou, a brasileira cresceu menos de 30%, ainda assim um ótimo resultado quando comparado à indústria dos países ricos, que encolheu.

A segunda é a própria crise econômica dos países desenvolvidos desde 2008. Uma consequência inevitável da necessária reversão do excesso de endividamento que provocou tal crise foi o consumo crescendo menos nos países ricos e mais nos emergentes. Com a expansão do crédito e da renda no Brasil, as vendas do varejo cresceram mais do que a produção da nossa indústria em todos os anos desde 2004. Da mesma forma, a queda da renda e do crédito nos países desenvolvidos desacelerou as vendas internas. Isto gerou capacidade ociosa e forçou a indústria deles a redirecionar uma parte crescente da produção para os países onde o consumo está crescendo, os emergentes, incluindo o Brasil.

Estes fatores adversos não vão mudar tão cedo e há pouco que possamos fazer para neutralizá-los diretamente, sem causar efeitos colaterais mais nocivos que eles próprios, como mostra a malsucedida tentativa de ajudar a indústria desvalorizando o real, que aliás parece estar sendo abandonada.

Não significa que não possamos ou não devamos fortalecer nossa indústria. Muito pelo contrário. Além das dificuldades causadas pela conjuntura externa, todos os setores da economia brasileira enfrentam obstáculos estruturais. A solução para infraestrutura ruim, impostos excessivos, mão de obra mal preparada, burocracia e tantos outros problemas está em nossas mãos, particularmente nas mãos do governo.

Oferecendo isenções tributárias temporárias a alguns subsetores industriais e medidas protecionistas a outros, o governo divide e cala nossos industriais, mas não elimina gargalos estruturais. Em alguns casos, até os agrava. Encarecer a importação de componentes, por exemplo, além de aumentar o preço para os consumidores, piora a situação dos subsetores que os utilizam.

Enquanto o setor privado brasileiro não se unir e exigir do governo um corte brutal de gastos e desperdícios, que permita a redução de impostos e libere recursos para mais investimentos em infraestrutura e educação, as dificuldades da indústria não vão passar. Faço eco a um dos mais famosos gritos de protesto de Marx e Engels: industriais do Brasil, uni-vos!

Reflexões

Infelizmente, o setor industrial e o setor empresarial em geral não se uniram para exigir do governo as mudanças necessárias por razões que serão detalhadas mais à frente e o resultado foi que, de fato, as dificuldades da indústria não passaram.

Pior, elas se agravaram, e muito. A produção da indústria hoje está de volta aos níveis de 2006.

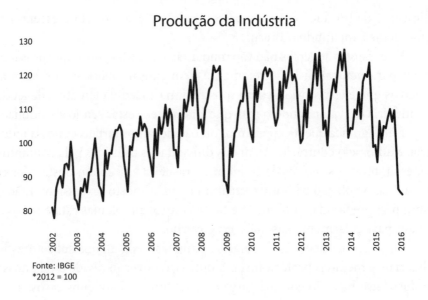

Fonte: IBGE
*2012 = 100

O mal desempenho recente da indústria pode surpreender, dada a forte alta recente do dólar, que chegou a atingir R$4,20, que deveria estimular nossas exportações e reduzir as importações. Já notamos um impacto nas importações. O impacto nas exportações, no entanto, é bem mais lento porque as empresas brasileiras precisam retomar mercados e contratos que perderam quando seu preço de exportação estava muito elevado, no período de dólar baixo. Isto leva tempo.

Mais grave do que isso — como o gráfico a seguir deixa claro — ao contrário do que se imagina, a produção da indústria costuma cair quando o dólar sobe, aliás como acontecerá neste ano, e crescer quando o dólar cai. Isto é contraintuitivo porque um dólar mais alto torna nossas exportações mais competitivas e os produtos importados mais caros, favorecendo a indústria nacional.

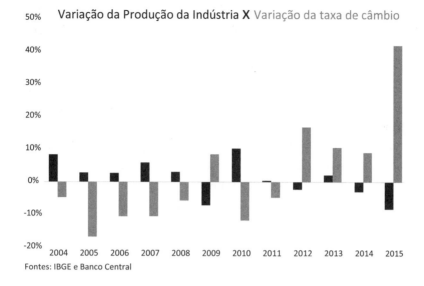

O problema é que, no Brasil, a taxa de câmbio se valoriza — isto é, o dólar cai — quando a economia vai bem, a confiança está alta e as vendas internas da indústria estão fortes e ela se desvaloriza — isto é, o dólar sobe — quando acontece o contrário. Como a economia brasileira é muito fechada, o impacto das vendas internas é predominante. Por consequência, por incrível que pareça, a indústria costuma ter desempenho melhor em momentos de dólar em queda e pior em momentos de dólar em alta.

A questão é que este processo tem limites. Quando o dólar está muito baixo e a competitividade da indústria brasileira também, mesmo um mercado interno forte não garante um bom desempenho da indústria porque parcelas cada vez maiores da demanda interna passam a ser supridas por importações, não beneficiando nossa indústria.

O reverso ocorre quando o dólar fica muito alto, como recentemente e começa a cair, como nos últimos meses. Neste caso, a indústria consegue aproveitar-se da melhora do mercado interno, que normalmente acompanha movimentos de dólar em queda. É bastante provável que vejamos este processo ao longo dos próximos anos, como aliás, aconteceu tanto após a desvalorização do real de 2002/2003, quanto à de 2008/2009.

Isto tudo para dizer que os problemas que afetam a competitividade hoje, como em 2013, não estão ligados ao nível da taxa de câmbio, mas a problemas estruturais da economia brasileira — custo trabalhista elevado, baixa produtividade da mão de obra, impostos excessivos, infraestrutura ruim, ambiente de negócio desfavorável etc. — mas ao contrário de 2013, um dólar alto hoje e provavelmente em queda nos próximos anos, dá ao Brasil a possibilidade de cuidar destes ajustes nos próximos anos em um ambiente de desempenho da indústria bem mais favorável do que tivemos nos últimos anos.

Isto não é, em hipótese alguma, razão para postergar estas reformas. Aliás, se as tivéssemos feito antes, não teríamos a desindustrialização do país que acabamos vivendo nos últimos anos.

Capitalismo tupiniquim

Revista IstoÉ – março de 2013

Segundo estimativas da empresa de pesquisa de mercado IHS iSuppli, os componentes de cada iPhone 5 de 16GB custam R$ 388,00 e sua montagem R$ 15,00, totalizando R$ 403,00.

Ao conhecer esta informação, a maioria dos brasileiros tem dois tipos de reação. Uns ficam indignados com os lucros abusivos da empresa. Outros a defendem, apontando custos não computados, como distribuição e impostos, por exemplo. Portanto, os lucros seriam "normais".

Efetivamente, no Brasil os impostos respondem por uma parcela significativa da diferença. O mesmo aparelho que é vendido por R$ 1.265,00 nos EUA, custa R$ 2.600,00 aqui. A maior diferença vem de impostos. No Brasil, ao comprarmos um iPhone, pagamos dois, um à Apple, outro ao governo.

Além disso, em nossa sociedade que demarca diferenças socioeconômicas pelos padrões de consumo, os consumidores dispõem-se a pagar preços que, em outros países, fariam o produto encalhar. Isto permite que as empresas tenham margens de lucro mais elevadas aqui.

Estas distorções não afetam apenas o preço do iPhone, mas de tudo que compramos aqui. Pelo preço de uma Ferrari 458 Spider no Brasil, compra-se o mesmo carro, um apartamento e um helicóptero em Nova York.

Devido ao péssimo uso dos recursos arrecadados, nossos impostos elevados causam-me particular indignação, mas outra distorção brasileira preocupa-me ainda mais. Associamos lucros a bandalheira e, portanto, margens de lucro altas precisam ser limitadas ou, no mínimo, justificadas.

Nos EUA, o iPhone que custa R$ 403,00 para ser produzido é vendido por R$ 1.265,00. Mesmo descontando impostos — ainda que menores do que os nossos — e outros custos, sobra à Apple uma margem de lucro gorda, explicando porque ela se tornou a mais valiosa companhia do planeta. Lá, lucratividade elevada é considerada mérito pelo trabalho bem feito, neste caso particularmente em pesquisa e desenvolvimento (P&D) e marketing. Por aqui, o lucro é o capeta, razão de desconfiança e vergonha.

Se não mudarmos nossa mentalidade, o Brasil nunca será um país rico. Ou acabamos com as distorções de nosso modelo econômico ou seremos o país do futuro do pretérito. Ao contrário do que pensam muitos, a valorização do lucro não precisa ser antagônica à melhora do padrão de vida da população como um todo. Aliás, pode e deve ser exatamente o contrário, como provam os países nórdicos.

No Brasil, isto teria de começar por uma intromissão muito menor do Estado na economia. É na promiscuidade do público com o privado que surge a maioria das distorções que mancham a percepção da opinião pública brasileira quanto ao lucro. Em uma economia onde o Estado é onipresente, com frequência é mais lucrativo ser amigo do rei do que acertar as decisões empresariais ou inovar. A partir daí, lucro vira pecado.

Infelizmente, o contrário tem acontecido. Nos últimos anos, o montante de recursos que o Estado desvia da iniciativa privada através de impostos tem aumentado, assim como as intervenções na gestão de empresas públicas e privadas. Salta aos olhos o papel crescente do BNDES. Capitalizações com recursos públicos superiores a R$ 300 bilhões desde 2008 permitiram que ele se tornasse um acionista importante em várias grandes empresas brasileiras. Além do risco aos cofres públicos, este processo reforçou a percepção de que temos um capitalismo de compadres. Muda Brasil, enquanto é tempo.

Reflexões

Não mudamos a tempo. Este modelo de **capitalismo de compadrio está na essência da atual crise**. Em vez das mais inovadoras ou eficientes, as empresas mais bem-sucedidas ao longo do governo Dilma, em muitos casos e setores, foram aquelas com relações mais próximas com o governo.

Imagino o quanto estes empresários dariam para voltar no tempo e reverter suas escolhas. Alguns estão presos, como Marcelo Odebrecht e André Esteves, outros desacreditados, como Eike Batista, outros tantos sob investigação ou em situação financeira difícil.

O escândalo de corrupção da Petrobras e a Operação Lava Jato estão nos dando a oportunidade de passar o país a limpo e de mudar a relação entre o Estado e as empresas. O país pagou e ainda está pagando um custo altíssimo por isso, com uma recessão gravíssima e milhões de brasileiros perdendo o emprego.

    Deixar que estes avanços na aplicação da lei pelo Judiciário, e na própria elaboração da lei no combate à corrupção no país, se percam seria um crime quase tão grave quanto o cometido pelos corruptos. Cabe a cada um de nós continuar cobrando do Executivo, do Legislativo e do Judiciário com muita frequência e intensidade para que isto não mais aconteça.

Bolha imobiliária estourando? Onde?

Revista IstoÉ – abril de 2013

Desde 2008, quando surgiram os primeiros comentários de bolha imobiliária em vias de estourar no Brasil, tenho analisado evidências históricas e internacionais, refutando até aqui tais alegações e concluindo que, provavelmente, os preços continuariam a subir.

De acordo com a consultoria britânica Knight Frank, entre os 53 países com os maiores mercados imobiliários globais, o Brasil teve em 2012 a maior alta de preços de imóveis residenciais: 13,7% em média. Resolvi atualizar e expandir meus estudos.

Há um ano, usei o consumo anual per capita de cimento como estimativa do grau de aquecimento da atividade no setor imobiliário em momentos de estouro de bolhas em vários países. Hoje, pelas minhas contas, este indicador chegou a 361 kg no Brasil. No ritmo médio de crescimento dos últimos 10 anos, que foi de 5% a.a., em apenas dois anos atingiríamos o nível mais baixo de estouro de bolhas, que é de 400 kg, o que sugeriria cautela. Por outro lado, o nível máximo de consumo de cimento antes de bolhas estourarem, em alguns casos passou de 1.600 kg anuais per capita. Para chegar a este patamar, o Brasil levaria mais 80 anos. Por este parâmetro, poderíamos estar entre 2 e 80 anos do estouro de uma bolha. Pouco se conclui.

O segundo indicador importante é o total de crédito imobiliário disponível. Crédito permite que mais gente compre imóveis, aumentando a procura por eles e elevando seus preços. No Brasil, apesar do crescimento dos últimos anos, ele ainda é de apenas 7% do PIB, muito distante dos 50% do PIB que costuma ser o mínimo quando bolhas imobiliárias estouram. Mesmo considerando-se uma expansão ao ritmo dos dois últimos anos, que foi de 1,4% do PIB ao ano, o mais rápido da nossa história, levaríamos mais de 30 anos para chegar a 50% do PIB. Sinal de tranquilidade.

Por fim, como anda a capacidade de pagamento dos brasileiros? Levando em conta preços dos imóveis em relação à renda no mundo, chama a atenção a grande dispersão entre as maiores cidades brasileiras, com algumas entre as mais caras e outras entre as mais baratas.

Das 50 cidades mais caras do planeta, 49 estão em países emergentes, incluindo quatro no Brasil: Brasília (10ª), Rio de Janeiro (25ª), Belo Horizonte (43ª) e Porto Alegre (45ª). Por outro lado, Salvador não está mais entre as 100 mais caras do mundo, Fortaleza é uma das únicas 10 cidades entre as 50 mais baratas do mundo que não estão nos EUA, e Campinas também está entre as 100 mais baratas. Entre os 385 maiores mercados imobiliários globais, a classificação média das 11 cidades brasileiras incluídas foi 124ª, sugerindo que o mercado brasileiro como um todo está um pouco mais caro do que a média, mas distante dos mais caros do planeta. Entre os mercados emergentes, o Brasil está mais barato do que a média.

Outro aspecto favorável é que um menor percentual da renda necessário para pagamento mensal de hipotecas sugere que no Brasil temos melhor capacidade de honrar dívidas. Além disso, comparando o preço de compra de imóveis com o custo de alugá-lo, constata-se que no Brasil alugueis elevados estimulam compras mais do que no resto do mundo. Por fim, a desvalorização do real barateou os imóveis no Brasil para compradores estrangeiros.

Em resumo, ainda que algumas cidades sugiram mais cautela, para o país como um todo, continuam valendo as conclusões do ano passado. Altas modestas ou manutenção de preços são prováveis na maioria dos casos e o risco de estouro imediato de uma bolha imobiliária nacional ainda é baixo. Se você está na esperança dos preços despencarem para comprar, espere sentado. Segundo Platão, coragem é saber o que não temer.

Reflexões

Se em 2012 os mais pessimistas diziam que uma bolha imobiliária estava prestes a estourar, em 2013, eles afirmavam que ela já estava estourando.

Apesar disso, o Índice FIPE/ZAP apontou uma alta adicional dos preços dos imóveis de 12,3% entre junho de 2013 e junho de 2014.

Made in USA

Revista IstoÉ – maio de 2013

Há anos, a produção da indústria brasileira está estagnada em níveis atingidos no final de 2008.

Em vez de enfrentar as causas estruturais da baixa competitividade da nossa indústria — infraestrutura precária, carga tributária excessivamente elevada, ambiente de negócios instável e produtividade da mão de obra muito baixa — o governo preferiu concentrar seus esforços em desvalorizar o real e conceder algumas isenções tributárias temporárias e concentradas em poucos subsetores.

Em paralelo, agiu para reduzir as margens de lucro e a rentabilidade dos negócios em vários setores, como elétrico, financeiro, mineração e petrolífero. Empresários, preocupados, reduziram investimentos.

A forte concorrência chinesa tem sido uma realidade para a indústria brasileira e para toda a indústria global. Já passou da hora de nos prepararmos para outra competição, agora com a indústria americana.

Como alertei ainda em 2010, a crise dos países desenvolvidos é na essência causada por excesso de endividamento. Ela só pode ser resolvida com um forte aumento de poupança e diminuição do consumo por lá. Acontece que menos consumo levará a menos crescimento, mais desemprego e salários menores.

Este processo é exatamente o reverso da medalha do que está acontecendo no Brasil e nos países emergentes. Aqui, o crédito sobe, o desemprego cai e os salários aumentam, sustentando a expansão do consumo e ganhos socioeconômicos.

O único instrumento de estímulo macroeconômico que restou aos países ricos são doses cavalares de impressão de dinheiro, com a consequente desvalorização de suas moedas. Com salários menores e moedas desvalorizadas, a perda de participação na produção industrial mundial de todos os países desenvolvidos na última década será revertida em algum momento nos próximos anos.

Nos EUA, este momento já está chegando. Não bastassem o dólar em desvalorização há uma década e os salários em contração em termos reais há seis anos, ocorre uma revolução na produção de energia, que deve levar os EUA de maior importador mundial de petróleo a exportador ainda nesta década. Tudo isto está reduzindo substancialmente o custo de se produzir nos EUA e aumentando a competitividade da indústria americana.

Por outro lado, tão cedo o consumo dos americanos não retomará a pujança anterior à crise de 2008. Isto significa que os produtores americanos direcionarão partes crescentes do que é produzido lá para outros mercados, aumentando sua participação nas vendas para o resto do mundo, incluindo o Brasil. Os EUA voltarão a ofertar produtos de menor valor agregado e retomarão mercados há muito perdidos. Prepare-se para o retorno do *Made in USA*.

Pode demorar mais para sentirmos seus efeitos, mas processos similares estão acontecendo na Europa e no Japão. Em paralelo, o crescimento chinês migra gradualmente para mais consumo interno e serviços, reduzindo o ritmo de crescimento da demanda por nossos metais e minerais.

Com mais competição dos desenvolvidos e menor fome chinesa por nossas matérias-primas, o Brasil precisa urgentemente fortalecer seu potencial produtivo, estimulando investimentos, melhorando a infraestrutura, reduzindo os impostos permanentemente e qualificando sua mão de obra. O modelo de crescimento baseado na expansão do consumo, adotado pelo Brasil nos últimos 10 anos, se esgotou. O fraco crescimento e a aceleração da inflação deixam isso claro. Não dá mais para postergar soluções. A hora de cuidarmos do *Made in Brazil* está passando.

Reflexões

Continua passando. Desde então, nossa balança comercial com os Estados Unidos tornou-se deficitária pela primeira vez em muito tempo, à medida que nossa importação de produtos manufaturados vindos de lá cresceu.

Se não bastasse a concorrência chinesa, a concorrência crescente com produtos americanos e europeus fez nossa indústria se ajoelhar. Nos oito anos em que o ex-ministro da Fazenda Guido Mantega esteve no cargo, fomos de um superávit comercial de US$ 10 bilhões de dólares na balança comercial de produtos manufaturados a um déficit de US$ 110 bilhões.

Mais recentemente, os sinais de melhora da balança comercial são claros. Por um lado, a recessão diminuiu muito a demanda aqui no Brasil reduzindo as importações. Por outro, a desvalorização do real estimulou nossas exportações.

Além disso, a recessão reduzirá salários e o custo de produzir no Brasil, aumentando temporariamente nossa competitividade.

Taxa de câmbio desvalorizada e salários mais baixos nos compram algum tempo para fazer os ajustes necessários para melhorarmos a competitividade da economia brasileira, mas ninguém deve se enganar. Nenhum dos dois é solução permanente para nossa baixa competitividade e o tempo que eles compram é bastante limitado, principalmente se o dólar continuar em queda, como recentemente, e a economia brasileira começar a se recuperar, o que acabará elevando novamente os salários.

O país do caminhão-silo

Man Magazine – maio de 2013

Nos últimos 10 anos, o crescimento médio do PIB no Brasil foi 50% mais acelerado do que nos 25 anos anteriores.

Acontece que a estratégia de crescimento que permitiu este resultado chegou a seu limite. O Brasil se beneficiou de uma forte elevação do preço de matérias-primas que exporta e queda do custo do capital que importa, o que permitiu um boom de crédito e consumo no país.

Usando recursos ociosos — mão de obra desempregada e infraestrutura existente — crescemos a partir da expansão da demanda externa — causada pela fome chinesa por matérias-primas — e interna, devido à expansão da renda e do crédito no país.

O problema é que não há mais nem mão de obra nem infraestrutura ociosas. O desemprego é o mais baixo da história e o uso da infraestrutura está no limite. Por conta de um sistema educacional ineficiente, o país não aumentou a produtividade da mão de obra, que ficou mais cara à medida que o desemprego caía e os salários subiam.

Da mesma forma, medidas do governo reduziram significativamente a lucratividade de vários setores, como o elétrico, financeiro e petrolífero, assustando empresários de todos os setores e levando-os a cancelar planos de investimentos.

Em paralelo, a baixa capacidade de execução do setor público de investimentos em infraestrutura impediu tais investimentos de se materializarem, particularmente no setor de transportes.

Resultado? As filas de navios e caminhões nos portos parecem não parar de crescer. No porto de Santos, as filas de caminhões chegam a 12 km. Na prática, o Brasil tem transformado caminhões parados em filas no porto em silos. De meio de transporte os caminhões se transformaram em sistema de armazenagem.

Uma medida óbvia foi recém-anunciada. Os portos do Rio de Janeiro, Santos e Vitória passaram a trabalhar de forma ininterrupta 7 dias por semana, 24 horas por dia. Isto não acontecia porque diversos órgãos públicos envolvidos no funcionamento dos portos apenas trabalhavam em horário comercial.

Esta medida não substitui investimentos em expansão e melhoria de nosso sistema de transporte portuário, mas mostra como, às vezes, eliminando gargalos o país pode ser muito mais simples do que normalmente imaginamos.

Reflexões

A importância da medida citada é mostrar que temos um grau de burocracia e legislação amarrada tão grande que algumas medidas relativamente simples podem gerar ganhos de eficiência e, por consequência, de desenvolvimento grandes.

Por outro lado, as dificuldades de implementação da própria medida até hoje apontam com clareza nossas fraquezas. Mesmo com os portos funcionando sem parar, as mercadorias muitas vezes continuam paradas muito mais tempo do que o necessário porque alguns órgãos governamentais de fiscalização ainda não trabalham 24 horas.

Ponto de ruptura

Revista IstoÉ – junho de 2013

Em time que está ganhando não se mexe. E em time que está perdendo?

Não, nada a ver com a seleção do Felipão. Refiro-me à nossa política econômica.

No ano passado, em toda a América Latina, o crescimento brasileiro superou apenas o do Paraguai. Em 2011, nosso crescimento já tinha decepcionado e no primeiro trimestre deste ano, nova desilusão. Para piorar, a inflação anual está em elevação desde julho, nosso déficit de transações correntes — o mais importante indicador da saúde das contas externas — vem aumentando desde setembro e nosso déficit público cresce desde agosto de 2011.

Com tantas variáveis macroeconômicas piorando, por que a insistência do governo em seguir por um caminho que não tem trazido bons resultados? A explicação é política e econômica. Até agora, o mau desempenho macroeconômico não afetava a popularidade da presidenta Dilma porque o desemprego continuava em queda, causando elevações de salários. Salários mais altos somados ao crescimento da oferta de crédito geravam maior poder de compra para boa parte da população, e satisfação com o governo.

Algo começou a mudar. Entre as surpresas negativas dos recentes dados do PIB, a maior foi a expansão pífia do consumo das famílias, até aqui o principal pilar de sustentação de nosso crescimento. A elevação dos preços e altos níveis de comprometimento de renda com pagamento de prestações de dívidas já estão minando a capacidade dos brasileiros de ir às compras e a própria popularidade da presidenta.

Não por acaso, o governo deu sinal verde ao Banco Central para enfrentar a ameaça inflacionária, acelerando a alta de juros. Os juros ainda terão de subir mais, talvez muito mais, até porque, na falta de medidas compensatórias, a desvalorização do real frente ao dólar aos níveis mais fracos desde 2009 colabora para a aceleração da inflação.

Se for significativa, a alta dos juros pode debelar o risco inflacionário, só que encarece o crédito e esfria o consumo. Por outro lado, se não for acompanhada de medidas de estímulo à expansão da capacidade produtiva — estímulos a investimentos e produtividade — ela transformará o PIBinho em PIBúsculo, com crescimento do desemprego e quedas de salários.

Para crescer de forma sustentada a longo prazo, um país necessita de expansões também sustentadas tanto da oferta de bens e serviços quanto da demanda por eles. Se o consumo não se ampliar — como tem ocorrido em tantos países europeus nos últimos anos — a economia não se expande. Se a oferta não acompanhar a alta do consumo, o crescimento econômico será limitado e a inflação subirá, como tem ocorrido recentemente no Brasil.

Entre 2004 e 2010, foi possível evitar este truísmo econômico porque partimos de um desemprego alto e uma utilização limitada da infraestrutura existente. De lá para cá, incorporamos milhões de pessoas ao mercado de trabalho e o desemprego caiu aos níveis mais baixos da história. Com parcos investimentos, o atual gargalo de infraestrutura é óbvio. Para completar, políticas voltadas para reduzir as margens de lucro nos setores financeiro, elétrico, de mineração e petrolífero afugentaram investimentos, limitando o crescimento da oferta de produtos e serviços.

Uma mudança no modelo de desenvolvimento do país é inevitável, política e economicamente. Não dá mais para estimular a demanda sem impulsionar o crescimento da oferta. O governo parece ter percebido isto. Recentemente, elevou a remuneração para investimentos no setor ferroviário e aprovou a nova lei dos portos. Para o bem do país, e até das pretensões eleitorais da presidenta, mudanças adicionais terão de ser rápidas, amplas e profundas.

Reflexões

Infelizmente, a nova lei dos portos e a tentativa de atrair mais investimentos para o setor ferroviário foram pontos fora da curva. Não houve mudanças adicionais na direção de fortalecer a produção, menos ainda mudanças amplas e profundas.

O resultado é que a ruptura econômica e política que eu anunciava na época tornou-se inevitável para voltar a colocar a economia brasileira nos trilhos.

A boa notícia que nos trouxe o mês de abril de 2016, é que a ruptura política e a mudança radical de direção da política econômica e de desempenho da economia brasileira, que precisariam acontecer ao longo dos anos seguintes, parecem próximas neste instante.

A voz das ruas e o PIBinho

Revista IstoÉ – julho de 2013

A proporção alcançada pelo tsunami de protestos no país nas últimas semanas surpreendeu o Brasil e o mundo.

Por causa de um aumento nos transportes públicos de R$ 0,20 abriram a caixa de Pandora das indignações. Para desespero dos governantes, retirar os R$ 0,20 não bastou para fechá-la.

As razões de fundo das manifestações ainda não estão claras, mas parecem passar por insatisfação com a classe política, má qualidade dos serviços públicos, corrupção, preços elevados, inflação crescente, e mais recente, queda da capacidade de consumo da população.

Ainda é muito cedo para saber a real dimensão histórica que as manifestações tomarão, mas paradoxalmente, algumas de suas consequências políticas e econômicas já são óbvias.

Os protestos já conseguiram conquistas importantes, incluindo reduções de tarifas de transporte, cancelamento de aumentos de pedágios, o fim da PEC 37, a primeira prisão de um congressista condenado por corrupção desde a redemocratização, a destinação dos recursos do pré-sal para educação e saúde e o presidente da Câmara rapidamente pagando por passeio aéreo às custas da FAB. Mais importante, os administradores públicos sabem que seus atos e decisões estão sob o crivo da opinião pública.

Porém, tudo na vida tem dois lados. Refletindo uma forte aversão a políticos e partidos estabelecidos, os movimentos são politicofóbicos e partidofóbicos. O perigo é abrir espaço para falsos salvadores da pátria. Lembra-se da caça aos marajás?

Há ainda custos econômicos significativos. Muita gente tem evitado sair de casa ultimamente, o que reduz a atividade econômica.

Questionar a conveniência e o montante dos gastos com a organização de megaeventos esportivos é absolutamente legítimo. Por outro lado, tais eventos deveriam impulsionar o turismo no país antes, durante e depois deles e proporcionar à "marca" Brasil uma visibilidade positiva que impulsionasse negócios e desenvolvimento. Agora, até o super-homem, o ator Henry Cavill, teve medo de vir ao Brasil promover seu filme. Os ônus da Copa e das Olimpíadas já são garantidos, mas boa parte dos bônus tornou-se incerta.

Os protestos coagem administradores públicos a zelar pelo bom uso dos recursos, evitando desperdícios e desvios de verbas. Isto é ótimo. Entretanto, requisições como transporte público gratuito, elevação dos recursos para educação a 10% do PIB e outras sugerem uma crença de que, coibidas a corrupção e a má utilização dos recursos públicos, teríamos dinheiro para tudo. Infelizmente, isto não é verdade.

Temos, sim, de expandir e melhorar a eficiência dos investimentos em transporte público, saúde, educação, infraestrutura e segurança, mas respeitando nossas restrições orçamentárias. Aliás, qualquer choque de gestão pública no Brasil digno do nome deveria cortar os gastos públicos totais, permitindo a redução e eliminação de impostos. O Brasil tem hoje a terceira carga tributária mais alta entre 156 países emergentes.

Por fim, investimentos têm sido postergados em função das atuais incertezas econômicas e políticas. A expansão da oferta já não conseguia acompanhar o crescimento da demanda, gerando pressões inflacionárias. Menos investimentos são a última coisa que o país precisa. Não sei até que ponto os recentes PIBinhos colaboraram para os protestos, mas não tenho dúvidas de que os protestos colaborarão para mais um PIBinho esse ano.

Reflexões

O crescimento do PIB decepcionou mais uma vez em 2013, como nos anos anteriores e posteriores, mas menos do que nos demais, alcançando 3%.

Se naquele momento, um Congressista era preso pela primeira vez desde a redemocratização, mal imaginávamos o que ainda estava por vir à tona, por exemplo, nas recentes declarações do próprio líder do governo no Senado, o famigerado Senador Delcídio Amaral. Tampouco sabíamos que os passeios no jatinho da FAB do então presidente da Câmara dos Deputados, Henrique Eduardo Alves — graves como são — pareceriam crimes menores perto das denúncias de corrupção que se acumulam contra o atual presidente da Câmara dos Deputados, o não menos famigerado Eduardo Cunha.

Aprendendo com Francisco

Revista IstoÉ – agosto de 2013

Já não deve ser surpresa para ninguém que o crescimento da economia brasileira neste ano será medíocre.

Com juros e desemprego em alta, inflação corroendo salários e investimentos minguando devido a incertezas econômicas e políticas, mesmo as atuais previsões de crescimento de 2% a 3% me parecem exageradas. Um crescimento mais próximo do pífio 0,9% registrado no ano passado* é mais provável.

Em um ambiente econômico tão desfavorável, o que empresas e profissionais brasileiros podem fazer para se diferenciar e alcançar um desempenho melhor do que o da economia como um todo? Não sou particularmente religioso, mas a resposta veio do Papa Francisco.

Brasileiro nenhum gosta de receber lições de um argentino, mas o momento é de humildade. Esta foi exatamente a primeira lição de Francisco, a necessidade de humildade para reconhecer a situação com que vamos lidar e o que podemos mudar nela.

Com baixo crescimento, será fácil e justo culpar o governo por sua incapacidade de tomar medidas para reverter a situação, mas isto não garantirá o emprego de ninguém no final do mês. Façamos como Francisco. Desconfio que ele preferisse herdar uma Igreja que não estivesse envolvida em corrupção e acobertamento de casos de pedofilia, nem perdendo fieis na América Latina para os evangélicos, mas ele não pôde escolher. O que ele pôde e escolheu foi reconhecer publicamente os problemas na Cúria e fazer uma longa e revigorante visita ao maior país católico do mundo. Ainda é muito cedo para dizer se a estratégia vai funcionar, mas não é cedo para saber que se nada fosse feito, as dificuldades da Igreja só se agravariam.

Com impostos demais, mão de obra cara e mal preparada, sobra de burocracia e falta de infraestrutura, desculpas para justificar eventuais maus

---

* Mais tarde, o IBGE, baseado em uma nova metodologia, revisou o crescimento de 2012 para 1,9%.

resultados, nossas empresas têm de sobra. Acontece que justificativas não mudam a situação. O que mudaria?

Francisco enfatizou, e demonstrou na prática, que é preciso aproximar a Igreja dos fiéis. Servir bem para servir sempre. Duas dificuldades vividas por empresas dos mais diversos setores da economia brasileira nos últimos anos foram o aumento da concorrência e a *commoditização* dos serviços e produtos. A competição ficou mais feroz e, com a disseminação e queda de custo de tecnologias antes acessíveis apenas aos líderes em seus setores, os diferenciais encolheram.

Para mudar esta realidade, precisamos oferecer serviços cada vez melhores, ainda que vendamos produtos. Isto mesmo. Cada vez mais, na decisão de compra de produtos pesam os serviços ligados a eles. Quer um exemplo? Os telefones celulares que uso são inferiores a outros disponíveis, mas o atendimento que recebo é tão superior que não mudo.

Outro exemplo? A uma quadra de onde moro, há uma padaria ampla e bem suprida, mas prefiro outra, a umas 30 quadras, pequena e apertada, onde o pão é bem mais gostoso.

Nos dois exemplos, os serviços de um único profissional — um profissional de atendimento e um padeiro — definem o que compro, impactando positivamente o resultado de suas empresas.

Humildade e melhores serviços, duas lições de Francisco para cada um de nós, as empresas e os governantes.

Reflexões

Desde então, o Papa reconheceu e encarou corajosamente problemas históricos graves da Igreja Católica — incluindo corrupção e pedofilia — e estendeu as mãos a grupos anteriormente marginalizados pela Igreja, acenando com gestos concretos em busca de conciliação, em resumo, realizou mudanças importantes na condução da Igreja.

Dilma foi na direção oposta. Individualista e teimosa, nossa presidente foi incapaz de reconhecer erros e, por consequência de consertar rumos, preferiu estimular os confrontos e a divisão à conciliação. No mínimo fez vistas grossas à corrupção, primeiro na Petrobras, depois no país sob seu comando. E não teve a coragem ou a visão de sustentar uma forte guinada na condução da política econômica de seu governo no seu mandato.

Não por acaso, os resultados e a popularidade de ambos também caminharam em sentidos opostos. O Papa rapidamente tornou-se o mais popular líder da Igreja em muito tempo, Dilma a mais impopular presidente do país, junto com Collor, cujo destino todos nós conhecemos.

Que nossos líderes se inspirem mais no Papa e possam obter resultados mais similares aos dele!

Velhos ou ricos?

Revista IstoÉ – setembro de 2013

O dia 9 setembro de 2013 pode entrar para a História.

Foi promulgada uma lei capaz de transformar a sociedade e a economia brasileiras: 75% dos royalties da exploração do pré-sal serão destinados à educação pública e os 25% restantes irão para a saúde pública.

Esta pode ser a semente de grandes mudanças no Brasil, mas nada ainda está garantido. Estima-se que a educação receberá cerca de R$ 70 bilhões adicionais nos próximos 10 anos. Para isso, a exploração do pré-sal precisa avançar rapidamente. O desinteresse das maiores companhias petrolíferas globais em participar do leilão de exploração do campo de Libra sugere que há riscos. Excesso de protecionismo, ingerência governamental e incertezas políticas afastaram grandes empresas americanas e europeias — aliás, os mesmos fatores que têm esvaziado leilões de concessão de rodovias.

Sem os investimentos para a exploração do petróleo, os royalties que garantiriam a melhora da educação não existirão. Pior, quanto mais demoramos para investir, mais os EUA avançam na exploração do seu gás de xisto, potencialmente reduzindo a atratividade de investimentos no pré-sal brasileiro.

Além disso, dinheiro apenas não melhora educação. Só nos dois minutos que você leva para ler este artigo, mais de R$ 1 milhão é investido em educação pública no Brasil. Desde 2006, um forte crescimento da arrecadação de impostos já tem permitido aumentos significativos dos investimentos em educação, mas a melhoria dos indicadores de desempenho dos alunos tem sido modesta. Entre 148 países analisados pelo último relatório do Fórum Econômico Mundial, o Brasil ficou em 124º em qualidade e acesso à educação.

A boa aplicação dos recursos adicionais através de Estados e Municípios é incerta. Um bom começo poderia ser copiar a reforma educacional aprovada no México dois dias antes da lei brasileira. Por lá, todos os professores passarão por uma avaliação nacional. Novos professores terão duas chances para serem aprovados; os atuais, três. Caso contrário, serão demitidos e substituídos.

Mais recursos deveriam permitir valorizar a função dos professores, aumentar salários e oferecer melhor infraestrutura escolar e treinamento. Porém, também precisamos medir e cobrar melhor desempenho dos professores e dos alunos. Se queremos ser um país desenvolvido, temos que agir como tal.

Caso contrário, o Brasil desperdiçará mais esta chance. O tempo urge. A janela de oportunidade do chamado bônus demográfico — o período em que a parcela da população em idade de trabalho cresce em relação à população total — irá se fechar na próxima década. A partir daí, as condições para o crescimento econômico serão mais adversas. Só maiores ganhos de produtividade impediriam uma desaceleração do crescimento. Acelerar o crescimento da produtividade no futuro requer melhor educação e maiores investimentos em infraestrutura hoje.

Boa educação e infraestrutura eficiente não garantem o sucesso de nenhum país — como mostram as crises nos países ricos nos últimos 5 anos. Mas sem elas não há desenvolvimento sustentável, como prova o medíocre crescimento brasileiro nos 3 últimos anos. Infelizmente, se não fizermos a lição de casa, corremos o risco de ficarmos velhos antes de ficarmos ricos.

Reflexões

Do início de 2009 a hoje, a produção americana de petróleo aumentou de 5 milhões de barris por dia para mais de 9 milhões de barris por dia. No mesmo período, a produção brasileira cresceu de 2 milhões de barris por dia para 2,1 milhões de barris por dia.

Neste período, a produção do pré-sal salvou a lavoura. Sem ela, nossa produção teria caído. Infelizmente, tanto a produção do pré-sal quanto todo o resto das operações da Petrobras foram limitados pelos efeitos nocivos da corrupção na empresa e pela política desastrada do governo de tentar segurar a inflação, mantendo por anos o preço da gasolina artificialmente baixo, minando a capacidade de investimentos da empresa.

Tudo isto, somado à queda do preço do petróleo no mercado internacional, fez com que a Petrobras fosse de um valor de mercado de mais de R$ 510 bilhões e uma dívida de menos de R$ 50 bilhões em maio de 2008 para um valor de mercado de R$ 164 bilhões e uma dívida de mais de R$ 500 bilhões hoje.

Talvez o que mais chame a atenção no desempenho recente da Petrobras é a desconexão entre seu desempenho operacional e seu desempenho financeiro. Corrupção e uma política de preço de derivados do petróleo voltada aos objetivos políticos do governo, e não os interesses da empresa ou seus acionistas, levaram a empresa às dificuldades financeiras atuais, mas mesmo em meio a este caos financeiro, os indicadores de produção têm sido positivos.

Fica claro que o problema da empresa não é operacional, mas de gestão e manipulação da empresa com fins políticos pelo governo. Exatamente por isso — pela expectativa de que uma mudança na condução do governo brasileiro provavelmente implicaria em uma melhor gestão da Petrobras e menos uso político da empresa — o simples andamento do processo de impeachment da presidente nos últimos meses permitiu uma elevação dos preços da ação da empresa de mais de 100%.

Além disso, os preços internacionais do petróleo também têm se recuperado. Se esta tendência permanecer inalterada, o impulso de recuperação da Petrobras será maior ainda.

Já no lado da educação, infelizmente, os avanços têm sido muito modestos. Este é um tema que me apaixona. Como todos sabemos, não mudaremos o país se as pessoas não mudarem e isto só pode ocorrer através da educação.

É de conhecimento geral que a educação no Brasil deixa a desejar, mas eu acredito que o problema é mais grave. A educação em todo o mundo continua seguindo um modelo do passado, de um tempo onde o acesso à informação era limitado e a fronteira do conhecimento avançava mais livremente.

Hoje, toda informação está disponível no Google. Que professor sabe mais do que ele? Além disso, quando o aluno chega a aprender a informação ensinada na escola, até ele chegar ao mercado de trabalho já se descobriu que não era bem assim. O conhecimento avançou.

Por tudo isso, mais do que nunca temos que ensinar habilidades, não informações. Mesmo no passado, se as informações ensinadas na escola fossem de fato a parte mais importante da educação, as pessoas mais bem-sucedidas, realizadas e felizes seriam os que antes foram os melhores alunos na escola.

Como todos com alguma experiência profissional sabem, a frequência com que isto não acontece na vida real é alta demais.

Depois de duas décadas e meia em que tive a chance de trabalhar e conviver com alguns dos melhores profissionais do mundo nos mais diversos setores — do mercado financeiro à mídia, do agronegócio à saúde, da educação e comércio à indústria — notei que muitos dos profissionais mais bem-sucedidos possuem algumas características em comum, como persistência, sede de aprender, autocrítica, capacidade de reconhecer erros, proatividade, atitude empreendedora, tendência a assumir responsabilidades, coragem, capacidade de se relacionar bem com as pessoas e motivá-las, boa comunicação, capacidade de impedir que suas emoções contaminem suas decisões, capacidade analítica aguçada e boa capacidade de analisar riscos e recompensas.

O ponto fundamental é que todas as habilidades que acabei de mencionar podem ser aprendidas e ensinadas, mas depois de alguma pesquisa, descobri que nenhuma delas faz parte do currículo básico nem das escolas, nem das faculdades. Ainda mais grave é que o currículo do MEC é tão engessado que é impossível, a menos que haja uma profunda mudança do currículo escolar, dar a elas o espaço que merecem.

Para quem, como eu, assistiu na íntegra à votação do impeachment da presidente Dilma na Câmara dos Deputados, é difícil ficar otimista quanto a mudanças do nosso currículo escolar sabendo que serão estes os homens e mulheres que terão que aprová-las. A julgar pela incapacidade da maioria de usar o plural, pronunciar a palavra impeachment ou fazer um discurso de 10 segundos coerente, dá até medo pensar em mudar algo em nosso currículo escolar.

Há poucas utopias pelas quais eu acredito que realmente valha a pena lutar. Deixar um país e um mundo melhor para meus filhos é uma delas. Por isso mesmo, apesar de não ser um educador, depois de mais de quatro anos estudando o assunto, resolvi tentar fazer a minha parte e montar um projeto educacional que, a longo prazo, tem a intenção e a pretensão de atingir a toda pirâmide socioeconômica brasileira, de crianças de escolas públicas às pessoas que comandam este país.

Os primeiros e tímidos passos começam no segundo semestre deste ano, com o lançamento de um curso (#Unboxing) voltado para melhorar o processo de tomada de decisão de executivos, adaptando vários conceitos de campos relativamente novos de pesquisa, como Economia e Finanças Comportamentais, para formas concretas de melhorar nossas decisões.

Abaixo o PS4; viva o Capitalismus

Revista IstoÉ – outubro de 2013

Indignação geral justificada com o preço do Play Station 4. O videogame custa R$ 839,00 no Canadá e não passa de R$ 1.500,00 no resto do mundo. As exceções? R$ 2.406,00 na Argentina e R$ 4.000,00 por aqui.

As multinacionais seriam mais gananciosas no Brasil? Um videogame chamado *Capitalismus* ajuda a responder.

Cada jogador, chamado de *empresarium,* escolhe entre dois países para lançar seu produto: *Ricus* ou *Carus.*

Em *Ricus,* você gasta $ 2 por produto, cujo sucesso é decidido em um cara ou coroa. Saiu cara? Você cobra $ 24 (preço de venda), paga $ 4 de imposto e fica com $ 20. Descontando os $ 2 que custou o produto, lucrou $ 18. Deu coroa? Pela regra, você não vende nada e ainda perde $ 10, além dos $ 2 do seu custo, ficando com um prejuízo de $ 12. Portanto, você ganha $ 18 em metade das rodadas e perde $ 12 na outra metade. A cada duas rodadas, você tem um lucro médio de $ 6.

O segundo país se chama *Carus.* Nele há 4 regras distintas. 1ª) O custo por produto é de $ 4. 2ª) O imposto é de $ 12. Portanto, cada vez que sair cara sobra apenas $ 8 para você ($24–$12–$4). 3ª) O governo criou um imposto adicional sobre lucro abusivo: metade das vezes que sair cara, ele considerará que saiu coroa. Em vez de ganhar $ 24, você perderá $ 10, que somados aos $ 4 pagos por rodada totalizam um prejuízo de $ 14. Em resumo, em *Carus,* você ganha $ 8 em ¼ das vezes e perde $ 14 em ¾ delas. Portanto, a cada 4 rodadas, em média, você tem um prejuízo de $ 34 ($ 8–3x$ 14). 4ª) O governo pode elevar os impostos a qualquer momento.

Por que os custos por produto são maiores em *Carus*? Matérias-primas, mão de obra, transportes, legislação trabalhista protecionista, infraestrutura precária, burocracia e regulação excessivas, impostos abusivos.

Se as regras parassem por aí ninguém jogaria em *Carus*, mas em *Capitalismus* os *empresariums* determinam os preços de vendas de seus produtos e, por consequência, suas margens de lucro.

Para lucrar em *Carus*, os mesmos $ 6 lucrados em média a cada duas rodadas em *Ricus*, os *empresariums* teriam de praticar um preço de venda de $ 58 em cada lançamento bem-sucedido, em vez dos $ 24 praticados em *Ricus*. Neste caso, em média a cada 4 rodadas, eles ganhariam $ 54 ($ 58-$ 4), e perderiam $ 42 (3x$ 14), lucrando $ 12, o equivalente a $ 6 de lucro médio a cada duas rodadas em *Ricus*.

A elevação de $ 24 para $ 58 do preço de venda em *Carus* é a parte mais óbvia do que, em *Capitalismus*, chamam de *Custo-Carus*, mas ainda tem mais. Como o risco é maior em *Carus* os *empresariums* não aceitam ganhar, em média, a mesma coisa que em *Ricus*. Para compensar, só topam jogar lucrando mais, o que eleva ainda mais o preço de venda dos produtos em *Carus*.

Os *empresariums* querem cobrar mais em *Carus*, mas como conseguem? Se são movidos a ganância por que não cobrar mais em *Ricus* também? Porque há limites no que os consumidores aceitam pagar, mas eles são bem mais elásticos em *Carus*.

Carus tem uma das piores distribuições de renda e poder de consumo de *Capitalismus*. Em *Ricus*, onde a distribuição de renda é melhor, as *empresums* maximizam o lucro vendendo maiores volumes; em *Carus*, vendendo mais caro. Quando a renda é concentrada é possível extrair o máximo daqueles que podem e aceitam pagar mais, principalmente por produtos e serviços que conotam status.

A segunda razão vem do *Custo-Carus*. O governo de *Carus* aumentou repentinamente impostos para produção, importações e venda, provocando perdas para alguns *empresariums*. Muitos desistiram de fazer negócios por lá, diminuindo as opções de compra dos consumidores. Menos competição permite que em *Carus* os *empresariums* cobrem mais.

O que os consumidores de *Carus* poderiam fazer? Boicotar produtos com preços abusivos, forçando os *empresariums* a praticarem preços menores, e também cobrar do seu governo a redução de impostos, regulamentações e custos trabalhistas e a expansão de investimentos em infraestrutura, reduzindo o *Custo e o Lucro-Carus*. Tudo ficaria tão diferente que o país talvez até precisasse mudar de nome.

Feliz 2014?

Revista IstoÉ – novembro de 2013

Mudanças acontecem de duas formas: quando escolhemos ou quando não há escolha.

Infelizmente, a segunda é bem mais comum. Se os europeus tivessem controlado seus gastos antes da crise de 2008, escolas e hospitais não seriam fechados agora.

Por aqui não é diferente. Mudanças econômicas profundas — como a Lei de Responsabilidade Fiscal, a renegociação da dívida de Estados e Municípios, a autonomia do Banco Central — só aconteceram quando estávamos à beira da falência. Passado o medo do colapso, foram todas enfraquecidas nos últimos anos.

Sem crises, políticos não têm coragem para adotar medidas imprescindíveis, mas impopulares. Exemplo: aumentar a idade mínima para aposentadorias. De 2004 a 2010, o PIB brasileiro cresceu a um ritmo de quase 5% a.a., 2,5 vezes a média dos 25 anos anteriores. Só foi possível por ajustes econômicos feitos antes, um forte crescimento na procura global por matérias-primas que exportamos, e uma grande queda do custo de capital no mundo. Este modelo de desenvolvimento baseado na expansão da procura tanto externa quanto doméstica pelos nossos produtos e serviços está esgotado. Nos últimos 3 anos, voltamos à média histórica de crescimento do PIB de apenas 2% a.a.

Dois fatores que ajudaram o crescimento acelerado de 2004 a 2010 acabaram: incorporação de mão de obra ao mercado de trabalho e maior utilização da infraestrutura existente. O desemprego já é o mais baixo da história e o gargalo da infraestrutura é visível. Para sustentarmos um crescimento mais rápido, só investindo muito em qualificação de mão de obra, máquinas, equipamentos e infraestrutura. A China, que cresce 3 a 4 vezes mais rápido que o Brasil, investe em sua infraestrutura a cada 3 meses, o equivalente a todo o estoque de infraestrutura existente no Brasil.

Se você estivesse concorrendo à reeleição e, a menos de um ano das eleições, as pesquisas indicassem sua vitória com uma folga razoável, você faria grandes mudanças na política econômica? A Dilma também não.

O que esperar da economia em 2014? Sem uma nova crise externa, o PIB deve crescer cerca de 2%, os juros subirão para impedir que a inflação aumente e o dólar cairá ao longo do ano.

Por outro lado, se uma desaceleração dos estímulos monetários nos EUA deflagrar o estouro de bolhas de ativos pelo mundo, a recuperação da economia chinesa for abortada, ou novas crises financeiras pipocarem na Europa ou nos países emergentes, nosso crescimento será próximo de nulo e, temporariamente, o dólar subirá ainda mais, pressionando a inflação.

Em síntese, o Brasil terá, na melhor das hipóteses, um 2014 medíocre. Na pior, estagnação. Felizmente, algumas regiões e setores terão um bom desempenho. O Norte, Centro-Oeste e o interior do país crescerão mais, impulsionados pelo vigor do agronegócio e da mineração. Idem para o Nordeste, onde a emergência de novos consumidores continuará forte. Setores de serviços, comércio e imobiliário também crescerão mais do que o PIB, beneficiando-se da expansão de renda e crédito, e da falta de concorrência estrangeira, ao contrário da indústria.

Pelo 11º ano consecutivo, a produção industrial deve expandir-se menos do que as vendas no varejo. Continuaremos a consumir mais do que produzimos. Em algum momento isto ficará insustentável e deflagrará uma nova crise que forçará as mudanças que poderíamos ter feito antes, por escolha própria, em condições muito mais favoráveis.

Reflexões

Não escolhemos mudar por opção antes, estamos **sendo forçados a mudar na marra agora.**

Em 2014, acabamos com o cenário mais negro que eu temia: estagnação econômica. O PIB cresceu mísero 0,1% e o dólar subiu bastante à medida que a confiança na economia brasileira se esvaía.

Por outro lado, ao contrário do que eu imaginava, o crescimento do setor imobiliário não foi mais acelerado do que o PIB. Pelo contrário, o setor começou a sentir em 2014 os efeitos negativos da queda da confiança e de uma oferta de crédito mais limitada.

Minhas outras expectativas provaram-se todas corretas. A inflação continuou pressionada, o agronegócio cresceu mais do que o resto da economia, puxando o crescimento do interior do país e da região Centro-Oeste, os setores de serviços e comércio cresceram mais do que o PIB, o varejo cresceu mais do que a indústria e o crescimento das regiões Norte e Nordeste também superou a média nacional. Enfim, no geral e na média, fomos muito fraquinhos. Em regiões e atividades isoladas, um pouco melhor.

João e Kim

Revista IstoÉ – dezembro de 2013

João e Kim nasceram em 21 de junho de 1970, dia em que o Brasil ganhou a Copa do México.

Os pais de Kim eram professores; os de João também. Kim sempre estudou em escola pública; João também.

Kim ama futebol; João adora. Kim é da classe média de seu país; João também.

Os pais de Kim já se aposentaram; os de João também. Kim e João trabalham na mesma empresa, uma multinacional líder mundial em tecnologia. Kim é engenheiro e ganha R$ 7.100,00 por mês. João não chegou a terminar o ensino médio, ganha R$ 1.900,00 por mês. Kim trabalha na sede da multinacional e é chefe do chefe de João, que trabalha aqui no Brasil.

Onde os caminhos de Kim e João se separaram? A cegonha deixou Kim na Coreia do Sul, João no Brasil.

Em 1960, a renda per capita na Coreia era metade da brasileira.

Em 1970, eram parecidas.

Hoje, na Coreia, ela é três vezes maior do que a nossa.

Como as vidas de centenas de milhões de Kims e Joãos tomaram destinos tão diferentes em poucas décadas? Educação, educação e educação.

O país dos Kims investiu no ensino público básico, de qualidade e acessível a todos. O governo coreano gasta quase seis vezes mais do que o brasileiro por aluno do ensino médio. Na Coreia, um professor de ensino médio ganha o dobro da renda média local; no Brasil, menos do que a renda média.

Com isso, os Kims estão sempre entre os primeiros lugares nos exames internacionais de estudantes de ensino fundamental e médio — muitas vezes, em primeiro lugar. Os Joãos, melhor nem falar.

Só após garantir uma boa formação básica e bom ensino técnico, os coreanos investiram em ensino universitário. Ainda assim, a Coreia tem 3 universidades entre as 70 melhores do mundo. O Brasil não tem nenhuma entre as 150 primeiras. Hoje, a Coreia do Sul é, em todo o mundo, o país com maior percentual de jovens que chega à universidade — mais de 70%, contra 13% no Brasil. De quebra, o país dos Kims forma 8 vezes mais engenheiros do que nós em relação ao tamanho da população de cada um.

Tudo isso com um detalhe: a Coreia gasta menos com cada universitário do que o Brasil, mas forma 4 vezes mais PhDs per capita do que nós. Para cada won gasto com a aposentadoria do pai de Kim, o governo coreano gasta 1,2 won com a escola do seu filho. No Brasil, para cada real gasto pelo governo com a aposentadoria do pai de João, ele gasta apenas R$ 0,10 com a escola do Joãozinho.

No ano que vem, os pais de Kim virão para a Copa do Mundo no Brasil. A mãe de João já tinha falecido, mas seu pai quis muito ir à Copa da Coreia e do Japão em 2002, mas não tinha dinheiro para isso. Há um ano, ele está fazendo uma poupancinha e ainda está esperançoso em ser sorteado para um dos ingressos com desconto para idosos para ver um jogo da Copa de 2014, nem que seja Coreia do Sul x Argélia. Como os ingressos com descontos são poucos e concorridos, as chances de Seu João são baixas. Se conseguir, quem sabe ele não se senta ao lado do Sr. e Sra. Kim. Pena que Seu João não teve a chance de estudar inglês. Eles poderiam conversar sobre os filhos...

Reflexões

Eles não ganharam a Copa, mas nós também não.

Este texto acabou virando uma animação em vídeo alguns meses depois. O vídeo viralizou, atingindo alguns milhões de pessoas na internet, o que me chamou a atenção para o fato que o interesse dos brasileiros sobre economia, educação e desenvolvimento é bem maior do que normalmente supomos. Basta comunicarmos isso de forma adequada.

Se você quiser ver ou rever o vídeo — são só três minutos — confira em bit.ly/JoaoeKimVideo.

O vídeo também inspirou um grupo de imigrantes coreanos, liderados pelo Bruno Kim, a criar uma ONG, a Inovar Educação — facebook.com/onginovareducacao/ — voltada a disseminar valores coreanos que ajudaram no sucesso educacional do país — como a disciplina e a tutoria de alunos mais novos por alunos mais velhos — em escolas do principal núcleo de imigração coreana no Brasil, o bairro do Bom Retiro.

Se, de alguma forma, meu vídeo inspirou o Bruno a criar a ONG, a ação do Bruno e seus colegas inspirou-me a também agir. Foi ela que fertilizou o que até ali era apenas um ideal de colaborar de alguma forma para ajudar na educação por aqui. Foi dali que nasceu o embrião do #Unboxing e de outros projetos educacionais dos quais eu espero poder participar ao longo dos próximos anos.

bit.ly/JoaoeKimVideo

2014

República de bananas ou de inovadores?

Revista IstoÉ – janeiro de 2014

O termo República de Bananas nasceu para menosprezar países da América Central dependentes deste produto, facilmente manipuláveis política e economicamente.

Bananas e outras *commodities* são produtos ou serviços com pouco ou nenhum diferencial, e que por isso podem ser substituídos pelo produto ou serviço oferecido pelo vizinho com facilidade. Cada vez mais, profissionais também têm virado *commodities*.

A aceleração e a rápida disseminação dos avanços tecnológicos têm colaborado para uma commoditização generalizada. No passado, uma empresa que lançava um novo produto desfrutava de uma vantagem competitiva significativa em relação aos concorrentes por mais tempo. Hoje, na maioria das vezes, concorrentes conseguem lançar produtos similares ou melhores em prazos cada vez mais curtos. Um exemplo é a indústria de celulares. Em poucos anos surgiram novos líderes, e líderes pioneiros sumiram ou encolheram substancialmente.

Para evitar a commoditização de seus produtos, as empresas tentam, com níveis de sucesso variáveis, diferenciar produtos muito parecidos, usando detalhes técnicos, cores e formas distintas.

A menina dos olhos dos pregadores da inovação é provavelmente a Apple. Com produtos de uso fácil e design arrojado, a Apple transformou aparelhos eletroeletrônicos em objetos de desejo e status. Ainda assim, a própria Apple tem sentido cada vez mais a mordida da concorrência, que não só copia suas inovações, mas acrescenta outras.

Inovar sempre é preciso; hoje, ainda mais. De 2004 a 2010, a economia brasileira expandiu-se a um ritmo médio de 5% a.a. incorporando mão de obra ao mercado de trabalho e usando mais a infraestrutura existente.

De lá para cá, estes fatores produtivos se esgotaram e nosso ritmo médio de crescimento desceu para 2% a.a. Para crescer de forma acelerada já não basta colocar mais gente para trabalhar. O desafio agora é produzir mais sem mais gente. Em resumo, não só está cada vez mais difícil manter diferenciais em relação à concorrência, mas sem estes diferenciais, as empresas instaladas no Brasil estão condenadas a crescer menos.

A solução é inovar. Pode ser na forma de atender o cliente. Seja um produto ou um serviço, toda empresa oferece uma solução para uma necessidade de seu cliente. Como melhor suprir esta necessidade? Mude a forma de encarar seu próprio negócio. Por exemplo, em 1987, a Brasilata, uma empresa de embalagens, implantou um programa pedindo sugestões de melhorias a todos os seus funcionários, que passaram a ser vistos como "inventores". Em 2008, cada inventor propôs, em média, 145 melhorias.

Está pensando que esse papo de inovar vale só para as empresas, não para você? Pense mais um pouco. A alta dos salários nos últimos anos levará as empresas a substituir funcionários por máquinas, agora mais baratas, o que somado a um crescimento econômico mais lento deve elevar a taxa de desemprego.

Qual o seu diferencial? O que você faz melhor do que os outros? O que o torna único aos olhos de quem o contrata? Por exemplo, segundo meus clientes, no meu caso é a capacidade de transformar conceitos econômicos complexos e que parecem distantes do dia a dia das empresas em algo simples e que as ajuda a desenvolver estratégias que as tornam melhores do que seus concorrentes. Descobriu o seu? Não? Então, pesquise, prepare-se, estude, vá à luta e arranje um bom diferencial. Você não quer virar banana, quer?

Reflexões

Se por um lado eu já alertava naquele momento que uma alta da taxa de desemprego deveria acontecer nos anos seguintes, preciso reconhecer que ainda não tinha ideia da magnitude que este processo tomaria em função de uma crise política cuja gravidade e repercussões eu ainda não antevia. Desde então, a taxa de desemprego quase dobrou e, infelizmente, subirá ainda mais antes de começar a cair.

Isso só torna as recomendações de então ainda mais importantes.

As Cassandras e a bolha imobiliária

Revista IstoÉ – fevereiro de 2014

Em 2007, quando os preços dos imóveis começaram a cair nos EUA, surgiram as primeiras Cassandras vaticinando que em breve o destino brasileiro seria o mesmo.

A lógica era simples: também aqui os preços já tinham subido muito, a expansão do crédito imobiliário tinha sido grande e as construtoras construíam como nunca.

Lógica simples, porém errada. Todos os pontos eram verdadeiros, mas ignoravam o fator determinante para quem pesava os prós e os contras da compra de um imóvel. Mesmo que o Brasil estivesse no processo de formação de uma bolha imobiliária, em que ponto deste processo estaríamos? Passados 7 anos, hoje ficou claro que apenas nos primeiros sopros.

Os preços dos imóveis, dependendo de localização e características, subiram entre 150% e 1000%. Portanto, teriam de cair entre 60% e 90% — o que é altamente improvável — apenas para voltar aos preços de 2007. Quem ouviu as Cassandras está esperando até hoje os preços caírem.

Isto não significa que uma bolha imobiliária não possa estourar no Brasil no futuro. Aliás, a Cassandra original, a da mitologia grega, estava correta em suas previsões de catástrofe e desgraça em Tróia. O problema é que estar certo muito antes da hora leva a decisões erradas.

Precisar quando uma bolha imobiliária vai estourar é impossível, mas bolhas não estouram antes de estarem suficientemente cheias, o que torna possível termos uma ideia aproximada se estamos perto ou distantes do estouro. Por isso, desde 2007, publico anualmente artigos analisando a situação do mercado imobiliário, tentando responder se já haveria indícios de uma bolha próxima do estouro, ou se os preços continuariam a subir.

Em meu último artigo, publicado há um ano, assim como em todos os anteriores, concluí que não havia sinais de estouro iminente e que os preços continuariam a subir. De lá para cá, de acordo com o índice FIPE/ZAP, na média, o preço dos imóveis subiu 13,5% no Brasil.

E qual é a situação hoje? Os que acreditam que uma bolha imobiliária está prestes a estourar baseiam-se em três diagnósticos: excesso de construção, construtoras em dificuldades e preços exagerados.

Para analisar o atual ritmo de construção no Brasil, uso o nível de consumo anual per capita de cimento, que estimo estar em 350 kg. Até hoje, nenhuma bolha imobiliária estourou com menos de 400 kg per capita anual de consumo de cimento.

As dificuldades financeiras de algumas construtoras vêm da devolução de parte dos imóveis por inadimplência dos compradores — o que poderia contribuir para queda de preços — mas também de uma subavaliação dos custos de construção no passado, fator que está sendo corrigido, contribuindo para elevação de preços agora.

Mas os preços já não estão caros demais? Comparando com o passado ou com preços de imóveis nos EUA, parece que sim. No entanto, nem os preços históricos no Brasil nem o preço atual nos EUA são bons parâmetros de comparação.

Para uma comparação mais ampla, analisei preços de venda de imóveis de 90 m² em 509 cidades em todo o mundo, incluindo os 12 maiores mercados imobiliários brasileiros. Das 12 cidades brasileiras, 9 estão na metade mais cara do mundo, lideradas por Porto Alegre (35ª), Rio de Janeiro (42ª) e Florianópolis (44ª) e apenas 3 na metade mais barata: Campinas (319ª), Goiânia (320ª) e Fortaleza (417ª). Miami vem logo depois de Fortaleza, é a 418ª. Aliás, as 35 cidades mais baratas do mundo estão todas nos EUA e as 25 mais caras, todas em mercados emergentes, 20 delas na Ásia.

O mercado brasileiro como um todo está, sim, caro para padrões internacionais, mas não para parâmetros de mercados emergentes.

Minhas análises sugerem que aproximadamente 2/3 da alta de preços antes de um eventual estouro já aconteceu. Restaria, portanto, uma alta adicional de mais ou menos metade do que os preços já subiram.

Esta é uma média nacional, que inclui mercados onde os preços ainda estão baratos e podem subir mais do que a média e outros que já subiram demais. Brasília, por exemplo, que há um ano era a cidade mais cara do Brasil, já tem visto pequenas quedas de preços. Em um mercado que não subirá mais tanto nem de forma tão generalizada, a localização e os diferenciais de cada imóvel serão muito mais importantes.

E quando os preços finalmente caírem — todo preço de ativo cai um dia e não há razão para crer que com o mercado imobiliário brasileiro será diferente — quanto devem cair? A experiência internacional dá duas dicas. Primeiro, os preços dos imóveis que mais subirem serão os que mais cairão. Segundo, o tamanho da queda depende diretamente do volume de crédito imobiliário no momento do estouro da bolha e do crescimento percentual deste crédito desde que a expansão começou. Por ora, o primeiro sugeriria uma queda muito pequena por aqui, o segundo, uma enorme.

Seja cada vez mais criterioso em seus investimentos imobiliários, mas ainda é cedo para desesperar-se com o choro das Cassandras.

Reflexões

Como eu chamava a atenção na época, o preço de nada sobe para sempre e com os imóveis no Brasil não haveria de ser diferente, mas ainda não era hora de se deixar levar com o desespero das Cassandras.

De dezembro de 2013, pouco antes da publicação deste artigo, a junho de 2015, pouco após a publicação de meu próximo artigo sobre o assunto, os preços subiram mais 9,7%. Mesmo se considerarmos só o período de junho de 2014 a junho de 2015, houve uma alta adicional de 5,1% de acordo com o índice FIPE/ZAP.

Cadê o dinheiro de nossos impostos?

Revista IstoÉ – março de 2014

A menos de sete meses das eleições, as campanhas eleitorais estão a pleno vapor, como as imagens desajeitadas dos políticos pulando Carnaval deixaram claro.

Passado o reinado de Momo, uma discussão séria dos problemas brasileiros, com propostas e soluções, viria bem a calhar, mas não está acontecendo.

O que os presidenciáveis deveriam discutir? Assuntos não faltam. Só no campo econômico, propostas para melhorar muitas áreas em que o Brasil vai mal deveriam abundar — olha o vírus carnavalesco aí de novo.

Até quando nós, brasileiros, vamos pagar impostos de países ricos e receber serviços públicos de países pobres? Os impostos aqui são padrão FIFA, já os serviços públicos...

Em dois países emergentes a carga tributária é maior do que aqui; em outros 153 países, ela é menor. Dos mais de R$ 5 trilhões em riqueza que o país vai gerar neste ano, quase R$ 2 trilhões serão desviados das famílias — onde poderiam alimentar o consumo — e das empresas — onde poderiam virar investimentos — para o setor público, através de impostos, taxas e contribuições. Onde vai parar todo esse dinheiro?

Seria na infraestrutura? De acordo com o Índice de Competitividade Global (ICG) do Fórum Econômico Mundial, que compara diversos indicadores entre 148 países, ranqueando-os do melhor ao pior, aparentemente não. Em qualidade de infraestrutura, o Brasil está em 103º em ferrovias, 120º em rodovias, 123º em aeroportos e 131º em portos. Dos quase R$ 2 trilhões que pagaremos em impostos, apenas pouco mais de R$ 100 bilhões serão investidos em infraestrutura. Um valor parecido será desviado por corrupção.

Ainda sobra mais de R$ 1,7 trilhão. Vai para a educação? O ICG sugere que não. Poucos vão à escola. O Brasil está em 69º em acesso à educação básica e 85º em acesso à universidade. E quem vai, aprende pouco. Estamos em 121º em qualidade de ensino universitário e 129º em qualidade de ensino básico.

Neste caso, o dinheiro deve ir para a saúde. Será? Somos o 74º país em mortalidade infantil e o 78º em expectativa de vida.

Então, deve estar sendo investido em pesquisa, desenvolvimento, inovação, produtividade e competitividade? Não parece. Estamos em 112º em número de cientistas e engenheiros em relação ao tamanho da população, 136º em qualidade de ensino de matemática e ciências, e 145º em total de exportações em relação ao tamanho da economia.

Onde está o dinheiro dos nossos impostos, então? Em parte, sendo investido em programas sociais do governo. Em uma parte muito mais significativa, mal gasto ou simplesmente consumido pela própria máquina pública.

Pagamos por um dos governos mais caros do mundo, mas recebemos um dos mais ineficientes. Estamos em 124º em crimes e violência, 126º em tarifas de importações, 132º em desperdício de recursos públicos, 133º em desvio de recursos públicos, 138º em impostos sobre trabalho, 139º em custo de processos alfandegários, 144º em número de dias para abrir uma empresa e 147º em custo da regulamentação governamental.

Em plena campanha eleitoral, onde estão os projetos para mudarmos radicalmente esta situação? Pelo jeito, no mesmo lugar que os R$ 2 trilhões que pagaremos em impostos neste ano. Deve ser por isso que o Brasil é só o 136º país do mundo em confiança nos políticos.

Reflexões

De lá para cá, quase todos os indicadores pioraram, começando pela confiança nos políticos, que já era das mais baixas do mundo. As razões são tão óbvias que não requerem explicações.

O que talvez seja menos óbvio, mas não menos importante, é a oportunidade e os riscos que estes momentos de descrença generalizada nos políticos geram. São neles em que normalmente surgem falsos salvadores da pátria. Basta se lembrar da eleição do nosso Caçador de Marajás das Alagoas em 1989 para entender do que estou falando.

No entanto, dado o maior engajamento político da história recente brasileira, é possível que lideranças de outras áreas assumam um papel maior no governo.

Em particular, em uma cada vez mais provável transição para um governo Temer, a necessidade de formação de um governo com líderes em suas áreas de atuação, assumindo ministérios distintos para que o novo governo nasça com credibilidade, talvez crie condições propícias para que isso aconteça. Paradoxalmente, a sinalização, ao menos por ora, de que PSDB e PSD dispõem-se a apoiar o governo, mas não querem participar diretamente do governo, talvez contribua para que tenhamos um ministério competente, honesto, e não loteado entre partidos políticos, apenas para acomodar apadrinhados políticos. É claro que a posição destes partidos ainda pode mudar e que neste presidencialismo de coalizões frágeis que impera no Brasil há enormes razões para desconfiança quanto ao efetivo apoio que partidos que não façam parte do governo de fato darão ao governo, mas as indicações por enquanto são positivas.

Herança maldita

Revista IstoÉ – abril de 2014

Todo fim de ano, publico um artigo sobre as perspectivas econômicas para o ano seguinte.

Nos últimos quatro anos, previ que o crescimento econômico decepcionaria. Infelizmente, nos três anos que já se passaram, estas previsões se concretizaram.

Em 2014, não é preciso nem esperar o final do ano. Terminado o primeiro trimestre, já há elementos suficientes para afirmar que haverá mais decepção em 2015.

Dois fatores que permitiram que o Brasil avançasse 2,5 vezes mais rápido entre 2004 e 2010 do que antes se esgotaram: incorporação de mão de obra e maior utilização da infraestrutura já existente. Desde 2003, quase 20 milhões de brasileiros sem emprego passaram a trabalhar, colaborando com a produção. O desemprego caiu de 12% para 5%. Não cairá muito mais. Aliás, o total de empregos nas principais capitais é que já vem caindo.

Quanto à infraestrutura, dificuldades financeiras e operacionais no setor público e problemas regulatórios impediram um crescimento dos investimentos na magnitude necessária, criando um apertado gargalo para o desenvolvimento.

Só poderíamos crescer como antes acelerando a produtividade, o que exigiria trabalhadores melhor preparados e equipados. Como não investimos o bastante em educação e treinamento, nem em máquinas, equipamentos e tecnologia, a taxa média anual de expansão do PIB desde 2011 caiu para apenas 2%, e em 2014 continuará neste ritmo. Pior, há razões para crer que o crescimento vá desacelerar em 2015.

Não apenas crescemos pouco, mas bagunçamos a casa. Piorou o desempenho das contas externas e das contas públicas e a inflação subiu. Cedo ou tarde, estes desequilíbrios terão de ser corrigidos. Enquanto os ajustes forem feitos, provavelmente em 2015, nossa economia crescerá ainda menos.

Para limitar a deterioração da balança comercial e tentar proteger nossa indústria dos importados, o governo desvalorizou o real, aumentou impostos sobre produtos estrangeiros, compras no exterior e em sites de importados. Isso permitiu que a indústria nacional elevasse preços e recompusesse suas margens. Às altas de preços dos produtos industrializados somaram-se fortes elevações dos preços dos serviços, mantendo a inflação sistematicamente acima da meta de 4,5% ao ano desde 2009.

A inflação não está apenas elevada, está grávida. O dragãozinho dos preços controlados pelo governo nasce após as eleições. Há mais de um ano, os preços de ônibus, metrô, gasolina, energia elétrica e outros têm sido represados para conter a inflação e as manifestações de rua. Estes preços terão de ser realinhados para evitar o colapso dos serviços e contas públicas.

Só a diferença entre o preço internacional do petróleo e os preços nacionais de seus derivados custa à Petrobras mais de R$ 40 bilhões anuais. A utilização de usinas termoelétricas para geração de energia elétrica custará de R$ 20 bilhões a R$ 30 bilhões só neste ano, e mais ainda em 2015. A renúncia fiscal com a desoneração de salários custará mais R$ 24 bilhões só em 2014. O ajuste das contas públicas é inevitável. Ele virá através de elevação de preços, corte de gastos do governo ou aumento de impostos, provavelmente os três.

Os reajustes pressionarão a inflação, forçando o Banco Central a aumentar ainda mais os juros, que já estão no nível mais alto desde 2011, limitando o crédito e reduzindo o crescimento econômico. Aumentos de impostos e redução de gastos do governo devem retirar dinheiro da economia em 2015, também limitando o crescimento.

Além do risco de racionamento de energia, provavelmente após as eleições, há riscos externos de uma nova crise global. Desde 2008, os bancos centrais dos países desenvolvidos injetaram volumes colossais de dinheiro em suas economias, o que causou várias bolhas nos mercados financeiros globais. Pelas suas proporções, dois riscos se destacam.

Primeiro, as bolhas imobiliária e de crédito chinesas. No Brasil, construímos cerca de 400 mil novas moradias em 2013. Na China, foram 55 vezes mais, 22 milhões, enquanto a população não chega a ser 7 vezes a nossa. Há ainda o megaendividamento das empresas chinesas. O crescimento dos empréstimos locais a empresas chinesas desde 2008 sozinho é maior do que toda dívida corporativa nos EUA, mas há ainda o endividamento externo. Em 2008, menos de 2% dos financiamentos globais em dólares, euros e ienes iam para empresas chinesas. No ano passado, foram 39%. Os calotes já começaram e as consequências podem atingir proporções parecidas às da crise da Lehman Brothers em 2008.

Segundo, a Bolsa americana. Pelas minhas estimativas, ela está quase 80% acima de seu preço justo. Desde 1870, isto só aconteceu em 1929 e 2000, às vésperas de crises financeiras tristemente famosas.

O resultado das eleições será fundamental para a economia brasileira, mas ganhe quem ganhar, em 2015 o crescimento será ainda muito baixo e talvez até negativo.

Reflexões

Já em abril de 2014 dava para saber que o PIB possivelmente caísse em 2015, mas naquele momento eu estava longe de imaginar que a auto-herança maldita era muito mais grave do que eu tinha percebido e que a queda do PIB chegaria a 3,9%. A inflação grávida veio à tona, exigindo elevação de juros e o ajuste fiscal — com aumento de impostos e cortes de gastos — jogou a economia temerariamente ainda mais para o buraco.

Um país de Antônios

Revista IstoÉ – maio de 2014

Antônio Belo é um cara bem-sucedido. Aos 34 anos, ocupa um cargo de alta gerência em uma multinacional, tem prestígio e um bom salário.

Com isso, conseguiu financiamento para comprar um bom apartamento e um carro bacana, que são muito desfrutados. Infelizmente, além das dívidas dos financiamentos do apartamento e do carro, Antônio também deve no cartão de crédito e no cheque especial e não sabe nem o tamanho das dívidas, nem quanto paga de juros.

    Pessoas como Antônio, que mesmo ganhando bem estão atoladas em dívidas são raras, certo? Infelizmente, não. Uma pesquisa exclusiva com 1555 brasileiros entre 18 e 60 anos das classes A, B e C em 255 municípios, da minha empresa a Ricam Consultoria, em parceria com a Ilumeo descobriu que os Antônios são a regra, não a exceção. Mais importante, ela aponta a principal causa do Brasil ter se tornado um país de Antônios: o analfabetismo financeiro.

    O mau desempenho da educação no Brasil não é novidade para ninguém, porém um aspecto importante costuma ser relevado. Falta ensino sistemático em finanças pessoais desde nosso ensino básico. Nunca chegamos a aplicar em nossas vidas a maior parte do que aprendemos na escola, mas não aprendemos ou aprendemos mal algo que usaremos em toda a vida, finanças pessoais.

    No Brasil da hiperinflação, as opções na vida financeira das pessoas eram limitadas e os horizontes curtos. Todos sabiam exatamente o que fazer com dinheiro. Assim que você recebia o salário, você comprava tudo que precisava porque já no dia seguinte tudo estaria mais caro e no final do mês, talvez, você só pudesse comprar metade do que comprou no dia 1º. Praticamente não havia oferta de crédito. Portanto, ninguém poderia se endividar, nem que quisesse. As opções de investimento também eram limitadas e de curtíssimo prazo, lideradas pelo overnight — investimentos em renda fixa renovados diariamente.

Há 20 anos, a hiperinflação ficou para trás e a realidade financeira no país mudou radicalmente. Acesso a crédito deixou de ser um problema, permitindo que dezenas de milhões de brasileiros comprassem produtos e serviços que antes só faziam parte dos seus sonhos. Por outro lado, com crédito farto, mas conhecimentos financeiros limitados, muitos se endividaram além das suas possibilidades. Segundo dados da Confederação Nacional do Comércio de Bens, Serviços e Turismo (CNC), hoje duas em cada três famílias brasileiras têm dívidas.

Mais grave, a pesquisa Ricam-Ilumeo indicou que dos que devem no cheque especial, por exemplo, 7 em cada 10 não sabem quanto pagam de juros e um em cada três não tem nenhum tipo de planejamento em relação a em quanto tempo pretende pagar as dívidas. Eu não conheço ninguém que compre um produto sem nem saber quanto custa, mas a maioria das pessoas faz exatamente isto quando se endivida. Apenas um em cada três brasileiros anota e controla seus gastos.

Se o quadro é preocupante com relação a gastos e endividamento, não é melhor em relação a poupança e investimentos. 43% dos pesquisados nunca ouviram nenhuma dica ou orientação financeira. Apenas 12% já investiram em previdência privada. Em um país em que a solvência da previdência pública daqui a algumas décadas está longe de ser garantida, não planejar a aposentadoria pode custar muito caro.

Pior, apenas 3% já investiram em ações, contra 64% que já investiram na caderneta de poupança. Infelizmente, em períodos longos de tempo, a segurança da caderneta de poupança acaba custando muito caro. Tanto nos últimos 10 anos quanto nos últimos 20 anos, a rentabilidade da poupança ficou para trás da dos títulos públicos, dos CDBs, da Bolsa, dos imóveis e do ouro.

Felizmente, cada vez mais, instituições financeiras, como bancos e corretoras, e empresas em geral investem na capacitação financeira de clientes e funcionários. Bancos, por exemplo, não têm interesse em que as pessoas se endividem além do que podem pagar, pois neste caso, acabarão levando calotes. Para as empresas, funcionários com problemas financeiros são muito menos produtivos porque sua atenção não está no trabalho.

O que nossa pesquisa sugere é que o trabalho de alfabetização financeira de nossos Antônios é cada vez mais urgente e importante.

Reflexões

Com a deterioração da economia e elevação **do desemprego, a questão do endividamento e da inadimplência tornou-se muito mais grave**. Segundo dados da Serasa-Experian, em março de 2016, havia 60 milhões de inadimplentes no Brasil, mais de 41% da população com mais de 18 anos no país, com uma forte concentração entre os mais pobres. 77% dos inadimplentes ganham até dois salários mínimos.

Além de evidenciar ainda mais a importância da educação financeira, a situação atual reforça o quão insustentável políticas exclusivamente de estímulo ao consumo são, chamando a atenção para a necessidade de um pacote de medidas de estímulo à produção o mais rapidamente possível.

Desemprego, estatísticas e manipulações

Revista IstoÉ – junho de 2014

Facebook, Twitter e outras redes sociais trouxeram coisas boas e ruins.

Uma das mais convenientes é saber os assuntos que mais interessam. Recentemente, poucos temas geraram tanta inquietação e, nenhum, tanta incompreensão quanto nossos números de emprego. Quase todos sabem que a taxa de desemprego despencou e está entre as mais baixas do mundo e da História, mas você sabia que de cada 100 brasileiros em idade de trabalho, só 53 trabalham?

Isto mesmo. Pelos dados oficiais do IBGE, de cada 100 brasileiros em idade de trabalho, 53 trabalham, 3 procuram emprego e não encontram e 44 não trabalham, nem procuram emprego. Segundo a Pesquisa Mensal de Emprego (PME), 5% estão desempregados nas 12 maiores regiões metropolitanas do país.

Só é considerado desempregado quem procura emprego e não encontra (3%) sobre o total dos que procuraram emprego (56%). Quem não procura (44%), tecnicamente não está desempregado. Esta não é uma manipulação estatística. O mesmo conceito vale no mundo todo. Porém, se a estatística não é manipulada, sua interpretação é. Baseado na baixa taxa de desemprego, o governo sugere que quase todos os brasileiros têm emprego. Na realidade, quase metade (47%) não tem e muitos estão subempregados — sem carteira assinada ou trabalhando menos do que gostariam. Basta uma hora semanal de trabalho assalariado para ser considerado empregado.

Excluindo-se empregados e desempregados, sobram os que só estudam, os aposentados, os pensionistas e os que não querem trabalhar, totalizando 44% da População em Idade Ativa (PIA). Na PME, a PIA considera todos acima de 10 anos. Quem tem menos de 18 anos não deveria trabalhar, mas paradoxalmente, incluí-los na PIA reduz a taxa de desemprego. Os poucos que trabalham aumentam o total de empregados, mas a quase totalidade dos que não trabalham não procura emprego. Por isso, a Pesquisa Nacional por Amostra de Domicílios Contínua, também do IBGE, que mede o desemprego em 3,5 mil municípios entre os maiores de 15 anos, aponta uma taxa de 7%, contra 5% da PME. Considerando apenas quem tem de 18 a 65 anos, a taxa de desemprego seria ainda mais alta.

A porcentagem dos que trabalham em relação à PIA no Brasil (53%) é hoje menor do que na maioria dos países da Europa, onde as taxas de desemprego chegam a 5 vezes mais do que aqui.

Pior, o número de empregos tem caído. Nas maiores regiões metropolitanas, há hoje 142 mil empregos menos que há um ano. Por que o desemprego continua caindo, então? Porque mais gente desistiu de procurar emprego do que caiu o número de empregos.

Infelizmente, quem determina a geração de riqueza em um país é o total de pessoas trabalhando, não a taxa de desemprego. Com menos empregos, o crescimento tem sido pífio, mas com menos gente procurando emprego, o desemprego caiu.

Milhões de pessoas deixaram de buscar empregos nos últimos 10 anos por quatro razões. Temos, hoje, dois milhões de estudantes universitários a mais, o que é ótimo. Uma parte deles não trabalha nem busca emprego.

As outras três razões são negativas. A população brasileira está envelhecendo, reduzindo a parcela dos que trabalham e aumentando a dos aposentados. Há ainda os efeitos das políticas do governo. O Bolsa-Família melhora as condições de sobrevivência de milhões de famílias, mas em locais onde os salários são pouco superiores ao benefício, desestimula a busca por emprego. Desde 2004, o número de beneficiários subiu de 6,6 milhões para 14,1 milhões.

Por fim, há a expansão do prazo e valor do seguro-desemprego. Nos últimos 10 anos, o desemprego caiu de 13% para 5%, mas os gastos com abono e seguro desemprego subiram de R$ 13 bilhões para mais de R$ 45 bilhões. Quem recebe seguro desemprego e não busca emprego não é considerado desempregado na estatística. Com a ampliação do benefício, mais gente entrou neste grupo.

De um ano para cá, o mercado de trabalho piorou. Há menos empregos e quem procura demora mais para encontrar. Entre os novos empregados, a participação dos que encontraram emprego em menos de 6 meses caiu 8%; já a dos que levaram de 6 meses a um ano subiu 19% e a dos que levaram mais de um ano subiu 36%. Dificuldade em achar emprego leva alguns a deixarem de procurar, reduzindo a taxa desemprego. É o que tem acontecido.

Resumindo, criar condições para que o país volte a criar empregos e estimular os brasileiros a quererem trabalhar serão dois dos maiores desafios dos próximos anos.

Reflexões

A magnitude dos desafios só cresceu. Segundo **dados do Ministério do Trabalho, em março, havia 165 milhões de pessoas em idade de trabalhar no Brasil. Delas, 91 milhões estavam ocupadas, 10 milhões desocupadas e 64 milhões sequer estavam na força de trabalho, ou seja, 74 milhões de pessoas, 45% das pessoas em idade de trabalhar.**

Das 91 milhões de pessoas ocupadas, 11 milhões trabalhavam no setor público, 6 milhões eram trabalhadores domésticos, 23 milhões trabalhavam por conta própria, 4 milhões eram empregadores, 2 milhões trabalhavam ajudando a família em casa, 10 milhões trabalhavam sem carteira e menos de 35 milhões trabalhavam com carteira.

Em outras palavras, apenas 21% das pessoas em idade de trabalhar no Brasil têm carteira assinada e menos de 7% são funcionários públicos. Todos os demais não trabalham, são empregadores ou não gozam de nenhum direito trabalhista.

Estes dados deixam patente a necessidade absoluta de mudança urgente em nossa legislação trabalhista.

A atual legislação criou 4 classes de trabalhadores:

- 1ª classe: a dos funcionários públicos (7%), com uma série de direitos que só eles têm, como estabilidade de emprego e aposentadorias com tetos muito mais elevados que os demais.
- 2ª classe: empregados com carteira (21%), com os direitos assegurados pela CLT.
- 3ª classe: empregados sem carteira e demais grupos ocupados (27%), sem direitos trabalhistas.
- 4ª classe: sem trabalho (45%).

Como os dados deixam óbvio, quase três em cada quatro brasileiros em idade de trabalhar não têm emprego ou trabalham sem nenhum ou com poucos direitos trabalhistas.

Dizer que a CLT ou, mais ainda, a legislação específica do funcionalismo público protege os trabalhadores, infelizmente, não é verdade. Ambas protegem um pequeno grupo de trabalhadores às custas de deixar a grande maioria dos trabalhadores sem proteção nenhuma.

A importância deste fato é que a flexibilização das leis trabalhistas é de interesse não apenas das empresas, reduzindo os custos de produção no Brasil, mas de ao menos três em cada quatro trabalhadores brasileiros que aumentarão suas chances de empregar-se ou de terem empregos com carteira assinada.

Além disso, mesmo os atuais beneficiados pela CLT e legislação específica do funcionalismo se beneficiariam de medidas que reduzissem a carga de impostos sobre o trabalho se lhes dessem mais flexibilidade para negociarem a troca de benefícios por remuneração direta.

Produtividade já!

Man Magazine – julho de 2014

Em média, cada trabalhador brasileiro é hoje menos produtivo do que há 3 décadas.

Com isto, a produtividade nos EUA é cinco vezes maior do que no Brasil. Em outras palavras, para fazer a mesma tarefa que um trabalhador americano executa sozinho, necessitamos de cinco trabalhadores brasileiros.

Três causas explicam nossa baixíssima produtividade. A mais importante e óbvia é a péssima qualidade da educação no país. Nosso currículo básico contém disciplinas demais, que não chegam a ser aprendidas e, mesmo quando são aprendidas, quase nunca chegam a ser usadas na vida fora das escolas. Enquanto isso, a maioria dos brasileiros não aprende o básico. Segundo o Banco Mundial, entre 148 países, estamos em 136º em qualidade de ensino de matemática e ciências, sem falar nas dezenas de milhões de analfabetos funcionais e analfabetos financeiros. Por que não focar em disciplinas que todos usarão, como comunicação, compreensão de texto, aritmética e matemática financeira básica?

Além disso, nosso ensino está voltado para o mundo do passado, onde as informações eram escassas. Hoje, ao contrário, informações são livremente disponíveis. O desafio é compreendê-las, separar o importante do irrelevante e conectá-las. Em outras palavras, ensinar e treinar atitudes e métodos. Empreendedorismo e proatividade, por exemplo, deveriam fazer parte do currículo básico.

Recebendo estudantes mal preparados, as empresas tentam suprir as lacunas. O sistema S faz um belo trabalho em formar profissionais voltados para a realidade do mercado de trabalho, mas sua escala é insuficiente. A Alemanha, um dos países mais produtivos e inovadores do mundo, tem exatamente no ensino técnico a base do seu sucesso.

A segunda razão para a baixa produtividade brasileira é o baixo grau de mecanização, automação e investimentos em software e hardware. Além de, em geral, ser mal qualificada, nossa mão de obra, carece de equipamentos e instrumentos que poderiam aumentar sua produtividade. Historicamente, mão de obra era barata e máquinas muito caras por aqui, mas um encarecimento da mão de obra não acompanhado por alta semelhante da produtividade dos trabalhadores mudou esta realidade nos últimos anos.

Por fim, excesso de burocracia e regulamentação governamental atravancam o país e reduzem nossa produtividade. Segundo o Banco Mundial, o Brasil é o 2º país onde a regulamentação governamental é mais custosa em todo o planeta.

Em resumo, para crescer mais rápido o Brasil precisa de um choque de produtividade que só será possível com uma revolução em nosso sistema educacional, grandes investimentos em automação e infraestrutura e um grande esforço de desburocratização.

Reflexões

Um dos fatores que explica a gravidade da crise econômica atual é a inflexibilidade salarial no Brasil.

Ao longo do governo Lula os salários subiam no Brasil em termos reais em ritmo similar ao da produtividade. Em outras palavras, os salários subiam mais do que a inflação, aumentando o poder de consumo dos brasileiros, mas o custo salarial de produção estava constante porque, apesar das empresas pagarem mais aos trabalhadores, os trabalhadores também produziam mais.

No governo Dilma, por uma série de inflexibilidades da legislação trabalhista, os salários continuaram a subir acima da inflação, mas a produtividade estagnou. Isto significa que o custo para as empresas produzirem subiu ininterruptamente neste período. O resultado inevitável foi um gradual crescimento do desemprego à medida que as empresas deixavam de produzir por aqui.

O mais grave é que o setor mais afetado por este processo, aquele que sofre maior competição externa e, portanto, não podia passar para o preço de venda dos produtos os aumentos de custos salariais, a indústria, é o setor mais mecanizado e, por consequência, com maior produtividade na economia brasileira.

Quanto mais encolhia a participação da indústria na economia brasileira, mais a produtividade média da economia estagnava.

Já que não é possível tornar o trabalhador mais produtivo de uma hora para outra — isto requer tempo e treinamento — uma vez que a crise se instalou, a única forma de reequilibrar esta equação no curto prazo era através de uma redução dos salários em nível suficiente para estimular as empresas a voltarem a contratar e produzir, gerando empregos, renda e consumo.

Como não há flexibilidade para negociações salariais para baixo no Brasil, isto só poderia acontecer de uma forma: primeiro as empresas precisariam demitir muitos funcionários. Com a alta da taxa de desemprego e maior dificuldade de conseguir emprego, aqueles sem emprego acabam aceitando salários mais baixos, o que aliás leva as empresas também a trocarem funcionários já empregados, mas com salários mais altos, por novos funcionários com salários mais baixos.

Este processo prossegue até o ponto em que os salários estejam suficientemente baixos para que as empresas tenham interesse suficiente em contratar, para que o desemprego inverta a tendência e comece a cair, o que gradualmente vai transferir o poder de negociação da mão dos patrões para os empregados e levará os salários a voltar a subir gradualmente.

Os dois pontos fundamentais aqui são:

1. Crescimento de salários sem crescimento equivalente de produtividade não tem como se sustentar e crescimento de produtividade requer treinamento, educação e mecanização. Tudo isso precisa ser incentivado;
2. A inflexibilidade do mercado de trabalho faz com que todo o ajuste em tempos de crise tenha de vir da forma mais dolorosa, o desemprego. Não só isto é muito pior para o trabalhador — a parte mais grave — mas muito mais custoso para a empresa que, impedida de negociar salários, demite um trabalhador que já está treinado e tem de contratar outro trabalhador com salário mais baixo, mas tem de gastar para treiná-lo.

Nunca desperdice uma crise

Revista IstoÉ – julho de 2014

Crises são parte da vida de qualquer pessoa, país ou seleção.

Elas são importantes. Sinalizam que algo está errado e precisa ser melhorado. Elas clamam por mudanças. Se reconhecidas e respondidas corretamente, elas nos fortalecem. Se ignoradas, aprofundam-se e se repetem até que, finalmente, aprendamos a lição.

Nossa crise mais recente veio com o Alemanha 7 × 1 Brasil. Já tive a sorte de ver o Brasil ganhar duas Copas. Espero que isto se repita mais algumas vezes. Ainda assim, temo que minhas recordações do trauma da derrota para a Alemanha serão ao menos tão fortes quanto as de nossas conquistas.

A Alemanha não ganhou a Copa só no campo. Ganhou no marketing e principalmente, no planejamento. A vitória alemã começou 14 anos antes, com um projeto de busca e desenvolvimento de talentos. Hoje, a Alemanha tem o dobro do número de jogadores que nós, apesar da população brasileira ser duas vezes e meia a alemã. A média de público da segunda divisão do campeonato alemão é maior do que a do Brasileirão. A Alemanha construiu seu próprio centro de treinamento na Bahia, com direito a campo com gramado cortado a laser. A análise do desempenho de cada jogador e da equipe em cada treinamento é feita com software desenvolvido só para isso. Resultado? Ganhou a Copa, mesmo com uma seleção sem craques, mas com muitos bons jogadores, preparo tático e técnico e espírito de equipe.

Quais as respostas brasileiras à crise? Substituir o treinador pelo treinador que perdeu a Copa anterior!? A sugestão do governo de expandir o modelo de intervenção pública, que não tem funcionado na economia, ao futebol?! Espero estar enganado, mas desconfio que estamos desperdiçando a crise por incapacidade de fazermos mudanças reais.

Esta mesma incapacidade me traz a outros campos, onde a goleada da Alemanha é maior e mais grave. O que choca mais? Perdermos de 7 a 1 da

Alemanha na Copa ou sermos massacrados por ela e tantos outros países em educação, renda per capita, produtividade, IDH, expectativa de vida e infraestrutura?

O que temos a aprender com a Alemanha nestas áreas mereceria um livro, mas como só tenho uma página, destaco o mais importante, começando pela educação. Assim, como o modelo do futebol alemão foi montado para gerar uma seleção e um negócio de futebol vencedores, em vez de apenas alguns craques, o modelo educacional alemão diferencia-se pelo melhor ensino técnico do planeta, não por universidades de ponta. Assim, o país conquistou a liderança global em tecnologia e inovação.

O planejamento e implementação que culminaram com a conquista da Copa levaram mais de uma década. Tampouco, as metas da política econômica alemã são de curto prazo. Quando a economia patinou, após a unificação do país, o governo não exagerou nos estímulos fiscais ou foi leniente com a inflação, comprometendo sua capacidade de crescimento futuro, como o Brasil andou fazendo. Para ganhar competitividade, a Alemanha apostou na produtividade e investiu em qualificação profissional, infraestrutura, flexibilização de leis trabalhistas e melhora do ambiente de negócios, em vez de tentar desvalorizar sua moeda e reduzir a competição, encarecendo produtos importados ou impedindo os alemães de comprarem produtos no exterior.

Hoje, estas lições importam mais do que nunca. Segundo pesquisas, sete em cada dez brasileiros querem mudanças no país. No entanto, as mesmas pesquisas mostram a presidenta liderando as intenções de voto para as eleições de outubro. A aparente incoerência se explica pelo fato de a população não ver na oposição as mudanças que almeja.

Isto me traz de volta ao exemplo alemão. Lá, não se busca salvadores da pátria e balas de prata. As mudanças são fruto de planejamento, paciência, perseverança e trabalho. Espero que não tenhamos de tomar outros 7 a 1, como o que a inflação dará no crescimento do PIB neste ano, para aprendermos esta lição.

Reflexões

O governo brasileiro não reconheceu e, portanto, **não respondeu à crise que já se desenhava naquele momento**. Por razões eleitorais, preferiu não apenas ignorá-la, mas negá-la e escondê-la. Portanto, não surpreende que ela tenha se aprofundado.

Arredondando os números e considerando a inflação medida pelo IPCA — o índice oficial de inflação usado pelo Banco Central para balizar as taxas de juros — a inflação acabou goleando o crescimento do PIB de 6 a 0 em 2014. Como se o sofrimento não fosse suficiente, o governo fez de conta que nada estava acontecendo, não mudamos nada e dissemos que estava tudo sob controle. Como seria de se esperar, a goleada em 2015 foi ainda mais acachapante: 11 a -4. Isso mesmo, conseguimos o que parecia impossível. Placar negativo? Pois é, o PIB encolheu quase 4%. Em 2016, nova goleada. A inflação será um pouco mais baixa, mas o PIB terá uma contração parecida com a do ano passado.

Não custa lembrar que Dilma herdou um time que estava ganhando. Em 2010, antes de assumir o comando do Brasil, a variação do PIB ganhou da inflação de 8 a 6.

Como em qualquer time que está perdendo de goleada uma partida após a outra, a paciência da torcida acaba se esgotando e ela exige a cabeça do treinador. Aí, é só uma questão de tempo para a situação ficar insustentável e o time trocar de treinador.

Tomara que o novo treinador tenha aprendido a lição para não levar o país a repetir a crise novamente.

Como resolver todos os problemas brasileiros sem fazer força

Revista IstoÉ – agosto de 2014

Não resistiu em conhecer a solução mágica? Está aberta oficialmente a temporada de promessas demagógicas.

Não resistiu em conhecer a solução mágica, hein? Está aberta oficialmente a temporada de promessas demagógicas. Cada um dos milhares de candidatos a um cargo eletivo no país tem as soluções para transformar o Brasil no melhor país do mundo em todas as áreas da vida, da economia à educação; da saúde à infraestrutura; do transporte ao lazer. O melhor, alcançaremos tudo isso em apenas quatro anos, e sem abrir mão de absolutamente nada.

Seria fácil culparmos apenas as eleições pelo tsunami demagógico que assola o país. A democracia, inegavelmente o melhor sistema político inventado até hoje, é cheia de defeitos. Um deles é o incentivo à demagogia a cada ciclo eleitoral. Mentirosos demagogos são eleitos; quem diz a verdade sobre os custos para alcançarmos objetivos maiores, não. Simples assim.

Infelizmente, temo que a raiz da inundação de mentiras é mais profunda. O problema somos nós. Queremos tudo, queremos já e queremos de graça. Em resumo, queremos ser enganados.

Esta postura dos eleitores não é nova, nem exclusividade brasileira. Em maior ou menor grau, ela existe e sempre existiu em todos os países. No entanto, as manifestações de rua parecem tê-la exacerbado. Queremos melhores transporte, saúde e educação, e de graça. Resumindo, "me engana, que eu gosto".

A resposta dos políticos? 10% do PIB para a saúde, 10% do PIB para a educação, 10% do PIB para sei lá eu mais o que. Óbvio que saúde e educação estão entre os fins mais nobres possíveis para recursos públicos, mas será que o problema é, primordialmente, falta de recursos ou de gestão? De onde virá o dinheiro? Magicamente, os políticos nos asseguram que teremos tudo e não pagaremos nada.

Fontes de recursos? Por exemplo, a eterna proposta de renegociar a dívida pública. Se ela resolvesse algo, a Argentina não seria um dos 3 únicos países nas Américas onde o PIB terá desempenho pior do que o Brasil neste ano, segundo as projeções da CEPAL.

As pesquisas eleitorais e a voz das ruas provam que o Brasil quer mudar. Se queremos mudanças construtivas, primeiro temos de reformular nossas próprias expectativas. Chega de falsas soluções. É hora de discutirmos os custos de cada política pública e não apenas seus supostos benefícios. Cotas garantem o acesso de determinados grupos à universidade, mas reduzem o acesso dos demais. Meias-entradas barateiam o acesso a espetáculos para alguns, mas às custas de encarecê-los para os outros. Tarifas de importações altas protegem subsetores de nossa indústria, mas reduzem a competitividade de subsetores industriais supridos pelos protegidos e tornam os produtos no Brasil os mais caros do mundo. Queremos, mesmo, adotar estas medidas?

O crescimento vertiginoso da candidatura de Marina da Silva e suas promessas conciliatórias sugerem que o povo está farto da polarização paralisante que dominou o país nos últimos anos. Chega de ricos x pobres. Chega de nós x eles. Chega de um nacionalismo ufanista, onde nada no Brasil pode ser criticado — e, por consequência, nada é melhorado. Não há complexo de vira-latas maior do que achar que o país não resiste a nenhuma crítica. Chega também de uma desesperança debilitante que teme que nada tenha solução no Brasil e onde nada pode ser elogiado. Tomara que o Brasil do "ame-o ou deixe-o" esteja morrendo, mas que ele não seja apenas substituído por um país de novos sonhos demagógicos, e sim por escolhas e ações conscientes para construirmos o país que queremos e podemos ser, não em um ano, sequer em um mandato presidencial, mas quiçá em uma geração.

Reflexões

Nas últimas eleições, não só o Fla x Flu do nós contra eles chegou a níveis nunca antes vistos, colaborando para minar também o clima pós-eleitoral, mas as falsas promessas foram a linha mestra da campanha.

Aliás, tenho a impressão que isto colaborou bastante para a crise que se seguiu. Dilma assustou os eleitores, dizendo que, se eleito, Aécio subiria os juros e o preço da gasolina e da energia elétrica e entregaria o governo aos banqueiros e que não havia necessidade de nada disso porque as contas públicas estavam em boa forma e a inflação sob controle. Em menos de uma semana após as eleições, ela fez exatamente tudo que dizia que Aécio faria. Lembrou-me a eleição de 1989, quando Collor elegeu-se dizendo que Lula tomaria a poupança dos brasileiros se fosse eleito, apenas para Da. Zélia tomar ela mesma a poupança dos brasileiros logo em seguida.

O problema da dinâmica eleitoral quando a maioria dos eleitores é pouco educada é que o primeiro candidato a fazer promessas mirabolantes ou acusar que o outro fará o que é necessário, mas impopular, leva uma grande vantagem.

Qualquer marqueteiro eleitoral sabe disso e não tem vergonha em usar o recurso abertamente. A novidade é que alguns dos mais inescrupulosos deles já estão na cadeia por razões ainda mais graves, como corrupção. Quem sabe, tenham um bom tempo para refletir como usar sua criatividade de forma mais produtiva para o Brasil...

Isaac Newton e a economia brasileira

Revista IstoÉ – setembro de 2014

Dia 5 de julho de 1687 Isaac Newton publica sua obra-prima, Princípios Matemáticos da Filosofia Natural.

Descreve as três leis do movimento e redefine a ciência, em especial a Física. O notável é que as três Leis de Newton ajudam a compreender também a economia.

Primeira Lei do Movimento: um objeto continua em repouso, ou continua a se mover a uma velocidade constante, a menos que seja levado a mudar de estado por alguma força externa. Resumindo, objetos em movimento tendem a continuar em movimento e objetos parados tendem a continuar parados.

Idem para a economia. Em países que crescem de forma sustentada e ritmo acelerado, a confiança dos empresários e consumidores no futuro é grande, o que os leva a investir e consumir muito, fazendo com que estes países continuem crescendo rapidamente. Já em países que, como o Brasil de hoje, crescem pouco ou nada, empresários e consumidores perdem a confiança e pisam no freio. Dilma tem razão quando diz que o pessimismo atrapalha o crescimento, mas esquece de dizer que o pessimismo foi inicialmente causado pelo crescimento pífio anterior.

Para a economia brasileira voltar a crescer velozmente e sustentar sua expansão, a desconfiança tem de passar. Para que a confiança dos empresários volte, é necessário estimular a produção e não apenas o consumo, como tem acontecido aqui há mais de 10 anos. Como? Reduzindo impostos, burocracia e intervencionismo estatal e aumentando investimentos em infraestrutura, educação e treinamento. Se o próximo governo fizer isso, os investimentos crescerão e, com eles, a geração de empregos, a confiança dos consumidores e as compras.

Segunda Lei de Newton: a mudança de movimento é proporcional à força externa. A economia funciona da mesma forma. O desempenho da economia brasileira será diretamente proporcional à força que a impulsionar. Quanto mais significativas as mudanças de política econômica, maior pode ser a recuperação.

Porém, segundo Newton, força é um vetor que corresponde à massa multiplicada pela aceleração. Em vetores há dois componentes: um de magnitude, outro de direção. Com a economia não é diferente. Não importa apenas se as mudanças são significativas, mas se levam à direção certa. Mudanças incoerentes, na melhor das hipóteses, anulam-se e a economia do país não sai do lugar. Na pior, fazem a economia encolher, como aconteceu no Brasil no primeiro semestre.

Terceira Lei de Newton: para toda ação, há sempre uma reação igual e contrária. Trazendo para nossa realidade, mudanças que são boas para todo o país não são necessariamente boas para todos no país. Os prejudicados farão o que puderem para evitá-las. Corruptos não querem que sequem suas fontes, burocratas não querem leis mais simples, beneficiários de programas de governo, sejam do Bolsa Família, de quotas educacionais ou de financiamentos subsidiados do BNDES querem sempre mais recursos.

Desmontar nosso Estado paternalista e ineficiente é um desafio hercúleo. Os benefícios de cada mudança são difusos, divididos por todos os brasileiros; as perdas, são concentradas nos atuais beneficiários. Para cada mudança individual, todos ganhariam um pouco, mas poucos perderiam muito. Por isso, quem tem a perder opõe-se com toda força às mudanças. Grandes mudanças, e particularmente as que precisam de aprovação no Congresso, só são possíveis quando um presidente recém-eleito toma posse, chancelado pelo apoio de dezenas de milhões de brasileiros.

Voltar a crescer bem é totalmente possível, mas se o próximo governo não tomar as medidas necessárias já em seus primeiros meses de mandato, teremos de esperar mais quatro anos por outra chance.

Reflexões

Dois anos se passaram e todos os **pontos continuam tão verdadeiros quanto eram na época. A única coisa que mudou de lá para cá é que a espera provavelmente será encurtada, tanto a da chance e os dois anos que já desperdiçamos com Dilma, quanto dos próximos dois anos, com Temer ou quem quer que seja que venha a substituí-la.**

(Re)Construindo o Brasil

Revista IstoÉ – outubro de 2014

Era uma vez um país cheio de problemas no continente americano.

Era uma vez um país cheio de problemas no continente americano. Lá, havia muita miséria, altas taxas de analfabetismo, elevada mortalidade infantil, corrupção, caos financeiro, infraestrutura em frangalhos e pessoas morando nas ruas. A economia não crescia. O futuro parecia sombrio. Certamente, você já sabe que estou falando dos EUA da década de 1930. De lá para cá, eles se firmaram como a maior economia, o país mais inovador e a maior potência bélica do planeta. Como fizeram isso? Quais as lições para este novo ciclo presidencial no Brasil?

As similaridades são óbvias. Após sete anos de crescimento acelerado entre 2004 e 2010, o Brasil foi o país que menos cresceu na América Latina nos últimos quatro anos. Enquanto isso, a inflação subiu, o superávit da balança comercial desapareceu e as contas públicas se deterioram muito. Em 2015, o governo terá de recompor tarifas públicas, elevando ainda mais a inflação, o que exigirá novas altas dos juros. Isso e o inevitável aperto fiscal limitarão mais uma vez o crescimento.

Para piorar, a campanha eleitoral mostrou o maior grau de polarização política já visto no país após a redemocratização. As apurações do *Petrolão* contribuirão para exacerbar os ânimos e tirar o foco do Congresso das reformas estruturais que o país tanto precisa. Se elas não forem aprovadas no início do novo mandato, quando a força política de qualquer presidente está no seu auge, teremos de esperar ao menos mais quatro anos para que haja novamente condições políticas para aprová-las.

É fácil ficar pessimista. A confiança dos consumidores é a mais baixa em 10 anos e a dos empresários, ainda menor. É aí que mora a oportunidade.

Segundo o filósofo chinês Wu Hsin, "a expectativa é o avô da decepção". Quanto mais extremas as expectativas, positivas ou negativas, mais facilmente elas não se concretizarão. Apesar da euforia eleitoral de metade do país, dificilmente as expectativas econômicas para 2015 poderiam ser piores. Acontecia a mesma nos EUA nos anos 1930.

A primeira lição é que para a economia voltar a crescer com vigor, as preocupações têm de passar. Quem tem medo do futuro não vai às compras, nem investe em seu negócio. Os ajustes econômicos são inevitáveis, mas seus efeitos negativos sobre o crescimento em 2015 podem ser compensados recuperando-se a confiança. Como fazer isso? Anunciando a redução do intervencionismo governamental o quanto antes. Assim, o medo do empresariado de investir passaria, a geração de empregos voltaria a crescer, e consumidores voltariam às lojas.

A segunda lição do sucesso americano é a importância de melhorar o sistema e a qualidade da educação e investir em pesquisa e inovação. Para que nós, brasileiros, sejamos mais ricos, temos de nos tornar mais produtivos. Hoje, a produtividade e a renda média dos americanos são cinco vezes as nossas. Eles não chegaram lá de uma hora para outra. Educação é um esforço não de alguns anos, mas de algumas décadas. Este esforço tem de começar já.

A essa altura, você já sabe quem governará o Brasil nos próximos quatro anos. Eu não sabia ao escrever este artigo na quarta-feira anterior às eleições. Não importa. As lições são as mesmas.

Reflexões

As lições eram as mesmas e foram ignoradas. O governo não se esforçou o suficiente para retomar a confiança e, quando tentou, a crise política em função dos escândalos de corrupção e do Fla-Flu eleitoral não o deixaram avançar.

De 2011 a 2014, o Brasil tinha sido o país que menos cresceu na América Latina. Incluindo-se 2015 e 2016, não seremos mais segundo os dados do FMI, mas não comemore ainda. O único país que ficará para trás de nós será a Venezuela, que vive atualmente uma recessão ainda mais profunda do que a nossa. Aliás, o Brasil será, sim, o país que menos crescerá em todo o continente americano ao longo dos 6 anos de mandato da presidente Dilma, pois a economia do único país que ficou para trás de nós neste período, a da Venezuela, não cresceu. Ela encolheu.

Em resumo, não bastasse ficarmos para trás de superpotências do calibre de El Salvador e Nicarágua, comemos poeira até da Argentina de Cristina Kirchner. Pelo jeito, Deus colocou Hugo Chávez e Nicolás Maduro no comando da Venezuela para nós brasileiros não nos sentirmos tão mal com o desempenho da nossa economia.

Se em 2014 eu alertava que "a expectativa é o avô da decepção", a expectativa dos brasileiros para seu país nos próximos anos não poderia ser pior do que a atual. A confiança dos mais diversos setores empresariais e dos consumidores brasileiros é das mais baixas desde que começamos a medi-las.

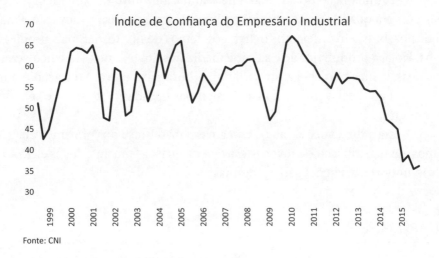

Fonte: CNI

Surpreender positivamente fica bem mais fácil quando quase todos esperam o caos. Excelente oportunidade para o nosso quase-presidente.

Bolsa Família, eleições e um país rachado

Revista IstoÉ – novembro de 2014

O Brasil nunca esteve tão polarizado.

As divisões nasceram com a estratégia de defesa do governo às acusações do Mensalão, caracterizando-as como uma tentativa golpista de uma suposta "elite branca" interessada em reverter conquistas do povo. As eleições as expuseram e aumentaram. 54,5 milhões de eleitores reelegeram Dilma Rousseff, mas 87,2 milhões — a soma dos votos em Aécio Neves, brancos, nulos e abstenções — não votaram nela.

As pesquisas eleitorais já apontavam rachas socioeconômicos e educacionais. Segundo elas, Dilma venceu entre eleitores que ganham até 2 salários mínimos e perdeu entre os demais; venceu entre os que têm até o ensino fundamental e perdeu entre os que cursaram ao menos o ensino médio.

O racha mais visível foi o geográfico. Dilma ganhou por 13,5 milhões de votos no Norte e Nordeste. No Sul, Sudeste e Centro-Oeste, Aécio ganhou por 10 milhões de votos.

O Bolsa Família sozinho explica os resultados do segundo turno no Distrito Federal e em 22 dos 26 Estados brasileiros. No Brasil, pouco mais de 25% das famílias recebem Bolsa Família. Em todos os Estados do Norte e Nordeste, a porcentagem é maior, chegando a quase 60% no Piauí e Maranhão. Nestes dois Estados, Dilma venceu com quase 80% dos votos válidos.

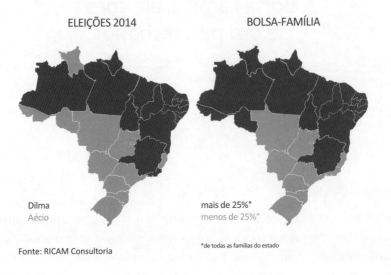

No Sul, Sudeste e Centro-Oeste, a porcentagem das famílias que recebem Bolsa Família é menor, chegando a menos de 15% no Distrito Federal, em São Paulo e Santa Catarina. Aí, Dilma teve menos votos, não chegando a 40% deles.

Nos Estados com mais de 25% das famílias recebendo Bolsa Família, incluindo Minas Gerais, Dilma ganhou em todos menos Acre, Rondônia e Roraima. Dos Estados onde menos de 25% recebem Bolsa Família, ela só ganhou no Rio de Janeiro.

Então, afloraram preconceitos e distorções. Alguns no Sul e Sudeste creditaram a vitória de Dilma no Nordeste a supostas questões culturais, sem notar os resultados em áreas mais pobres de seus próprios Estados. Por exemplo, Dilma perdeu em todo o Estado de São Paulo, menos no Vale da Ribeira.

Alguns chegaram a sugerir que beneficiários do Bolsa Família deveriam perder o direito ao voto enquanto estivessem no programa. Por este raciocínio, estudantes de faculdades públicas e usuários de hospitais públicos também não deveriam poder votar.

Muitos creditam o impacto eleitoral do Bolsa Família a uma campanha para amedrontar seus beneficiários sugerindo que o programa seria extinto se a presidenta não fosse reeleita. Tais denúncias devem ser apuradas e punidas, mas para entender o impacto eleitoral total do Bolsa Família é importante compreender seus múltiplos efeitos econômicos. Eles vão muito além da renda direta de seus beneficiários. Como o valor de cada benefício é baixo, ele é gasto integralmente, nada é poupado. Assim, a renda do Bolsa Família impulsiona o consumo e a atividade econômica. Nas regiões mais pobres, onde mais gente recebe Bolsa Família, o impacto é maior.

Em termos concretos, com o Bolsa Família, mais gente comprou bolachas na mercearia do Seu Zé. Como vendeu mais bolachas, Seu Zé comprou uma TV nova. O dono da loja de eletroeletrônicos, que vendeu mais TVs, trocou de carro e o dono da concessionária de veículos comprou um apartamento novo. O Bolsa Família não beneficia apenas famílias mais pobres, mas toda a economia de regiões mais pobres.

Isto não significa que o programa não tenha defeitos graves. Em regiões onde salários e custo de vida são baixos, ele desestimula seus beneficiários a buscar emprego. Pior, ele não prepara as famílias para que deixem de precisar do programa no futuro e tenham perspectivas melhores do que as que o programa pode lhes oferecer. O fato de 56 milhões de pessoas, um em cada quatro brasileiros, necessitarem do Bolsa Família para sobreviver é sinal de fracasso, não de sucesso. O programa tem de estar disponível para quem precisar, mas menos gente tem de precisar dele. Ele precisa tratar da causa dos problemas — a falta de preparação — e não apenas da consequência — a falta de recursos. A medida do sucesso do programa deve ser quantas pessoas saíram dele e não quantas entraram.

Isto me traz à segunda razão para as diferenças regionais na eleição. Nos últimos 4 anos, o Brasil ficou apenas em 161º lugar entre 182 países em crescimento do PIB. As regiões Sul e Sudeste, as mais industrializadas do país, cresceram ainda menos. A produção da indústria caiu e é hoje menor do que há 6 anos. Por consequência, regiões onde a indústria tem um peso maior têm ficado para trás.

É ótimo que Centro-Oeste, Norte e Nordeste tenham crescido mais rapidamente que o Brasil, mas se a indústria e as regiões Sul e Sudeste não se recuperarem, elas puxarão para baixo o desempenho dos demais setores e regiões. Isto já está acontecendo. Por isso, a economia brasileira estagnou neste ano. Centro-Oeste, Norte e Nordeste representam só 28% do PIB do país. Mal comparando e sem nenhum sentido pejorativo, o rabo não consegue abanar o cachorro. Se queremos voltar a crescer, o país precisa superar suas diferenças e criar condições para que todos prosperem.

Reflexões

Se o processo eleitoral rachou o país, **talvez a crise atual possa uni-lo.**

Ao contrário do que os políticos gostam de inflamar, há muito mais similaridades do que diferenças entre os interesses e necessidades dos eleitores pobres e ricos, nordestinos e sulistas, urbanos e rurais.

No Brasil, diferentes partidos e políticos inflamam ideologias para dissimular seus próprios interesses de poder e riqueza às nossas custas.

A julgar por tantas manifestações de rua com demandas díspares e reações contrárias fortes, quando alguns políticos tentaram se aproveitar delas como palanque, isto parece ter começado a ficar mais claro.

O brasileiro aprendeu a fiscalizar e a cobrar seus políticos. Que isto não se perca. Precisamos exigir e exigir muito deles e, ao mesmo tempo, como enfatizei em outros artigos, compreender o que são demandas realistas — como utilizar melhor os recursos públicos ou criar melhores condições de geração de prosperidade pela iniciativa privada — e o que são promessas falsas que nos foram feitas e não serão cumpridas, como as atuais regras de aposentadoria do funcionalismo público, por exemplo.

Dois dos principais objetivos deste livro são exatamente estes: incentivar os leitores a não deixar que ganhos recentes de cidadania — como a maior cobrança sobre a classe política — percam-se, e indicar o que pode e deve ser cobrado. Já que você não confia nos políticos, tome conta deles.

Dilma II

O duro choque de realidade após as eleiçõess

Após as eleições, a polarização causada pelo próprio processo eleitoral, o agravamento da recessão econômica e a sensação de boa parte do eleitorado Dilmista de ter sido enganado com falsas promessas — à medida que logo após as eleições subiram a taxa de juros, os preços da gasolina e da energia elétrica e vários impostos — causaram uma seríssima crise política. Ela, por sua vez, levou a uma paralisia na tomada de toda e qualquer decisão importante de política econômica, em um momento em que estas decisões se mostravam mais cruciais. O resultado, como você já deve ter sentido no seu próprio bolso, tem sido a mais longa e profunda recessão que o Brasil teve pelo menos desde 1900.

A gravidade da crise econômica, por sua vez, impactou negativamente a popularidade da presidente, enfraquecendo sua base de apoio e aprofundando a crise política e a paralisia de decisões, em um círculo vicioso que, ao que tudo indica, encurtará a duração do segundo mandato da presidente.

O mais triste é que, ao menos inicialmente, Dilma até tentou consertar os desequilíbrios macroeconômicos causados em seu primeiro mandato. Em particular, a vinda de Joaquim Levy para comandar o Ministério da Fazenda representou uma tentativa, que acabou se frustrando, de retomar a confiança dos agentes econômicos.

Ainda assim, as contas externas melhoraram sensivelmente, em função da desvalorização cambial e, mais recentemente, a inflação começou a dar sinais de queda devido aos juros altos e à recessão.

Faltou só o fundamental ajuste fiscal. Aí, a visão equivocada de Dilma de que o Estado deve ser grande e interventor falou mais alto. Provavelmente, isto lhe custará uma boa parte de seu segundo mandato. Ao Brasil, ela custou um retrocesso que fez a economia praticamente voltar ao ponto onde estava antes da chegada de Dilma ao poder em 2011.

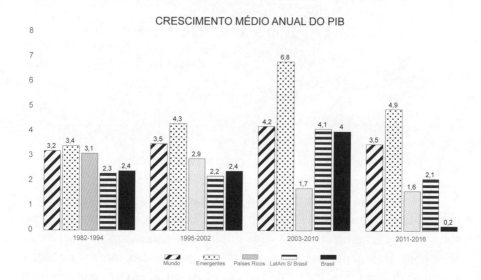

2015

Resoluções de ano novo

Revista IstoÉ – janeiro de 2015

Todo fim de ano, bilhões de pessoas em todo o planeta decidem mudar.

Infindáveis resoluções são tomadas. Faremos um regime rígido, frequentaremos a academia e ligaremos mais para nossos pais. A estas alturas, a maior parte destas resoluções já caiu por terra.

E as do governo brasileiro? Assim que reeleita, a presidenta mudou o discurso, reconheceu que nossa obesidade fiscal já não nos deixa caminhar e prometeu combatê-la.

O governo moderaria sua alimentação e se exercitaria mais. Para não deixar dúvidas quanto à seriedade do compromisso, Joaquim "Mãos de Tesoura" Levy foi chamado para *personal trainer* e nutricionista.

Levy anunciou a nova meta de peso: um superávit das contas públicas desconsiderando gastos com juros da dívida de 1,2% do PIB e prometeu o fim da contabilidade criativa. Com o ministro Mantega, as calorias de chocolate, churrasco e cerveja não contavam. Para chegar lá, o governo teria de emagrecer uns R$ 70 bilhões. No ano passado, mesmo com arrecadação recorde, nosso setor público gastou mais do que arrecadou desconsiderando os gastos com juros pela primeira vez em 17 anos.

Para afinar a cintura governamental e permitir que o Brasil voltasse a caminhar em 2015 e correr nos anos seguintes, Levy prometeu pôr a tesoura para funcionar. À elevada carga de impostos que pagamos não correspondem serviços públicos em quantidade e qualidade condizentes, sinal evidente de que gordura para se cortar nos gastos públicos há de sobra.

Para fazer isso, o ministro Nelson Barbosa anunciou a revisão da fórmula de reajuste do salário mínimo. Aí, entrou em ação o inimigo número um das resoluções de ano novo: a própria pessoa que as tomou, no caso a presidenta Dilma. Uma coisa é prometer emagrecer, outra é manter a boca fechada para que isso aconteça.

Ao desautorizar seu ministro, a presidenta pareceu não estar disposta a fazer os sacrifícios que o objetivo exige. Não há nada de errado em não concordar com esta medida em si. Dado o fim, é prerrogativa da presidenta escolher os meios para alcançá-lo. Alguém que decide se exercitar mais pode preferir correr ou nadar.

O problema é que, desde então, as medidas de ajuste têm sido concentradas em aumentos de impostos. Dos R$ 46 bilhões anunciados, só R$ 18 bilhões viriam de cortes de gastos e o Congresso ainda pode reduzir este número. Os outros R$ 28 bilhões sairão do nosso bolso, não do bolso do governo. O aumento do imposto de renda reduzirá o quanto teremos para gastar e ainda pagaremos mais pela gasolina, veículos, produtos importados, cosméticos e crédito. Em resposta à sua obesidade, o governo nos pôs de regime. Em vez de apertar o próprio cinto e cortar gastos, ele aperta o nosso e aumenta impostos.

Além das medidas já anunciadas, cerca de R$ 25 bilhões em ajustes adicionais serão necessários. Para o bem da economia brasileira, espero que eles venham de cortes de gastos públicos.

Mau desempenho e desequilíbrios macroeconômicos pioraram as expectativas, causando a estagnação da economia brasileira em 2014. As expectativas de crescimento para este ano são parecidas. No entanto, ao contrário do que aconteceu nos últimos quatro anos, podemos terminar o ano melhor do que começamos. Medidas corretas aumentariam o otimismo de consumidores e empresários, levando-os a consumir e investir mais. O país voltaria a crescer e o crescimento poderia acelerar-se nos anos seguintes. Para isso, presidenta, não basta contratar o *personal trainer*. É preciso fazer o que ele propõe.

Reflexões

Não terminamos 2015 melhor do que começamos, **terminamos pior**. Parte significativa da promessa de corte de gastos não se cumpriu e o Congresso limitou a capacidade do governo de fazer o ajuste através do aumento de impostos.

Dilma não teve a coragem, nem a grandeza de cortar na própria carne — como deveria — nem a liderança para convencer o Congresso que deveria transferir as dores do ajuste quase que integralmente a nós, a população — como gostaria. Com sua habitual autossuficiência, não ouviu seus próprios ministros. Preferiu fazer as coisas a seu modo. Não deu certo.

Assim, os desafios de 2015 foram transferidos para 2016. Dilma assinou o atestado de óbito de seu próprio governo e, na prática, transferiu a responsabilidade para quem a suceder.

O desafio de colocar as contas públicas em ordem ficou bem mais difícil do que já era porque a recessão profunda que se seguiu à inabilidade do governo de retomar a confiança dos brasileiros e estrangeiros, reduziu a arrecadação de impostos — empresas e trabalhadores que ganham menos pagam menos impostos — fragilizando as contas públicas.

Portanto, cortes imediatos de gastos públicos e reformas estruturais que sinalizem uma melhora consistente das contas públicas ao longo das próximas décadas são mais urgentes do que nunca e a julgar pelas últimas declarações de Michel Temer, ele está bastante consciente disso.

Por outro lado, como salientei em outros artigos, os problemas de nossas contas externas, e em menor grau da inflação, estão hoje melhor encaminhados do que estavam na época. Com todo respeito, senhor quase-presidente, não vamos perder mais esta oportunidade, vamos?

Oportunidades em meio à estagnação

Revista IstoÉ – fevereiro de 2015

Em meu trabalho como consultor e palestrante, tenho a oportunidade de interagir com pessoas e empresas de todos os setores da economia brasileira.

Ao menos desde o Plano Collor, há 25 anos, não observo tanta preocupação, medo e pessimismo. Razões não faltam. Ao maior caso de corrupção da história do planeta, na Petrobras, somam-se prováveis racionamentos de água e energia elétrica. Em 2015, pela primeira vez em mais de 70 anos, o PIB cairá pelo segundo ano seguido.

É óbvio que um cenário econômico assim traz muitos desafios a cada um de nós. Menos óbvio, ele também traz muitas oportunidades.

Nos períodos de bonança, o barco se move rapidamente sem que sequer tenhamos de cuidar de suas velas. Tornamo-nos displicentes, preguiçosos e acomodados. Com a economia crescendo 5% a.a. em média entre 2004 e 2008, dezenas de milhões de brasileiros sendo incorporados aos mercados de trabalho e de consumo e a demanda por produtos brasileiros no exterior batendo recordes, salários subiam acima da inflação, os lucros das empresas cresciam e os desequilíbrios das contas públicas pareciam controlados, apesar de corrupção e gastos galopantes.

O cessar dos ventos, ou, neste caso, do crescimento, expôs a insustentabilidade destas situações. Salários só sobem acima da inflação se a produtividade cresce. Para ganhar mais, o trabalhador tem de produzir mais. Caso contrário, seu produto ou serviço ficará cada vez mais caro e acabará não sendo mais comprado, a empresa perderá dinheiro e o trabalhador, o seu emprego. Sem nenhum programa nacional amplo e profundo de automação e qualificação de mão de obra, a produtividade brasileira estagnou desde 2011. É responsabilidade do governo e de cada empresa criar programas assim, mas, se queremos ganhar mais, também cabe a cada um de nós nos qualificarmos independentemente das políticas do governo e das empresas em que atuamos.

Nas empresas, o período de bonança levou muitas a esquecerem seus propósitos e focarem em ganhos de curto prazo. Adeus inovações, melhoria de processos, produtos e serviços ou geração de oportunidades de crescimento para seus colaboradores.

As empresas que se perpetuam são aquelas capazes de se fortalecerem em ambientes desafiadores. Nos períodos de seca, os erros das épocas de abundância são expostos. Se corrigidos, o sucesso das empresas a longo prazo será garantido.

E o governo? No dia 2 de agosto de 2011, ele lançou o Programa Brasil Maior, voltado a aumentar a competitividade da indústria através de maior intervenção governamental. Desde então, a indústria encolheu. Desde o ano passado, o PIB também encolheu.

A estagnação reforçou ao menos três lições fundamentais. Primeiro, planejamento e gestão são imprescindíveis se não quisermos viver novas crises hídrica, hidrelétrica e outras. Segundo, um Brasil mais competitivo, rico e justo requer um Estado menor, menos oneroso à sociedade e mais eficiente. Terceiro, combater implacavelmente a corrupção é função de todo e qualquer governo e deve ocorrer em três frentes.

Para diminuir o volume de recursos acessível aos mal intencionados, precisamos reduzir o tamanho do Estado, sua participação direta na economia e os impostos. Segundo, a transparência das contas e negócios do setor público deve ser total para que a corrupção seja menor. Por fim, quando houver corrupção, as punições têm de ser draconianas.

Se o governo, as empresas e cada um de nós aproveitarmos estas oportunidades, este momento difícil da economia não terá sido perdido.

Reflexões

Tecnicamente, o PIB não teve a segunda queda consecutiva em 2015 porque devido a uma mudança metodológica — correta, diga-se de passagem — o PIB de 2014 que teria caído pela metodologia antiga, cresceu 0,1% em 2014. De qualquer forma, mesmo com o PIB de 2014 batendo na trave — revisões futuras talvez até indiquem que ele tenha caído um pouco — não só teremos ao menos a segunda queda consecutiva em 2016, mas o desempenho econômico do triênio 2014-2016 será o pior desde que há dados para o PIB brasileiro, a partir de 1900 e, se a confiança na economia brasileira não for retomada em breve, o que acredito que acontecerá após uma provável transição política, teremos mais uma queda do PIB em 2017.

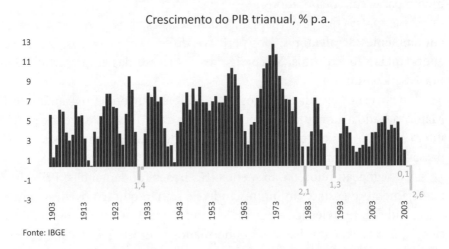

Fonte: IBGE

Pelo menos em duas frentes, acredito que houve mudanças muito importantes. A primeira ocorreu no campo das punições aos corruptos. Não apenas tivemos alguns dos empresários e políticos mais importantes do país sendo presos, mas muitos outros ainda mais importantes estão sendo investigados.

Além disso, ao menos no caso daqueles que não têm foro privilegiado, o andamento dos processos, o julgamento e a condenação aconteceram em prazos impensáveis para o passado recente brasileiro. Diga-se de passagem, acredito que o direito de políticos a esta camada extra de proteção do foro privilegiado precisa ser rediscutido. Impedir perseguições políticas é um objetivo nobilíssimo, mas ele não pode estar acima de extirpar o câncer da corrupção do país.

A segunda frente de avanços foi a maior participação da sociedade na cobrança de justiça. Repito muito esta tecla porque estou convencido que sua perpetuação é uma das variáveis chaves para que conquistas recentes não sejam perdidas e que, sendo aprovado o impeachment da presidente Dilma, não tenhamos uma grande e decepcionante pizza em relação a outros investigados importantes, a começar pelos atuais presidentes da Câmara dos Deputados, Eduardo Cunha, e do Senado, Renan Calheiros, ambos do PMDB do quase-presidente Michel Temer.

#TemJeitoSim

Revista IstoÉ – março de 2015

Corrupção, impunidade e impotência frente aos desmandos dos poderosos têm levado cada vez mais brasileiros a deixarem o país.

Os que ficam lamentam-se que iriam também se tivessem a chance. "O Brasil não tem mais jeito" dizem uns a boca pequena, outros aos gritos.

A crise econômica é séria, mas não é a responsável por tanta desesperança. A desolação é consequência de nossa crise moral. O Brasil já enfrentou e superou muitas crises econômicas e, mais cedo ou mais tarde, superará esta também. Já a sensação de que o Estado, nos mais diversos níveis, foi usurpado por quadrilhas que o usam como um meio para servir a interesses próprios é muito mais grave e perniciosa. A própria razão de ser do Estado democrático — servir à sociedade — foi deturpada. Pior, estes grupos nos roubaram o orgulho de sermos brasileiros e a fé em nosso próprio país. Na visão de muitos, o Brasil voltou, em poucos anos, do país em que o futuro parecia estar chegando ao país sem solução, eternamente condenado ao fracasso.

É fácil entender a desilusão. A presidente reeleita comandava o Conselho de Administração da Petrobras no maior caso de corrupção da história do planeta segundo o jornal New York Times. O presidente da Câmara dos Deputados, o presidente do Senado, dezenas de outros congressistas e até ex-ministros de Estado e governadores estão sob investigação judicial com fortes suspeitas de corrupção. O Judiciário, supostamente o último bastião da legalidade no país, está com sua credibilidade em cheque após o passeio de porsche do juiz que investigava o caso Eike Batista, a injustificada voz de prisão dada por outro juiz à oficial de trânsito que cumpria sua função e parou-o em uma blitz, e as dúvidas quanto à imparcialidade do Supremo Tribunal Federal para julgar políticos envolvidos na Operação Lava Jato.

Para piorar, enquanto o governo pede sacrifícios à população e aumenta impostos, o Congresso expande os benefícios dos congressistas e aumenta os salários da presidente, ministros, juízes e os seus próprios. Não satisfeito, triplica os recursos para os partidos políticos. E ainda querem construir para uso próprio um palacete ao custo de mais de R$ 1 bilhão. Pois é, o país é rico.

Negar os problemas e desafios que o país vive seria, no mínimo, ingênuo. Igualmente ingênuo é considerar permanente uma situação com tantas fontes de instabilidade. A Operação Lava-Jato abriu a caixa de Pandora. A delação premiada ligou o ventilador.

A sociedade reagiu, como evidencia a maior manifestação já vista no Brasil em quase 30 anos. As duas últimas mobilizações de proporções semelhantes resultaram na redemocratização do país e no impeachment de Collor. Desta vez, não ocorrerão transformações significativas na política brasileira? Improvável.

Aliás, a primeira mudança já ocorreu. Até recentemente, a presidente negava a insatisfação popular, insultando a inteligência dos eleitores. Demorou, mas ela mudou de estratégia e agora reconhece que tem de ouvir os brados das ruas. Sábias palavras, mas muito mais importantes foram as ações. Finalmente, foram cumpridas as promessas de campanha de enviar ao Congresso um pacote de medidas para endurecer a legislação de combate à corrupção.

Ao contrário do que temem os pessimistas, esta situação política e econômica não apenas tem solução. Ela é a solução para a crise moral que vivemos. Sem uma crise de tamanhas proporções, dificilmente a sociedade brasileira se mobilizaria para mudar o país.

O Brasil tem jeito, sim. A crise é o jeito. Não é à toa que o ideograma chinês para crise e oportunidade é o mesmo. Sabedoria milenar...

Reflexões

Não só aconteceram, como as transformações não se limitaram à política, nem à economia. Infelizmente, as transformações não vieram sem muita dor, como as crises sempre trazem.

Milhões perderam o emprego. O número de falências de empresas também aumentou e muito. Por outro lado, empresas em situação financeira mais saudável, empresas que queriam expandir ou iniciar seus negócios no Brasil tiveram oportunidades únicas de fazê-lo.

Fonte: IBGE-PNAD Contínua

É assim que o capitalismo funciona. Dói, e muito, mas funciona. Parafraseando o economista austríaco Joseph Schumpeter, é a destruição criativa que gera desenvolvimento. Quando empresas mais eficientes engolem outras menos eficientes, a eficiência da economia como um todo aumenta. Uma economia mais eficiente gera mais riqueza, melhorando o nível de vida dos cidadãos.

Neste momento, o que é necessário é reativar a economia, dando um choque de credibilidade e confiança, parecido com o que um cirurgião cardíaco faz para fazer o coração do paciente voltar a bater. Como o coração, uma vez que a economia volte a funcionar, ela se mantém funcionando, a menos que sofra outros choques negativos. No caso da economia, talvez a melhor metáfora até seja outra.

Há uma enorme dose de profecia autorrealizável em economia. Se todos acham que o futuro será sombrio, ele provavelmente será mesmo porque consumidores preocupados com o futuro não gastam e empresas não investem. Sem investimentos não há empregos, sem vendas não há lucros de empresas para financiar os investimentos. Está instalado o círculo vicioso que leva a economia para o fundo do buraco.

A retomada da confiança tem o efeito exatamente oposto. Se as empresas acham que o mercado vai melhorar e que precisarão de mais produtos e serviços para colocar no mercado quando isto acontecer, elas investem e geram empregos. Consumidores mais confiantes — ainda mais se virem que os empregos voltaram a ser mais abundantes — gastam mais, permitindo que as empresas faturem e lucrem mais e invistam mais. Agora, o círculo é virtuoso.

Em outras palavras, a confiança funciona como o peso que define para que lado pende uma tábua sobre a qual está equilibrada a bolinha de ferro da economia. Sem o peso da confiança, a tábua pende para o lado do círculo vicioso — como agora — e a economia tende a piorar cada vez mais. O aumento da confiança, inicialmente, faz com que a inclinação para o lado do caos diminua. Quando é grande o suficiente, ele faz a tábua pender para o outro lado. Além disso, é interessante notar que o próprio peso da bolinha à medida que ela caminha mais para um lado ou outro colabora para que a inclinação da tábua naquela direção aumente. É por isso que os movimentos da economia tendem a ser cíclicos, com a economia surpreendendo para melhor ou para pior na mesma direção por algum tempo. Além disso, há uma série de outros mecanismos que atuam como um elástico quando a bolinha de ferro da economia vai muito para um lado ou para o outro, puxando-a para o lado oposto com cada vez mais força.

No caso da resposta às crises, um destes mecanismos é exatamente o crescimento da pressão popular por mudanças políticas e econômicas que ponham fim à crise. Em outras palavras, o apoio político a determinadas medidas de política econômica só costuma surgir quando o país está à beira do precipício.

Na primeira metade dos anos 1990, a inflação precisou chegar a quase 100% ao mês para que houvesse apoio político suficiente a medidas de desindexação da economia que permitiram o sucesso do Plano Real — diga-se de passagem, ainda temos muito a avançar na desindexação da economia brasileira.

No final dos anos 1990, mais precisamente em novembro de 1997, com o país à beira de um colapso fiscal, como agora — o governo de Fernando Henrique conseguiu aprovar no Congresso um pacote de 51 medidas fiscais, incluindo a Lei de Responsabilidade Fiscal e a Renegociação de Dívidas dos Estados e Municípios. No pacote, havia também muitas medidas impopulares, incluindo aumento de imposto de renda, aumento de impostos sobre produtos industrializados, postergação de reajustes de funcionários públicos, atraso no pagamento a aposentados. Enfim, como agora faltava dinheiro nos cofres públicos e a opção era ajustar ou jogar a economia em uma crise como a atual. No final das contas, o pacote fez com que a economia crescesse menos incialmente, mas não chegou a ocorrer nenhuma queda do PIB e como ele permitiu que as finanças públicas melhorassem e a confiança também, na sequência, o crescimento econômico acelerou-se e, em 2000, o crescimento econômico atingiu sua maior taxa desde a implementação do Plano Real em 1994.

No final de 2002, a história repetiu-se. Para acalmar muitos que temiam o que sua potencial chegada ao poder poderia representar, Lula publica em junho de 2002, a Carta ao Povo Brasileiro. Alguns meses depois, recém-eleito, chama — entre outros técnicos muito respeitados pelos mercados — o banqueiro Henrique Meirelles, recém-eleito deputado federal mais votado do Estado de Goiás pelo PSDB, para presidir o Banco Central. Muita gente achou que Lula tinha enlouquecido. Na verdade, foi uma de suas maiores sacadas. Não só ele trouxe credibilidade ao governo, mas tirou uma importante bandeira da oposição — em particular do PSDB — que não podendo atacar as mesmas políticas que implementou logo antes, nem o homem que ele mesmo ajudou a eleger acabou relegado a um papel de oposição frouxa ao longo de seu governo.

Na sequência, uma série de medidas de austeridade são adotadas. O crescimento do PIB, em 2003, mal passa de 1%, mas logo depois, em 2004, temos novamente o mais rápido crescimento do PIB desde o Plano Real em 1994, chegando a quase 6%.

Em resumo, a receita para retomar o crescimento é conhecida e provada. Remédios amargos, retomada da confiança, aguentar um período inicial ainda difícil e, depois, partir para o abraço.

Sabendo de tudo isso e já vendo a possibilidade de assumir o poder mais à frente, o PMDB de Temer publicou em outubro de 2015 sua própria versão da Carta ao Povo Brasileiro, um documento chamado Uma Ponte para o Futuro. Mais recentemente, Temer tem tido reuniões diárias com técnicos que, como os de Lula, poderiam emprestar-lhe uma credibilidade que, assim como Lula naquele momento, ele sozinho não tem. Pelo menos até agora, as conversas têm sido com pessoas que podem, e querem, ajudar muito o Brasil. Bola pra frente, quase-presidente.

Ruim para quem vende, bom para quem compra

Revista IstoÉ – abril de 2015

Desde 2008, fala-se que o Brasil teria uma bolha imobiliária para estourar. Com as vendas de imóveis caindo 50% em algumas cidades, o ano passado foi a prova do pudim.

Houvesse bolha, os preços teriam despencado. Em Nevada, nos EUA em 2008, os preços chegaram a cair 80% em média. Não foi o que aconteceu por aqui.

De acordo com o índice Fipe-Zap, o preço médio anunciado dos imóveis residenciais em 20 cidades subiu 5,34% nos últimos 12 meses. Somado a uma rentabilidade de aluguel de 4,9% e a uma tributação menor, a rentabilidade líquida de um investimento imobiliário nos últimos 12 meses foi maior do que a da maioria das aplicações financeiras.

Porém, o desempenho em diferentes localidades, nichos de mercado e empreendimentos foi bastante desigual. Cidades onde os imóveis residenciais estavam mais baratos em relação à renda de suas populações — como Fortaleza, Campinas, Vitória e Goiânia — tiveram altas de preços bem maiores do que a média nacional. Já Brasília, que chegou a ser no início de 2013 a 10ª cidade mais cara do mundo, foi a única em que os preços de venda dos imóveis caíram. Hoje os imóveis em Brasília custam em relação à renda menos do a média do país.

Neste ano, minha análise do mercado internacional apontou que, ao contrário do Brasil — onde os preços subiram mais do que a renda — nos demais países emergentes, eles subiram menos. Isto tornou os preços dos imóveis aqui um pouco superiores à média dos emergentes. Das 16 cidades brasileiras que analisei, 9 estão mais caras que a média dos países emergentes, lideradas por Salvador e Rio de Janeiro — as únicas brasileiras entre as 45 mais caras do mundo. As outras 7 — Brasília, Natal, Campinas, Recife,

São José dos Campos, Vitória e Goiânia — têm hoje preços de imóveis, em relação à capacidade de pagamento em cada uma destas cidades, inferiores à média dos países emergentes.

Por que os preços atuais no Brasil parecem elevadíssimos? Porque os comparamos com preços quando os imóveis eram baratíssimos devido à falta de financiamento imobiliário. Só comprava imóvel quem podia pagá-lo à vista, o que limitava muito a procura e os preços. A elevação da oferta de crédito na última década foi a causa da forte alta aqui e na maioria dos países emergentes.

Já na maioria dos países desenvolvidos, os preços caíram aos níveis mais baixos da história em 2009 com o estouro de bolhas imobiliárias. Eles têm se recuperado, mas continuam bastante abaixo da média histórica e são hoje, em relação às respectivas rendas, menos da metade do que nos países emergentes. Das 562 cidades que analisei, as 26 mais baratas estão todas nos EUA, incluindo Detroit, Orlando e Las Vegas. Miami, um sonho entre os brasileiros, está mais barata que as 16 cidades brasileiras que estudei; é também mais barata que 412 outras cidades no mundo. Um imóvel por lá, custa apenas 1/3 do que custaria nos países emergentes.

Entretanto, os preços em cada cidade escondem grandes disparidades dentro das próprias cidades. No Brasil, com a forte queda de vendas e aumento de distratos, construtoras liquidaram a preços bastante descontados unidades em empreendimentos não completamente vendidos, o que recebeu muita atenção da mídia, criando uma falsa percepção de queda generalizada de preços.

É provável que boas oportunidades para os compradores, como estas, se repitam neste ano. Muitas construtoras continuam com estoques elevados. Já indo além deste ano, vários fatores devem levar os preços e as vendas a se recuperarem. Há muita demanda reprimida. Só os contemplados em consórcios de imóveis com crédito já aprovado somam R$ 12 bilhões. Muitos querem comprar, mas esperam condições melhores.

Além disso, os custos de construção têm subido muito. No longo prazo, eles balizam os preços de novos lançamentos, e estes, os dos imóveis usados. Há ainda fatores locais. Na cidade de São Paulo, o novo Plano Diretor deve aumentar em cerca de 20% os preços de novos lançamentos por limitar o potencial construtivo dos terrenos.

Adicionalmente, a alta do dólar tornou-o menos atrativo como investimento. Inclusive barateou o preço em dólar dos imóveis, o que atrai investidores estrangeiros.

Por fim, o gatilho para estouro de bolhas imobiliárias — excesso de endividamento dos compradores — continua ausente. Aqui, o crédito imobiliário representa só 9% do PIB. Nos últimos 115 anos, nenhuma bolha imobiliária estourou com menos de 50% do PIB.

Imóveis e ações são os únicos produtos para os quais a maioria das pessoas corre para comprá-los quanto mais caros ficam. A oportunidade está em fazer o inverso: comprar antes que esta demanda volte e eleve os preços.

Reflexões

A mídia muitas vezes confunde o desempenho das empresas do setor imobiliário — que, em geral, foi muito ruim nos últimos anos em função da queda de vendas, multas por atrasos de entrega, preços de venda às vezes inferiores aos custos de construção, distratos e inadimplência — com o desempenho do setor imobiliário sob a perspectiva de quem investe em imóveis ou compra um imóvel para morar, como é o caso da maioria de nós, sugerindo que não só havia uma bolha, mas ela estourou, gerando grandes perdas a quem investiu em imóveis.

Não que o desempenho dos preços dos imóveis mais recentemente tenha sido favorável, muito pelo contrário. De acordo com o índice FIPE/ZAP, nos 12 meses findos em março de 2016 — dado mais recente disponível — os preços dos imóveis anunciados no Brasil subiram somente 0,5%. Considerando-se, como anteriormente alertado, que os descontos entre os anúncios e os preços efetivamente praticados nas vendas cresceu neste período, é provável que os preços tenham, de fato, caído no período na média do país. O dado é pior ainda se considerarmos a aceleração recente da inflação. Nos mesmos 12 meses, a inflação medida pelo IPCA atingiu 9,5%. Em outras palavras, em termos reais — isto é, descontando-se a inflação — os preços anunciados de imóveis no Brasil caíram 9% e a queda efetiva de preços de venda foi maior do que isso.

A pergunta que fica é se isso caracteriza um estouro de bolha imobiliária ou não, e a pergunta importa, e muito, a todos nós, mesmo que você não tenha nem pretenda ter um imóvel tão cedo, porque estouros de bolhas imobiliárias normalmente se associam com estagnações econômicas muito prolongadas. Eu costumo brincar que, se de fato uma bolha imobiliária tivesse estourado no Brasil, a melhor coisa a fazer seria tirar uma ou duas décadas sabáticas.

Exagero? No Japão, uma bolha imobiliária estourou na virada da década de 1980 para a década de 1990. Mais de um quarto de século depois, a economia japonesa é hoje menor do que era em 1990 — toda uma geração de japoneses não viu crescimento econômico nenhum.

Esta é a regra, não a exceção. Entre as principais economias europeias onde estouraram bolhas imobiliárias em 2008 — de acordo com dados do Banco Mundial — somente na Alemanha, a renda per capita é hoje maior do que em 2008 e mesmo assim por parcos 4,5%. Nos Estados Unidos, o crescimento foi maior, atingindo 12,9%, mas mesmo assim, o crescimento anual da renda per capita foi de apenas 1,7% a.a., pouco mais de 1/3 do que o ritmo médio de expansão da renda per capita sustentado pelos Estados Unidos de 1981 a 2008, que foi de 4,7%.

Se os Estados Unidos ilustram o caso do melhor que pode acontecer após o estouro de uma bolha imobiliária, a Grécia ilustra o extremo oposto. Por lá, a renda per capita ao final de 2015 era 32,3% menor do que em 2008. Na média, em 7 anos, a renda dos gregos caiu quase 1/3.

É verdade que, como os dados são medidos em dólar, a dramaticidade da situação dos países europeus é realçada, mas medindo-os em euros, a conclusão de que estouros de bolhas econômicas causam estagnações por períodos longos permaneceria a mesma.

E então, estourou ou não uma bolha imobiliária no Brasil? Com as ressalvas de que — como anteriormente discutido — o índice FIPE/ZAP não é um bom termômetro e a inflação mais elevada no Brasil também distorce um pouco a comparação, segue abaixo o que aconteceu com o preço dos imóveis no Brasil e nos Estados Unidos nos últimos anos. Lembrando que a queda de vendas de imóveis nos dois países no período foi similar e que a contração econômica no Brasil foi muito mais intensa que nos Estados Unidos.

Na sua opinião, o processo recente de preços de imóveis no Brasil se parece mais com o que aconteceu nos EUA durante a recessão de 2001 ou com a recessão de 2008/2009, quando houve o estouro de uma bolha imobiliária? Se você achar que é com o de 2008/2009, ponha as barbas de molho com relação à economia brasileira por um bom tempo e o mercado imobiliário por mais alguns anos.

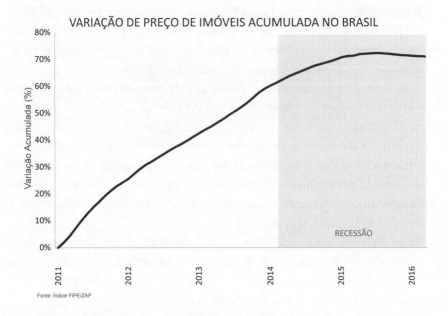

Se, por outro lado, como eu, você achar que se parece mais com o processo de 2001 — uma recessão causada por outros fatores, sem estouro de bolha imobiliária — não há razões para temer uma estagnação prolongada da economia brasileira e, neste caso, é mais provável que a retração real recente dos preços dos imóveis no Brasil — que deve continuar até que a economia, a confiança e o crédito mostrem sinais claros de recuperação — represente uma boa oportunidade para quem quer comprar um imóvel.

Terceirização: causas e consequências

Revista IstoÉ — maio de 2015

No Brasil, temos o hábito de atacar as consequências, não as causas dos problemas.

Criamos o Bolsa Família para combater a miséria, mas não garantimos educação básica de qualidade a todos. Para impedir que a indústria nacional seja esmagada, taxamos as importações, ao invés de baratearmos os nossos produtos. Para combater a inflação, o governo represa tarifas públicas, em lugar de acabar de desindexar nossa economia. Com a terceirização não é diferente. O objetivo é gerar ganhos de eficiência que reduzam custos de produção. Isto é possível porque a nova empresa, aquela que se dedica exclusivamente ao serviço terceirizado, torna-se mais eficiente e pode atender novos clientes com funcionários que antes ficavam parcialmente ociosos. Especialização e escala geram eficiência e desenvolvimento.

Por exemplo, as agências de publicidade, que já existem há mais de um século no Brasil, são frutos da terceirização. Antes de serem criadas, cada empresa que quisesse anunciar tinha que criar, produzir e planejar a mídia com sua própria equipe. Poucos podiam ter profissionais dedicados à função, o resultado era amador.

No Brasil, os críticos da terceirização alegam que ela fragilizará os trabalhadores, colocando em risco seus direitos trabalhistas. Temem que ela crie uma subclasse de trabalhadores com menos direitos que os demais. Acreditam que com a terceirização de atividades fins, recentemente aprovada pela Câmara dos Deputados, as empresas criadas serão menores e mais frágeis. Se passarem por dificuldades financeiras, os direitos dos trabalhadores estarão em risco. Apesar da preocupação não ser de todo descabida, ela é míope.

De fato, inicialmente, novas empresas menores serão criadas. Ao longo do tempo, porém, elas poderão atender novos clientes, crescer e gerar um volume de negócios maior, pagando a seus funcionários mais do que recebiam antes, como aconteceu no caso citado das agências de publicidade. Além disso, já existem duas classes de trabalhadores no Brasil, uma com todos os direitos trabalhistas, outra sem nenhum direito. Hoje, o grupo dos trabalhadores informais representa quase metade da mão de obra ativa. Até poucos anos atrás, era mais da metade. Com a recessão desde o ano passado, mais trabalhadores estão perdendo o emprego e parte deles indo para a informalidade. Com a terceirização também de atividades fins as empresas podem reduzir seus custos, e assim demitirão menos funcionários.

Outro fator é o que no jargão empresarial é chamado de passivo trabalhista. Em uma tentativa de fazer justiça social, não raro a Justiça do Trabalho ignora a lei e julga segundo a força financeira das partes. Mesmo que a empresa tenha cumprido suas obrigações legais, os juízes dão ganho de causa ao trabalhador por acreditarem que a empresa tem condições financeiras de pagar. Ao transferirem este risco para a nova empresa terceirizada, as empresas reduzem seus custos, e o custo dos seus produtos. Isso é bom não só para o trabalhador que não perde o emprego, mas para todos os consumidores brasileiros.

E por que, no Brasil, a informalidade no mercado de trabalho é tão grande, tornando a terceirização mais importante? Porque impostos e direitos trabalhistas maiores geram custos maiores para empregadores e empregados. Para cada R$ 1,00 que o trabalhador formal recebe, o patrão paga R$ 2,00. Isto leva muitas empresas e empregados a optarem pela informalidade, reduzindo o que o patrão paga e, ao mesmo tempo, aumentando o que o funcionário ganha. Se você pudesse optar entre férias remuneradas, adicional de férias, 13º salário, FGTS, multa rescisória, etc., e em troca ganhasse o dobro a partir de amanhã, o que preferiria? Parte dos trabalhadores informais faz exatamente esta escolha.

Reflexões

Os números já anteriormente mencionados sobre a **quantidade de brasileiros que não trabalham, ou trabalham sem nenhum tipo de direito, explicam porque a terceirização, ao contrário da vilanização que costuma sofrer por parte dos sindicatos dos trabalhadores, é do interesse dos trabalhadores.**

A grande razão pela qual os líderes dos sindicatos opõem-se à terceirização é que ela não é do interesse deles. Funcionários terceirizados mudam de setores e deixam de contribuir para o sindicato para o qual contribuíam antes da terceirização. Desta forma, os sindicatos perdem receitas, o que obviamente não agrada a seus líderes.

Aliás, já que estamos tocando no assunto, uma das coisas que têm de acabar no Brasil é a contribuição sindical obrigatória, que só serve para alimentar uma máfia sindical.

Absolutamente nada contra a existência dos sindicatos, mas sua função tem de ser proteger os interesses dos trabalhadores e não sustentar os próprios líderes. Portanto, os trabalhadores deveriam ter o direito de escolher contribuir para o sindicato que quisessem e apenas se quisessem. Como qualquer serviço que tem de se provar valioso para seus clientes para sobreviver, os sindicatos seriam forçados a realmente lutar pelos interesses dos trabalhadores e não seus próprios interesses, sob pena de não terem trabalhadores dispostos a contribuir para eles e desaparecerem. Assim, na prática, os sindicatos que realmente prestam um serviço aos trabalhadores sairiam fortalecidos; os que não fazem isso, morreriam.

Somos todos desonestos

Revista IstoÉ – junho de 2015

Era uma vez um jovem honesto e idealista que, um dia, descontente com o rumo do país, resolveu entrar para a política.

Seu objetivo: mudar o país para melhor. Em sua terceira campanha eleitoral, finalmente se elegeu vereador.

Eleito, ele começou a enfrentar dificuldades na Câmara Legislativa Municipal. Três anos depois, nada do que propôs havia sequer sido votado, quanto mais aprovado. Enquanto isso, vários de seus colegas aprovavam tudo o que queriam, normalmente apenas em benefício próprio. As eleições se aproximavam e, com elas, a necessidade de financiamento para a próxima campanha eleitoral e de alguma realização para apresentar a seus eleitores. Ele resolveu que, em nome de um bem maior, seu projeto de um país melhor, por uma única vez, aceitaria participar de um esquema ilícito para aprovar seu projeto e financiar sua campanha. Afinal, o que era uma única "pequena" irregularidade em relação a seu importante e grandioso projeto?

Depois disso, ele se elegeu deputado estadual, deputado federal e há mais de 20 anos é senador. Neste meio tempo, aprovou inúmeros projetos. Hoje, é rico, poderoso e invejado. O jovem que 40 anos antes quis entrar para a política para mudar o país não o reconheceria. Ele virou político para combater pessoas como a que ele mesmo acabou se tornando.

Cercado por outros corruptos, hoje ele sequer acha que o que faz é corrupção. É apenas a forma como as coisas são feitas. Nós, seres humanos, temos a habilidade de nos acostumar com quase qualquer situação, o que é muito útil para lidar com as mudanças que a vida sempre traz. Infelizmente, esta habilidade vem com um grande ônus. Nós nos acostumamos e consideramos normal o que a maioria está fazendo, principalmente se incluir nosso próprio grupo social. Até ao nazismo, em um dado contexto histórico, muitos acabaram se acostumando e vários até aderindo.

No Brasil, nos acostumamos com a corrupção. A percepção é que a maioria é corrupta. Trouxas são os que não aproveitam as oportunidades de benefícios próprios que determinados cargos ou situações criam. Esta percepção acaba determinando as ações de muitos e criando uma profecia autorrealizável. Se você acha que essa história só vale para políticos e empreiteiros, atire a primeira pedra quem nunca traiu a namorada, colou na prova ou guiou no acostamento.

O mesmo sujeito que joga uma garrafa na rua e se queixa de como sua cidade está suja, não joga nem uma bituca de cigarro e elogia a limpeza quando viaja para Miami ou Cingapura. O padrão aqui é sujar e reclamar. Lá, é cuidar e elogiar. A pessoa é a mesma.

Precisamos criar condições que estimulem os comportamentos que queremos. A cidade de Nova York, onde morei por quase dez anos, é famosa por ter reduzido radicalmente a criminalidade e a sujeira com tolerância zero a ambas. Aqui, precisamos estender a tolerância zero a todos os padrões errados com os quais nos acostumamos. Aceitando pequenos delitos, abrimos a porta para delitos cada vez mais graves, até que eles se tornem a norma.

No Japão, um político corrupto sente tanta vergonha quando descoberto que, muitas vezes, se suicida. No Brasil, até recentemente, políticos corruptos sequer temiam ser punidos.

Tomara que a Operação Lava Jato e as punições severas aos culpados comecem a criar uma nova cultura no país, mas se queremos realmente que o país mude, temos antes de mais nada que ser a mudança que queremos ver.

Reflexões

Agora, mais do que nunca, a pressão para que os avanços contra a corrupção não sejam perdidos tem de continuar forte.

O impeachment de Dilma e a necessidade da formação de um governo de conciliação nacional não podem servir de desculpas para pararmos por aqui no combate ao câncer da corrupção.

Após a votação do impeachment na Câmara dos Deputados, ouvi muita gente defendendo o presidente da Câmara, Eduardo Cunha. Alguns chegam a dizer que ele mereceria uma absolvição pelo serviço ao país dando andamento ao processo de impeachment. Discordo. Ele não fez favor a ninguém, apenas cumpriu seu papel e a lei, o mesmo, aliás que se tem que esperar e cobrar de Renan Calheiros. Uma ala petista desesperada ergueu e tem soprado uma cortina de fumaça do "nós contra eles", da esquerda contra a direita. A verdadeira batalha é do Brasil contra todos os corruptos, sejam eles quem forem e do partido que forem.

A crise brasileira ainda deve piorar. Bom para você

LinkedIn Pulse – agosto de 2015

Desde a crise financeira global de 2008, a economia brasileira foi sendo fragilizada por medidas preocupadas somente com o curto prazo.

Como um alcoólatra, o governo brasileiro respondia a qualquer contratempo com uns bons goles. Nossa doença foi se agravando. Na gestão de Guido Mantega como ministro da Fazenda, a balança comercial de produtos manufaturados foi de um superávit de US$ 10 bilhões a um déficit de US$ 110 bilhões, a inflação saiu de controle, as contas públicas apresentaram déficits recordes e o crescimento econômico vem minguando desde 2011.

Neste ano, passadas as eleições e sob pena de colapso do doente, chegou a hora do tratamento de choque. Para ajustar as contas públicas, reduções de gastos públicos seriam a solução ideal. Na falta destas, aumentos de impostos tornaram-se inevitáveis. Para segurar a inflação impulsionada pela recomposição das tarifas públicas artificialmente contidas até as eleições, a taxa de juros dobrou, encarecendo o crédito e limitando as compras dos consumidores e a remarcação de preços das empresas.

Os efeitos da crise de abstinência vieram com força. O PIB despencou e a taxa de desemprego não para de aumentar.

A abstinência, se sustentada, controla o alcoolismo, mas os esforços para sustentá-la são hercúleos. No caso da economia brasileira, os esforços talvez sejam ainda maiores.

Em paralelo à crise econômica, a crise política come solta com o avanço das investigações da Operação Lava Jato e do TCU. O número e a patente dos políticos investigados não para de subir.

O script seguido pela Polícia Federal parece uma versão tropical da Operação Mãos Limpas, que desmantelou a máfia na Itália. Primeiro ato:

comece a investigação focando em agentes privados, menos acostumados a serem investigados do que os políticos e com menos conexões para tentar bloquear a investigação. Segundo ato: alimente a mídia de novidades constantemente para garantir que o assunto não esfrie e a opinião pública, chocada, exija que as investigações continuem. Terceiro ato: julgue e prenda alguns dos culpados rapidamente, assustando outros investigados e estimulando-os a cooperar com as investigações através de delações premiadas. Ato final: investigue os políticos e leve-os a julgamento.

Há poucas semanas, entramos no início do ato final e o medo aumentou em Brasília, acirrando as disputas políticas e elevando as tensões entre o Executivo e o Judiciário. Com isso, a aprovação de medidas fundamentais ao ajuste fiscal pelo Congresso tornou-se inviável e o governo abandonou a promessa de abstinência e anunciou a redução da meta fiscal. Com a meta fiscal foi-se parte dos resultados dos sacrifícios desde o início deste ano para recuperar a credibilidade da economia brasileira. Mais que depressa, a agência de classificação de risco Standard & Poor's adotou um viés negativo para a classificação brasileira. Se o viés for confirmado, o Brasil será jogado de volta ao clube dos maus pagadores, de onde saímos em 2008, após anos de esforços. As consequências foram as esperadas: os juros e o dólar subiram ainda mais e as ações caíram. Junto com elas, projetos de investimentos no país foram por água abaixo. Com menos investimentos, teremos menos empregos. A crise econômica será mais longa e profunda. A recuperação econômica, que poderia começar na segunda metade deste ano, foi adiada para o ano que vem.

O processo de retroalimentação das crises política e econômica não parece já ter terminado. O avanço das investigações sobre o presidente da Câmara dos Deputados, Eduardo Cunha; o presidente do Senado, Renan Calheiros e o ex-presidente da República, Lula da Silva, jogará mais lenha na fogueira, aumentando o risco de que a presidente Dilma Rousseff — que já tem os mais baixos níveis de aprovação e apoio no Congresso de qualquer presidente nos últimos 30 anos — não chegue ao fim do seu mandato, em função de impeachment ou renúncia.

Tanta incerteza política contaminará a economia, que provavelmente ainda piorará mais antes de começar a melhorar.

E como, afinal, este quadro de caos pode ser bom para você? De várias formas.

Em primeiro lugar, o fosso econômico é inegavelmente profundo, mas ao menos devemos parar de cavá-lo até o final deste ano ou início do ano que vem, após a queda da inflação e o pico da crise política, o que em relação ao nosso passado recente não deixa de ser uma boa notícia considerando-se que o estamos cavando há pelo menos 5 anos.

Segundo, a crise política e as investigações sobre corrupção impactam negativamente a economia, mas se levarem à efetiva condenação dos culpados, podem reverter a cultura de impunidade reinante no país há tempos. Com o Supremo Tribunal Federal aparelhado politicamente, isto está longe de estar garantido, mas se a pressão popular ferver nas ruas na época dos julgamentos, como provavelmente acontecerá, será que os juízes ousariam terminar tudo em pizza? Se os poderosos forem condenados de forma exemplar, todos os outros brasileiros, bem menos poderosos, pensarão duas vezes sobre os riscos antes de praticarem atos ilícitos e os impactos positivos sobre a forma de se fazer negócios no Brasil serão enormes.

Terceiro, quando a economia está ajudando, até profissionais menos competentes e empresas menos eficientes conseguem sair-se relativamente bem. No deserto das crises, as diferenças de desempenho entre os melhores e os demais ficam mais gritantes, gerando oportunidades para profissionais e empresas capazes de tomarem decisões duras ou ousadas, que muitas vezes são postergadas em momentos de calmaria. No auge da crise 1929, por exemplo, a IBM investiu 6% do seu faturamento em um centro de pesquisas que acabou tornando-a a única empresa capaz de processar os dados de 28 milhões de beneficiários do seguro social americano, criado em 1935 em resposta aos efeitos perversos da própria crise econômica. As empresas e os profissionais mais competentes costumam sair fortalecidos das crises. O desafio, mas também a oportunidade é usar a crise como um estilingue para catapultar-nos a um nível de eficiência maior. Sem a pressão da crise, talvez nunca fizéssemos isso. As melhores empresas e melhores profissionais nunca desperdiçam uma crise.

Quarto, há empresas, linhas de negócios e produtos que só nascem ou prosperam em função de crises econômicas. O Idealab, da Califórnia, que já lançou mais de 125 novas empresas, realizou uma pesquisa sobre as razões do sucesso destas e outras novas empresas e, para própria surpresa, descobriu que a razão mais importante para o sucesso ou fracasso de uma startup não é a ideia, a equipe, seu modelo de negócio ou sua forma de financiamento, mas quando a empresa é lançada. Mais surpreendente, muitas empresas só tiveram sucesso porque foram lançadas em crises econômicas. Os dois casos recentes mais marcantes são o Airbnb — uma empresa de reservas de acomodações em casas e apartamentos lançada em novembro de 2008, hoje presente em mais de 35 mil cidades e 192 países — e o Uber — uma empresa de caronas remuneradas criada em março de 2009. As ideias das duas empresas foram, inicialmente, recebidas com muito ceticismo por investidores que alegavam que ninguém aceitaria estranhos em seu carro ou casa e que, por consequência, as empresas não teriam viabilidade econômica. A crise imobiliária e financeira nos EUA e Europa mudou esta realidade. Com a alta do desemprego, muitos viram nos serviços da empresa a alternativa para aumentarem suas fontes de renda, o que permitiu que as empresas conseguissem atrair negócios e financiamento e crescessem. Com 6 anos de vida, o Airbnb vale hoje R$ 88 bilhões e o Uber vale R$ 176 bilhões. Com mais de 60 anos de existência, a Petrobras vale R$ 137 bilhões.

Quer conhecer mais casos de empresas grandes e pequenas que estão prosperando apesar ou por causa da crise ou contar o caso da sua empresa? Foi para isso que criei no começo do ano a página #TemJeitoSim. Confira, siga e deixe o seu depoimento.

Reflexões

Há quase um ano, já era claro para quem quisesse ver que era provável que as crises econômica e política piorassem a ponto de forçar um fim prematuro ao mandato da presidente Dilma, criando as condições políticas para as mudanças econômicas que — se implementadas — colocarão o Brasil novamente na rota do desenvolvimento.

Quando escrevo, em meados de abril de 2016, a queda da presidente Dilma ainda é incerta, mas na minha opinião, bastante provável. O mais provável parece ser a aprovação do impeachment e a posse do hoje vice-presidente Temer, mas se a presidente escapar ao impeachment, dificilmente escapará das ações no Tribunal Superior Eleitoral (TSE) que pedem a impugnação da eleição de sua chapa por uso de dinheiro de corrupção no financiamento da campanha. Neste caso, cairiam Dilma e Temer e novas eleições seriam chamadas.

Hoje, é praticamente impossível prever quem ganharia tais eleições. Segundo as pesquisas eleitorais, Lula, Marina e Aécio Neves seriam os favoritos, mas, historicamente, pesquisas eleitorais feitas com tanta antecedência apenas apontam os candidatos mais conhecidos dos eleitores, não sua futura preferência. Neste momento em particular, em função das muitas denúncias e investigações avançadas contra Lula, investigações ainda bem mais preliminares em relação a Aécio e da postura omissa de Marina diante das maiores denúncias de corrupção da História brasileira, parece-me bastante possível, talvez até provável, que outros nomes surjam, inclusive fora do meio político tradicional. Além disso, a próxima campanha eleitoral provavelmente contará com muito menos financiamento do que qualquer campanha eleitoral. Que empresa vai querer envolver-se com financiamento de campanha a estas alturas? Por um lado, isto pode ajudar políticos já mais conhecidos. Por outro, em particular dada a aversão hoje generalizada aos políticos tradicionais — que, aliás, não é exclusividade brasileira. Esta aí o fenômeno Trump nos Estados Unidos para provar que a chance de surgimento de personalidades já bastante conhecidas, vindas da mídia ou do mundo empresarial, aumenta bastante. Basta ver as candidaturas de Celso Russomano, João Dória Júnior e, até recentemente, José Luiz Datena à prefeitura de São Paulo neste ano para entender de que fenômeno estou falando.

Se, por um lado, é muito difícil imaginar quem seria o próximo presidente no caso de eleições, por outro parece razoável supor que quem quer que fosse eleito conseguiria, ao menos recém-eleito, construir uma base de apoio mais sólida que a de Dilma Rousseff. Se, além disso, ele ou ela tiver clareza sobre o que precisa ser feito...

A Saúde no Brasil
nunca mais será a mesma

Publicado no jornal da **Associação Paulista de Medicina** – outubro de 2015

Nunca antes na história deste planeta, tantos setores e subsetores econômicos passaram por rupturas tão rápidas de seus modelos de negócios como nos últimos 10 anos.

No Brasil não foi diferente. Para me limitar ao setor de turismo, sites de vendas de passagens mudaram radicalmente o negócio das agências de viagem, o Airbnb ameaça os negócios dos hotéis e o Uber trouxe uma concorrência antes inexistente aos taxistas e suas cooperativas.

E se, em vez de uma revolução, o seu setor estivesse sujeito aos impactos de quatro revoluções ao mesmo tempo? É exatamente o que vai acontecer com o setor de saúde no Brasil. As mudanças serão radicais e irreversíveis, transformando completamente o negócio, a forma de atuação e as perspectivas para todos no setor.

A primeira revolução será tecnológica.

No passado, a tecnologia para tratamentos de saúde era baixa, assim como os custos e o acesso de doentes a tratamento. Com o passar do tempo, a tecnologia evoluiu cada vez mais, encarecendo exponencialmente os tratamentos, o que continuou a impedir que muitos tenham acesso aos tratamentos ainda hoje. A grande mudança atual é que várias das novas tecnologias médicas digitais em desenvolvimento não apenas melhorarão os tratamentos, mas também os baratearão, tornando-os mais acessíveis. Tratamentos e técnicas de monitoramento antes disponíveis só em grandes centros médicos estão sendo transferidos para consultórios médicos e até para a casa ou o corpo do próprio paciente. Equipamentos, software e aplicativos de monitoramento à distância permitirão grandes avanços no tratamento de doenças cardíacas, asma e diabetes. Uso de tele-saúde permitirá grandes reduções de custo em tratamentos de rotina e psicológicos — o médico e o paciente não precisarão mais necessariamente estar no mesmo lugar para diagnósticos e tratamentos. Plataformas eletrônicas de monitoramento e aconselhamento ajudarão pessoas a modificarem seu comportamento, tornando, por exemplo, o combate à obesidade e ao fumo e melhoras de qualidade de vida mais baratas e eficientes.

A segunda revolução é econômica.

Na última década, a queda da taxa de juros barateou o crédito e o dólar baixo barateou produtos importados, permitindo que equipamentos que antes só podiam ser comprados por grandes hospitais fossem adquiridos por consultórios médicos. Isto trouxe aos médicos a oportunidade de transformar consultórios individuais em clínicas especializadas com vários profissionais, transformando-os em empresários. Em muitos casos, isto ocorreu sem que eles recebessem nenhuma capacitação administrativa ou financeira. As recentes altas dos juros e dólar trouxeram desafios importantes para parte destas clínicas.

A terceira revolução é socioeconômica.

Nos últimos 10 anos, quase 60 milhões de brasileiros entraram nas classes A, B e C. Com maior renda e a baixa qualidade dos serviços públicos de saúde no país, eles passaram a demandar serviços privados de planos de saúde, hospitais, farmácias, laboratórios e médicos.

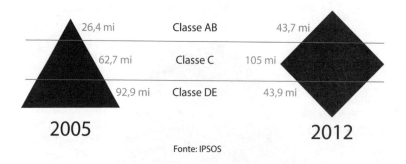

GEOMETRIA SOCIAL: A PIRÂMIDE VIROU LOSANGO

Fonte: IPSOS

O número de usuários de planos de saúde, por exemplo, cresceu em mais de 20 milhões de pessoas entre 2002 e 2012. Recentemente, este processo foi revertido pela crise econômica e o aumento do desemprego. No entanto, como só 25% dos brasileiros têm um plano de saúde privado — comparado com 84% dos americanos — ele deve ser retomado quando a economia se recuperar. Além disso, a procura por serviços de saúde privados também deve crescer porque o inevitável ajuste das contas públicas limitará os recursos disponíveis no setor público.

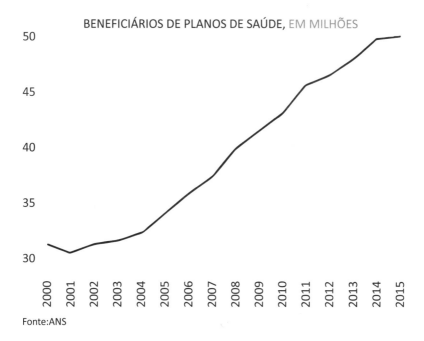

Fonte: ANS

A quarta revolução é demográfica.

Com a queda da taxa de natalidade e o crescimento da expectativa de vida, a população brasileira envelhecerá rapidamente nas próximas décadas. No ano passado, mais de 30% dos brasileiros tinham até 18 anos e apenas 12% tinham 59 anos ou mais. Em 15 anos, já haverá mais mulheres com 59 anos ou mais do que com 18 anos ou menos. Em 2060, haverá o dobro de brasileiros e o triplo de brasileiras com 59 anos ou mais do que com 18 anos ou menos. Nos próximos 45 anos, a participação de idosos na população brasileira vai triplicar. A procura por especialidades médicas mudará completamente. Precisaremos de muito mais geriatras e muito menos pediatras. Dentro de cada especialidade médica, as doenças e problemas mais comuns também mudarão. Por exemplo, haverá menos casos de estrabismo, mas mais casos de catarata.

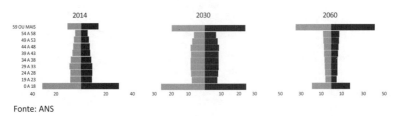

Fonte: ANS

Em resumo, se você acha que turismo e transporte mudaram muito nos últimos anos, imagine o que vai acontecer com a Saúde no Brasil.

Reflexões

O estado da Saúde no Brasil é **tristemente deplorável e é fácil se desesperar**. Meu objetivo foi enfatizar a necessidade de profissionais e empresas do setor, assim como o próprio setor público, de compreender grandes transformações que irão remodelar o setor e criar inúmeros desafios e oportunidades.

Em particular, parece-me fundamental compreender que o péssimo estado das contas públicas, que limita a disponibilidade de recursos em todos os setores nos força a encarar a realidade de frente e deixar de lado belos, mas irrealistas ideais utópicos, que nos impedem de melhorar a Saúde no país, como a ideia de que seria possível ao setor público oferecer todos os tratamentos possíveis a todos os brasileiros e de graça.

Na prática, acabamos com falta de hospitais, medicamentos, médicos e outros profissionais da Saúde na rede pública. Os que podem pagar por um plano de saúde privado correm para eles — na prática pagando duas vezes por Saúde, a primeira através dos impostos, que custeiam a Saúde pública, a segunda nas prestações do plano de saúde. Os que não podem, entram na fila do SUS e rezam para serem atendidos antes que suas doenças os levem, ou os debilitem de formas às vezes irreversíveis.

Chega de utopias que nos fazem mal. Está na hora de termos a coragem de admitir que precisamos fazer escolhas em nosso setor de Saúde se queremos ter alguma expectativa de melhora da Saúde no Brasil.

Por exemplo, enquanto faltam recursos para tratamentos simples e baratos que poderiam salvar milhares de vidas de pessoas mais pobres em nosso sistema público de Saúde, fortunas são gastas em tratamentos experimentais — alguns até considerados charlatães por profissionais do setor — de pacientes que acionam o Estado para terem seus tratamentos no exterior pagos pelo Estado. Afinal, nosso Estado legalmente é responsável por prover todo e qualquer tratamento de Saúde e, se o tratamento não é disponível no Brasil, caberia ao Estado bancar este tratamento no exterior. Até quando?

Não seria melhor e mais justo investir os parcos recursos do Estado nos tratamentos que salvarão mais gente, e impactarão positivamente a vida de mais brasileiros, do que gastar rios de dinheiro com tratamentos milionários que às vezes prolongam vidas apenas por alguns dias? Nenhuma vida é mais valiosa do que outra, mas do ponto de vida do Estado, mil vidas não deveriam ser mais valiosas que uma?

Ainda mais grave, hoje, 35 milhões de brasileiros não têm acesso a água tratada e 100 milhões, mais da metade dos brasileiros (51,4%), não têm acesso a tratamento de esgoto, segundo dados do Sistema Nacional de Informações Sobre Saneamento (SNIC).

A falta de saneamento afeta diretamente a saúde pública. Rios poluídos são território fértil para a proliferação de agentes transmissores de doenças, como mosquitos e ratos. Doenças como infecções gastrintestinais, leptospirose e amebíase seriam muito mais raras se o saneamento fosse universalizado no país. Também diminuiria, e muito, a taxa de mortalidade infantil. Quem diz isto não sou eu, é a UNICEF.

Em 2013, segundo informações do Ministério da Saúde, ocorreram 340 mil internações hospitalares por infecções ao custo de R$ 355,71 por paciente em média, a um custo total de R$ 121 milhões. Se o custo financeiro é grave, o custo humano é muito pior. Dessas internações, 2.135 pessoas faleceram. Segundo um estudo do Instituto Trata Brasil, a cada R$ 1 investido em saneamento básico, o sistema público de saúde economizaria R$ 4. O que estamos esperando?

Aliás, além de aumentar os investimentos públicos em saneamento, o que estamos esperando para melhorar a legislação e tornar o setor mais atraente para investimentos privados? As legislações sobre água e esgoto são municipais, o que significa que cada um dos 5.570 municípios brasileiros pode ter uma regulamentação completamente diferente dos demais. Não seria muito mais lógico, simples e eficiente termos uma única legislação federal, barateando o custo jurídico de investimentos no setor, e assim contribuindo para melhorar a situação do saneamento e, por tabela, da Saúde no país? Perguntas como estas existem muitas, precisamos é de respostas urgentes.

Vem surpresa boa por aí

Publicado em LinkedIn Pulse – novembro de 2015

Não, você não leu errado. Primeira boa notícia: 2015 está acabando.

Com o desastre de Mariana, o Sul e o Norte do país alagados e o Sudeste sem água, a epidemia de microcefalia, intermináveis escândalos de corrupção, a crise política, a economia em queda livre e o Corinthians campeão brasileiro, 2015 é um ano que não vai deixar saudades para a maioria dos brasileiros.

Agora, a melhor notícia. Ao menos na economia, 2016 pode ser um ano não tão ruim quanto a maioria teme e, quase com certeza, os anos seguintes serão melhores, talvez muito melhores.

Para entender por que, precisamos voltar um pouco no tempo. A presidente Dilma tomou posse em 2011. Desde então, duas tendências foram marcantes. Ano após ano, as expectativas de crescimento — medidas pela média da sondagem feita no final do ano pelo Banco Central com os economistas dos bancos para o crescimento no ano seguinte — deterioraram-se. Mais grave, o crescimento efetivo em todos os anos foi ainda pior do que as expectativas. Em outras palavras, o desempenho da economia brasileira vem piorando consistentemente desde 2011.

PIB: PROJEÇÃO NO PRIMEIRO DIA DO ANO X REALIZADO

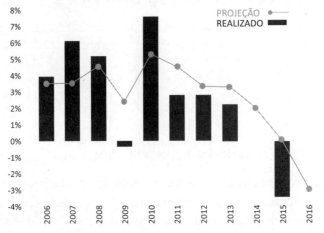

Fontes: IBGE e Banco Central – Relatório Focus

Aliás, desde 2011, a economia brasileira foi a segunda que menos cresceu em toda a América Latina. Só superamos a Venezuela e só porque o PIB da Venezuela cairá cerca de 10% neste ano.

CRESCIMENTO ANUAL DO PIB (2011-2015), % a.a.

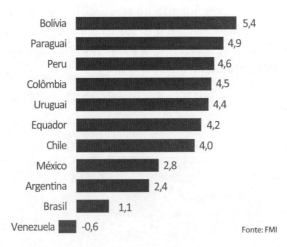

Fonte: FMI

Nem sempre foi assim, nos cinco anos anteriores, as tendências eram opostas. Com exceção de 2009 por conta dos impactos da crise financeira global, as expectativas tinham uma clara tendência de melhora e o crescimento efetivo do PIB sempre superava as expectativas.

O que mudou na política econômica brasileira desde 2011? Muita coisa. Talvez, as duas mudanças mais significativas tenham sido um forte aumento no intervencionismo estatal e a falta de coragem do governo no combate à inflação.

Um traço comum das políticas econômicas adotadas pela equipe do ministro Guido Mantega no primeiro mandato da presidente Dilma foi tentar solucionar problemas a partir da premissa de que reduzir a remuneração das empresas era parte da solução. O exemplo mais marcante talvez tenha ocorrido no setor elétrico.

Há cerca de quatro anos, o governo diagnosticou — corretamente, diga-se de passagem — que a energia elétrica brasileira era a mais cara entre as 30 maiores economias mundiais. Algo deveria ser feito para reduzir seu custo. Havia várias causas para o problema. A mais grave é que o total de impostos pagos tanto pelos consumidores quanto pelas empresas no Brasil era disparado o maior. Em vez de reduzir drasticamente os impostos — o que exigiria corte dos gastos do governo — o governo diminuiu-os minimamente e, como condição para renovar seus contratos de concessão de exploração de serviços, exigiu das empresas uma redução no preço de venda da energia para o consumidor. Inicialmente, os preços caíram um pouco. Como o consumo de energia ficou constante, as receitas das empresas do setor também caíram. Infelizmente, o custo para as empresas é pouco flexível, já que o maior deles é construir a infraestrutura de geração, transmissão e distribuição da energia. Assim, qual foi o impacto da medida nas empresas? Receitas menores e custos constantes reduziram a rentabilidade dos negócios, o que as levou a cortarem seus investimentos, diminuindo o ritmo de expansão de nossa oferta de energia nos anos seguintes. Para piorar, São Pedro parece não ter gostado das mudanças e as chuvas escassearam em parte do país. Assim, quatro anos depois, não há energia suficiente, por falta de investimentos, e para reequilibrar a demanda a um nível mais baixo de oferta, os preços tiveram que dobrar e até triplicar.

Em resumo, políticas econômicas que estimulavam o consumo, mas desestimulavam a produção, levaram a confiança dos empresários a cair cada vez mais, reduzindo os investimentos produtivos e gerando dois grandes desequilíbrios na economia brasileira.

O primeiro aconteceu em nossas contas externas. A elevação de custos para se produzir no Brasil levou cada vez mais empresas e consumidores a preferirem trazer os produtos do exterior a produzi-los ou comprá-los aqui. Quando o ex-ministro da Fazenda Guido Mantega tomou posse, há 9 anos, o Brasil tinha um superávit anual na balança comercial de produtos manufaturados de US$ 10 bilhões. Exportávamos US$ 10 bilhões mais do que importávamos. Quando ele deixou o governo, há 11 meses, tínhamos um déficit de US$ 110 bilhões. Por isso, nossa indústria encolheu mais de 20% desde o lançamento do Programa Brasil Maior, criado supostamente para estimular a competitividade da indústria brasileira há quatro anos e meio.

O segundo desequilíbrio veio com a inflação. Aumentos de custos de alugueis, mão de obra e matérias-primas pressionaram a inflação e não foram combatidos pelo Banco Central com o devido afinco, pelo menos não até as eleições de outubro do ano passado.

Para piorar, o governo represou até as eleições vários aumentos de preços que controla, como energia elétrica, gasolina, ônibus, metrô e outros. Após as eleições, com as contas públicas em frangalhos, os aumentos vieram todos de uma vez — os preços que o governo controla subiram em média 18% nos últimos 12 meses — elevando ainda mais a inflação.

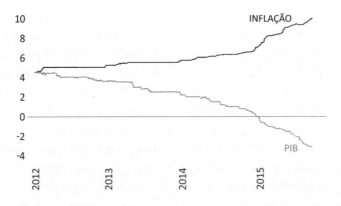

EXPECTATIVAS PARA 2015

Fonte: Banco Central Relatório Focus

Por fim, o governo Dilma gerou mais um grande desarranjo macroeconômico: nas contas públicas. Gastos cada vez maiores e uma economia estagnada — reduzindo a arrecadação de impostos — causaram um desequilíbrio fiscal que minou a confiança no país, reduzindo os investimentos e o crescimento econômico.

Enfim, a herança econômica deixada pelo governo Dilma I ao governo Dilma II foi uma economia gravemente enferma. Para tratar nosso câncer econômico, sai Guido Mantega, entra Joaquim Levy e começa a quimioterapia.

As políticas econômicas mudam radicalmente e, aos trancos e barrancos, estão curando a doença. O problema é que, inicialmente, o paciente, a economia brasileira, sofre com ambos — a doença que ainda não foi curada e os efeitos colaterais da própria quimioterapia econômica. Em resumo, antes de resolver nossos desequilíbrios econômicos, a alta de juros, dólar e impostos deprime ainda mais a economia.

Para ajustar as contas externas, o real passou por uma maxidesvalorização que encareceu produtos importados, tornando a opção de trazer os produtos de fora do país menos atraente e, a médio prazo, estimulando a produção aqui. Por consequência, os resultados da balança comercial começaram a melhorar.

A alta do dólar tem, no entanto, um importante efeito colateral. Ao tornar mais caros os produtos importados, ela alimenta a inflação. Para combater a alta da inflação, o Banco Central dobrou a taxa básica de juros, encarecendo o crédito aos consumidores. Com juros muito mais altos, os consumidores reduzem suas compras. Com menos procura por seus produtos, para vender, as empresas não podem subir tanto os preços, o que acabará reduzindo a inflação.

As pressões altistas sobre a inflação eram tantas que a alta dos juros ainda não surtiu efeito. Ao contrário, a inflação neste ano será a mais alta em 13 anos. No ano que vem, a inflação deve cair, mas não o suficiente para atingir o centro da meta — de 4,5%. Aliás, até o teto da meta inflacionária — de 6,5% — corre o risco de ser estourado, o que pode forçar o Banco Central a aumentar ainda mais os juros no início do ano que vem.

Por outro lado, por conta da mais profunda e longa recessão em mais de 30 anos, a trajetória de queda da inflação deve continuar em 2017, o que deve criar condições para que os juros caiam entre o final do ano que vem e início de 2017. Isto faria com que o crédito e o consumo voltem a crescer e estimularia os investimentos produtivos e a geração de empregos.

Para que isto aconteça, precisamos antes resolver o último desajuste macroeconômico gerado no primeiro mandato de governo da presidente Dilma — o das contas públicas. Como em uma família ou em uma empresa, só há duas formas de colocar as contas do governo em ordem: elevação de impostos, ou cortes de gastos. Aliás, cortar gastos seria a solução ideal em um país onde o total de gastos públicos é um dos mais elevados entre todos os países emergentes e a qualidade dos serviços públicos está longe disso.

De um ano para cá, o governo aumentou as alíquotas de alguns impostos, mas até agora isto não foi suficiente sequer para contrabalançar a queda na arrecadação causada pela queda do PIB. Em resumo, para colocar as contas públicas em ordem, retomar a confiança, os investimentos e o crescimento do país, o governo ainda precisará cortar mais seus gastos ou aumentar os impostos, o que ele não tem conseguido fazer em função da crise política.

A presidente reelegeu-se com um discurso de que o país ia bem e que a inflação, as contas externas e as contas públicas não eram problemas. Após a eleição, os desequilíbrios econômicos e seus impactos negativos sobre empregos e salários ficaram evidentes, causando em muitos a sensação de estelionato eleitoral. Para completar, denúncias generalizadas de corrupção envolvendo líderes do Executivo e do Congresso colaboram para levar a popularidade da presidente a um dígito e conturbar sua relação com o Legislativo, que passou a bloquear os projetos necessários para reequilibrar as contas públicas.

Fonte: CNT/Sensus

Aí é que o jogo deve virar ao longo de 2016. Enquanto permanecem a guerra política e o enorme déficit fiscal, os investimentos produtivos no país secam e o desemprego não para de subir — em breve, chegaremos a uma taxa de desemprego de dois dígitos, o dobro do que era há um ano. Em tese, esta tendência de deterioração econômica poderia permanecer inalterada por mais três anos, até as eleições de 2018, mas minha impressão é que muito antes disso — provavelmente ainda em 2016 — o tecido socioeconômico brasileiro se esgarçaria a tal ponto que conflitos, cada vez mais graves emergiriam, tornando o já instável equilíbrio político insustentável. Duas outras possibilidades parecem-me mais prováveis.

A primeira é a pizza. O Executivo e o Legislativo chegariam a algum acordo que garantisse o ajuste fiscal em troca de algum tipo de "imunidade" aos investigados nos escândalos de corrupção tanto do Executivo quanto do Legislativo, incluindo membros do governo e da oposição. O custo para o país de não apenas perder a oportunidade de acabar com a cultura de aceitação de corrupção, mas ainda reforçá-la, seria altíssimo a médio e longo prazos. A curto prazo, no entanto, isto destravaria a economia, permitindo que pela primeira vez desde 2011, as perspectivas de crescimento para os anos seguintes fossem melhores do que nos anos anteriores.

O que torna a possibilidade acima menos provável é que para que ela se materializasse faltaria combinar com os russos. Ela só seria possível se o Judiciário, que tem se mantido razoavelmente insulado das pressões políticas, fosse controlado ou cooptado.

Sobra a segunda alternativa: a crise atual continua e se agrava ao longo do início do ano que vem, com alta na taxa de desemprego e uma queda ainda maior na popularidade e redução da base de apoio político da presidente, tornando sua sustentação no cargo impossível. É bom lembrar que o ex-presidente Collor não caiu apenas em função de denúncias de corrupção, mas por ter popularidade de um dígito e ver seus aliados gradualmente abandonando-o, como acontece com o atual governo. Neste caso, um novo presidente — tanto no caso do vice-presidente Michel Temer assumir, quanto no caso de novas eleições acontecerem — provavelmente teria uma base política mais sólida, o que criaria condições para finalizar o ajuste fiscal, retomar a confiança e o crescimento.

Portanto, ainda que com timing, ritmo de recuperação e consequências de médio e longo prazos, bastante distintos, nos dois casos é provável que em algum momento de 2016 ou, na pior das hipóteses, ao longo de 2017, a economia brasileira inicie um processo de recuperação. É ainda mais provável que, uma vez iniciada, a recuperação seja muito mais vigorosa do que a atualmente projetada pela maioria dos economistas e empresas.

O desempenho econômico brasileiro no triênio 2014-2016 — com uma média esperada de contração do PIB de 1,6% a.a. — será o segundo pior dos últimos 115 anos. Em todas as outras vezes que houve uma contração do PIB significativa, ela foi seguida de um crescimento bastante acelerado nos anos seguintes.

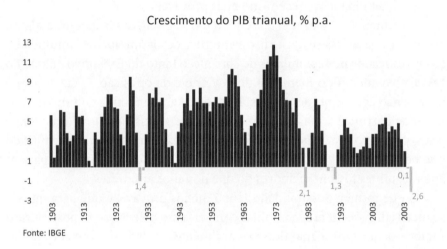

Fonte: IBGE

Quase ninguém espera isso desta vez. As projeções trimestrais para o PIB da maioria dos analistas indicam PIB em queda até o primeiro trimestre do ano que vem, seguido de estagnação por quase dois anos depois disso. A história econômica brasileira e internacional sugere que a queda do PIB nos próximos trimestres pode ser até mais intensa e durar mais do que projetam hoje os analistas, mas uma vez resolvidos o buraco fiscal e a crise política e retomada a confiança na economia brasileira, a recuperação, quando acontecer, deve ser muito mais forte do que a projetada hoje. Como no período anterior ao início do governo Dilma, ao menos por alguns anos, as surpresas econômicas devem voltar a ser positivas e o crescimento deve acelerar-se, ao invés de desacelerar-se.

Eu não sou o único vendo que as expectativas econômicas de longo prazo e, por consequência os preços dos ativos no Brasil, tornaram-se excessivamente pessimistas. Para aproveitar as oportunidades de negócios que estas surpresas positivas trarão, de uma semana para cá, três empresas estrangeiras fizeram investimentos bilionários no país. No setor de cosméticos, a francesa Coty comprou parte das operações da Hypermarcas. No setor de comunicação, a americana Omnicom comprou o Grupo ABC. Na aviação, os chineses da HNA compraram 25% da Azul.

Você e sua empresa estão prontos para as surpresas que vêm por aí?

Reflexões

Como eu alertava na época, ou o governo Dilma conseguia tomar as medidas necessárias para retomar a confiança no Brasil ou ele provavelmente não duraria muito mais. De lá para cá, a possibilidade de antecipação do final do governo Dilma cresceu muito e este final parece cada vez menos distante. Dentro de mais ou menos 20 dias, o impeachment, que já passou na Câmara dos Deputados, será julgado no Senado. Tudo indica que estamos caminhando para um novo governo. Já não era sem tempo.

2016

10 passos para jogar a economia brasileira no buraco... e um único passo para tirá-la de lá.

Publicado em LinkedIn Pulse – janeiro de 2016

#receitadecírculovicioso

1. Para se reeleger, governo gasta um dinheiro que não tem;
2. A credibilidade do Brasil vai para as cucuias;
3. Preocupadas, as pessoas e empresas compram dólares para tentar proteger suas economias dos problemas no país;
4. Com a maior procura por dólares, o preço do dólar dobra;
5. Dólar mais caro eleva preço dos produtos importados, alimentando a inflação, que atinge o maior nível desde 2002;
6. Para evitar que o preço dos produtos importados e a inflação subam ainda mais, o Banco Central intervém na taxa de câmbio, o que aumenta os gastos públicos em R$ 90 bilhões, minando ainda mais a credibilidade do país;
7. Além disso, também para combater a inflação, o Banco Central eleva substancialmente a taxa básica de juros, a Selic, o que também eleva o custo da dívida pública, desta vez em centenas de bilhões de reais;
8. Os aumentos de gastos públicos fazem a dívida pública crescer exponencialmente e o Brasil perder o grau de investimento;
9. A alta de juros encarece o crédito, reduzindo as vendas e causando a maior queda do PIB em 3 anos dos últimos 115 anos;
10. A queda do PIB derruba arrecadação de impostos, piorando ainda mais as contas públicas, o que mina novamente a credibilidade do país, reiniciando o círculo vicioso.

#receitaparacriarcírculovirtuoso

1. O governo corta radicalmente os gastos públicos e o resultado das contas públicas melhora;
2. A credibilidade do país volta, o medo de investidores e empresários passa e é substituído por confiança e vontade de aproveitar as oportunidades criadas por baixos preços de ativos financeiros no Brasil;
3. Mais investimentos geram mais empregos, revertendo a alta da taxa de desemprego e recuperando a confiança dos consumidores;
4. Mais confiantes, as pessoas compram mais, aumentando as vendas e fazendo o PIB voltar a crescer;
5. A alta do PIB aumenta a arrecadação de impostos, melhorando ainda mais o resultado das contas públicas, o que aumenta ainda mais a credibilidade do país, os investimentos, a geração de empregos, o consumo e o crescimento;
6. Com mais credibilidade e atração de investimentos, a procura por dólares cai, derrubando o preço do dólar e gerando lucros nas operações de intervenção cambial feitas pelo Banco Central, contribuindo para melhorar os resultados das contas públicas;
7. A queda do dólar barateia os produtos importados, o que derruba a inflação;
8. A queda da inflação cria espaço para o Banco Central reduzir a taxa de juros, o que reduz o custo da dívida pública e barateia o crédito, aumentando as vendas e fazendo o PIB crescer ainda mais;
9. Com maior arrecadação e menor custo de dívida, as contas públicas melhoram ainda mais, aumentando a confiança no país e os investimentos;
10. Com mais investimentos, cresce a geração de emprego e o PIB, criando um círculo virtuoso.

Se você prestou atenção, percebeu que reverter o círculo vicioso e a crise econômica é moleza. Dando apenas o primeiro passo — cortando radicalmente os gastos públicos — o governo criaria todo o círculo virtuoso que faria o Brasil voltar a crescer com vigor.

O único que ainda não entendeu isso e continua alimentando o círculo vicioso, fazendo exatamente o contrário, é o próprio governo. Nem bem o novo ministro da Fazenda, Nelson Barbosa, assumiu o cargo, o governo reajustou o salário mínimo acima da inflação e acima do previsto no já desequilibrado orçamento em discussão no Congresso, aumentando os gastos do governo federal em mais de R$ 30 bilhões — sem nem falar do impacto nas contas dos governos estaduais e municipais.

Se, como faz qualquer dona de casa ou empresário quando quer gastar com alguma coisa nova, o governo tivesse cortado outro gasto para financiar o aumento do salário mínimo, não haveria problema nenhum, mas enquanto o governo continuar agindo como se dinheiro nascesse em árvore, ele apenas reforçará a desconfiança e as crises econômica e política.

Ficam as perguntas que não querem calar:

1. Em algum momento, este governo irá, finalmente, parar de brincar de faz de conta e fazer o óbvio para o Brasil sair desta crise ou ele vai continuar a cavar o buraco em que o país se encontra e enterrar suas próprias chances de chegar ao final do seu mandato?
2. O que empresários, trabalhadores e estudantes estão esperando para exigir deste e de qualquer outro governo que permitam que o Brasil volte a crescer, priorizando e cortando gastos? A hashtag já está pronta: **#cortedegastospúblicosjá**.

Reflexões

O governo pode mudar ou não, já **a cobrança sobre seja quem for que esteja no comando do país tem de ser exatamente a mesma: #cortedegastospúblicosjá.**

5 sementes de um novo Brasil

Publicado em LinkedIn Pulse – fevereiro de 2016

Transformações significativas, profundas e duradouras normalmente não acontecem de uma hora para outra.

Elas levam tempo e são consequências de forças que se somam e que, ao maturarem, trazem à tona mudanças imperceptíveis até então.

É cedo demais para ter certeza, mas talvez o Brasil esteja passando por uma destas transformações, ainda em estágio subterrâneo e silencioso. Cinco sementes já estão plantadas:

1. Fim da cultura de impunidade generalizada e aceitação da corrupção — baixíssimo risco de punição e grande potencial de ganhos criaram uma cultura em que a corrupção foi, por muito tempo, encarada como "a forma como as coisas são no Brasil". O corrupto era visto como o padrão; o honesto, como trouxa. Punições severas a algumas das pessoas mais poderosas do país, incluindo empresários, como Marcelo Odebrecht, e políticos, como o líder do governo no Senado, Delcídio do Amaral, e potencialmente outros muito mais poderosos, elevaram o risco para candidatos a corruptos e corruptores. Além disso, a decisão do Supremo Tribunal Federal de autorizar a prisão após condenação em segunda instância "fechou uma das janelas da impunidade no processo penal brasileiro", segundo o juiz Sérgio Moro. Por fim, se houver suficiente pressão da sociedade, mudanças significativas na lei de combate à corrupção podem acontecer (10 medidas contra a corrupção).

2. Melhora de nível educacional brasileiro ao longo das duas últimas décadas — a qualidade da educação brasileira é péssima. Por isso, pouco notou-se o aumento no acesso de brasileiros ao ensino médio e universitário. É óbvio que precisamos melhorar — e muito — a qualidade da educação no país. Menos óbvio é que, mesmo com

educação de baixa qualidade, o nível educacional médio do brasileiro melhorou bastante nas duas últimas décadas simplesmente porque mais de uma dezena de milhões de brasileiros que não iam à escola e à universidade passaram a ir. Ainda temos muito a evoluir, mas um povo mais educado fica mais produtivo, é menos vulnerável a manipulações e exige mais de seus líderes.

3. Expansão do acesso à internet e a redes sociais — nós brasileiros precisamos cobrar mais de nossos governantes. É mais fácil fazer isso quando a maioria dos brasileiros tem acesso à internet e às redes sociais, como hoje, e pode externar o que pensa, organizar-se e protestar. A importância deste fator na Primavera Árabe fala por si só.

4. Mudança de perfil religioso — nas últimas décadas, particularmente entre as camadas de menor poder aquisitivo da população, houve uma expansão muito significativa da fé evangélica. Muita atenção foi dada ao fato de que diversos líderes religiosos e políticos inescrupulosos aproveitaram-se disso em benefício próprio. Por outro lado, o fato de que a ética de vida e de trabalho deste grupo tende a ser diferente da que a maior parte da população brasileira tem recebeu pouca atenção. A ética protestante de valorização do trabalho como forma de melhorar de vida, se generalizada, pode ser um elemento importante para revertermos a cultura de paternalismo estatal que, há alguns anos, batizei de Bolsa-Brasil, e que é um componente importante dos problemas brasileiros. Além disso, a honestidade parece ser um valor mais arraigado entre evangélicos fervorosos do que na maioria da população brasileira.

5. Ascensão social e econômica da nova classe média — dezenas de milhões de brasileiros que nunca tiveram acesso a muitos produtos e serviços não tinham sequer a expectativa de ter este acesso. Eles não mudaram apenas de padrão e consumo, mas também de expectativas. Eles esperam manter o que conquistaram e conquistar mais ao longo da vida. Neste momento, está acontecendo o contrário. Muitos estão regredindo, gerando insatisfação e uma pressão nos líderes políticos que antes não ocorria. Quem não provou e não esperava ter, não exigia; quem provou e está perdendo, sim. Além disso, ao melhorar de padrão de renda e consumo, muitos deles passaram de beneficiários de programas sociais do governo a seus financiadores,

pagando impostos bastante elevados sobre renda e consumo. Isto pode tornar-se um componente de pressão para desmontar o atual modelo de Estado provedor inchado, caro e ineficiente.

Para se desenvolverem, crescerem e gerarem árvores que darão frutos, as sementes precisam ser regadas e cuidadas. A transformação do Brasil em um país melhor também não vai acontecer sozinha. O trabalho será difícil e árduo, mas pelo menos as sementes já estão plantadas.

Reflexões

Cabe a todos nós cuidar com muito cuidado e carinho destas e de outras sementes de transformações benéficas.

Em 5 anos, os impactos positivos da redução da corrupção em função da operação Lava Jato sozinhos poderiam acelerar o crescimento do país em 1 p.p. ao ano, segundo estimativa do ex-ministro Delfim Netto.

Ele não está sozinho nesta opinião. O professor de economia política na Universidade de Harvard e um dos economistas mais influentes do mundo, Dani Rodrik, acha a mesma coisa.

Nas palavras dele, "Quando você olha para o que está acontecendo, por um lado é chocante que haja uma corrupção tão generalizada na Petrobras e que parece ter chegado até lá em cima. Por outro lado, quando você olha como eles lidaram com a situação, é incrivelmente impressionante. É algo que mesmo em um país avançado você não imaginaria acontecer: todos esses promotores e juízes de fato seguindo o Estado de Direito".

Rodrik acredita que isso mostra a formação de um senso real de responsabilização no país: "Eu apostaria no longo prazo no Brasil (...) Pelo menos vocês estão lidando com essas coisas. Estão tentando superá-las. Talvez não seja 5 anos... talvez vocês descubram outras coisas acontecendo. Mas minha recomendação é que vocês se orgulhem de ter um sistema que está de fato tentando limpar as coisas. Isso é realmente raro. Não está acontecendo na Turquia. Não está acontecendo na Tailândia. Não está acontecendo na maior parte dos países em desenvolvimento que eu conheço. Neste sentido, o Brasil é exemplar".

Não sei se exemplar seria a palavra que eu escolheria para definir o Brasil, mas estou com Dani Rodrik quanto a apostar no Brasil no longo prazo.

Procuram-se líderes

Publicado em LinkedIn Pulse – março de 2016

Muito se discute como o Brasil chegou à mais profunda recessão de sua História e o que teremos de fazer para sairmos dela.

Já tratei das razões econômicas e políticas da crise. Desta vez, quero falar de uma razão estrutural e suas implicações: o atual vácuo de lideranças no país.

Independentemente da gravidade dos erros de política econômica do governo Dilma desde seu primeiro mandato e da amplitude do escândalo de corrupção que vem emergindo com a Operação Lava Jato, a crise econômica jamais teria tomado as proporções que tomou, não fosse a total incapacidade de liderança da presidente Dilma.

Sua personalidade excessivamente conflitiva e centralizadora resultou em uma equipe de governo de baixa qualidade e em péssimas relações com o Congresso. Além disso, a falta de uma visão, uma proposta e uma agenda de reformas para melhorar o país que ocupasse as discussões no Congresso levou-o a definir sua própria pauta, antagônica aos interesses do governo.

Ainda assim, mesmo a incapacidade de liderança da atual presidente é apenas uma parte da explicação da gravidade e profundidade da crise. O vácuo de liderança no Brasil é generalizado.

Ainda na política, a chegada de Dilma à presidência já foi um subproduto deste vácuo de lideranças. Após José Dirceu e Antônio Palocci terem sido queimados por denúncias de corrupção, não restou ao PT e a Lula outra opção.

A ausência de lideranças fortes na oposição, por sua vez, permitiu sua eleição e reeleição, apesar da falta de carisma de Dilma e do desempenho econômico pífio de seu primeiro mandato.

Mais recentemente, à medida que as denúncias de corrupção se avolumam e aprofundam, os principais líderes da oposição — em alguns casos apesar de dezenas de milhões de votos na última eleição — se acovardam. Na melhor das hipóteses, o acovardamento é consequência de cálculos político-eleitorais pessoais, independentemente das consequências negativas que a inação e paralisia trouxeram à vida de todos os brasileiros. Na pior hipótese, o acovardamento é consequência de medo e causado por rabos presos.

Se o quadro é grave no Executivo, no Legislativo ele não é melhor. Metade de nossos congressistas está sendo investigada por crimes eleitorais, corrupção, homicídio e outros crimes.

Não surpreende a atual aversão generalizada a políticos. O que surpreende é que — talvez com a exceção de Joaquim Barbosa e Sergio Moro — não haja surgido outras lideranças ocupando o vácuo deixado pelos políticos.

Infelizmente, a falta de lideranças atinge toda a sociedade brasileira. Assim como na política, no mundo empresarial houve uma transição geracional em que líderes fortes e carismáticos ficaram para trás sem o surgimento de novas figuras da mesma envergadura. No caso das lideranças empresariais, houve um agravante.

Desde que o PT assumiu o poder, há mais de 13 anos, o governo estendeu seus tentáculos sobre toda a economia, desvirtuando a relação público-privado e a própria competição entre as empresas. Para o sucesso das empresas, relações privilegiadas com o governo tornaram-se mais importantes do que eficiência, inovação ou bons produtos, serviços e atendimento. Ícones empresariais que surgiram neste ambiente provaram ter pés de barro.

Talvez ainda mais grave, através de pseudopolíticas de desenvolvimento que distribuíam supostas benesses para algumas regiões e setores — como impostos temporariamente reduzidos ou crédito subsidiado do BNDES — e a ameaça de retirar tais benesses, o governo impediu a formação de uma liderança empresarial unida e combativa.

A política não aceita vácuo. Na História brasileira, vácuos de liderança e consequentes desacelerações econômicas agudas sempre resultaram em transições políticas e econômicas significativas. No início da década de 1930, eles levaram à emergência de Getúlio Vargas e do Estado Novo; em meados dos anos 1940, à 4ª República; em meados da década de 1960, ao Golpe Militar; em meados dos anos 1980, à redemocratização e no início da década de 1990, ao impeachment de Collor. É improvável que desta vez seja diferente. Teremos mudanças significativas. Recentemente, plantamos sementes das quais pode florescer um país melhor, mas isto acontecer ou não dependerá de nossa capacidade de regar e cuidar destas sementes. Cabe a nós exigir e construir a transição para um país melhor.

Esta questão me parece tão importante que estou lançando um livro, *Depois da Tempestade*, para tratá-la com a atenção que merece.

Mais do que nomes de potenciais salvadores da Pátria, que — de uma forma ou de outra, mais cedo ou mais tarde — acabam aparecendo nestas situações, deveríamos discutir as qualidades que nossos líderes deveriam ter.

Não precisamos fomentar boas lideranças só em nível federal, mas também em cada Estado, Município e empresa. Como garantir que nossa empresa não entre em crise quando um líder forte se vai, como aconteceu com o país? Como formar líderes com as qualidades que julgamos importantes? Como nos tornarmos estes líderes em nossas próprias áreas de atuação? Eu jamais conseguiria esgotar estas questões neste artigo. Há quatro anos me dedico a estudá-las e, mais recentemente, venho desenvolvendo alguns cursos para tratá-las com a profundidade que merecem e tentar colaborar para a formação de bons líderes empresariais.

Mais do que nada, cabe a cada um de nós responder quais deveriam ser as qualidades fundamentais de nossos líderes. Para começar a discussão, eis três que, em minha opinião, não podem faltar:

Valores éticos fortes – a gravidade da atual crise de algumas grandes empresas, líderes políticos e líderes empresariais fala por si só. Nas palavras de Warren Buffett, "são necessários 20 anos para construir uma reputação e cinco minutos para destruí-la".

Paixão e propósito fortes – líderes que deixam marcas em empresas, comunidades, países ou em todo o mundo sempre têm propósitos fortes e uma paixão inabalável para transformar seus propósitos em realidade. Não construiremos um país ou empresas que melhorem a vida das pessoas sem pessoas que acreditem que estas são causas pelas quais vale a pena lutar.

Visão de longo prazo – Sem um objetivo claro de onde queremos chegar, ficamos à mercê dos ventos e tomamos decisões que, sem nos darmos conta, nos levam em direção ao precipício. Em 2014, o único objetivo de Dilma era vencer as eleições, mesmo gerando desequilíbrios nas contas externas, nas contas públicas e na inflação que acabaram sendo os gatilhos da crise atual e destruindo seu partido e qualquer legado de seu primeiro mandato. Valeu a pena? Como melhorar a educação, a infraestrutura, o ambiente de negócios ou garantir a sustentabilidade da Previdência olhando só para o próximo ano, em vez de para a próxima geração?

E para você, quais qualidades os líderes do país e da sua empresa não podem deixar de ter?

Reflexões

O que mais me chamou a atenção após a publicação deste artigo foi o feedback que recebi, em geral muito positivo — a concordância quanto à falta de lideranças é quase que generalizada — mas, com enorme frequência, no sentido oposto do que eu buscava com o artigo.

Provavelmente em função da escolha do título, ou talvez de uma inabilidade da minha parte em me expressar com mais precisão, muitas e muitas pessoas indicaram nomes de líderes que acreditam que podem exercer este papel no país hoje.

Meu objetivo era outro. A busca de salvadores da pátria normalmente cria terreno fértil para líderes eloquentes, mas não necessariamente capazes ou preparados. Foi o que aconteceu em 1989, com a eleição de Fernando Collor de Mello para a presidência.

O que eu buscava era exatamente o contrário, isto é, que o Brasil fomente múltiplas novas lideranças — por isso o plural do título — nos mais diferentes setores e áreas de atuação. No fundo, meu sonho era até mais ambicioso do que este: que cada um buscasse exercer uma liderança — calcada em valores éticos, paixão, propósito e visão de longo prazo — nos aspectos que lhe são mais relevantes, em sua própria área de influência, independentemente do seu tamanho.

É o que tento fazer no Manhattan Connection, nas redes sociais, nas minhas palestras e na atuação em minha empresa de consultoria, e é o que gostaria de conseguir fazer com este livro e o #Unboxing.

E agora, Brasil?

Publicado em LinkedIn Pulse – abril de 2016

Há tempos venho afirmando que se o governo Dilma não fosse capaz de colocar as contas públicas em ordem e retomar a confiança de investidores, empresários e consumidores — como, infelizmente, não foi — dificilmente a presidente chegaria ao final de seu mandato.

A decisão de ontem da Câmara dos Deputados de aprovar o pedido de impeachment da presidente torna uma transição política em um horizonte relativamente breve praticamente inevitável.

Até meados de maio, o Senado deve aprovar por maioria simples — 41 ou mais dos 81 Senadores — a instauração do processo contra a presidente. A partir daí, o Senado terá até novembro para julgar o mérito do processo. Neste momento, a aprovação vai requerer os votos de pelo menos 54 dos 81 senadores. O fundamental é que a instauração do processo no Senado é praticamente certa. Ela já afastaria Dilma da presidência por 180 dias do cargo, na prática antecipando a transição do poder ao atual vice-presidente Michel Temer. Exatamente por isso, o vice-presidente já começou a discutir medidas e composição da equipe caso efetivamente venha a assumir a presidência.

É importante lembrar também que nos dias 2 e 30 de outubro, teremos o primeiro e segundo turnos das eleições municipais e parte dos senadores governistas talvez prefira antecipar o trâmite de todo o processo de impeachment — como querem os oposicionistas — a ir às eleições municipais como defensores da manutenção no poder de uma presidente com um único dígito de taxa de aprovação popular.

Até por isso, alguns senadores petistas, com o apoio de ministros do atual governo, pretendem enviar ao Senado um Projeto de Emenda Constitucional (PEC) que anteciparia o fim do mandato do atual governo federal para o final deste ano, alongaria o mandato do próximo presidente de quatro para seis anos e anteciparia as próximas eleições presidenciais para as mesmas datas das eleições municipais.

Se esta solução tivesse sido proposta no ano passado ou ao menos antes do início do andamento do processo de impeachment da presidente na Câmara dos Deputados, talvez as crises política e econômica não tivessem tomado proporções tão graves e a perspectiva de eleição de um presidente com um mandato mais longo e, portanto, mais poderoso, talvez criasse condições mais propícias para o avanço de reformas estruturais fundamentais para o desenvolvimento brasileiro, como as reformas da Previdência, trabalhista, tributária e política.

Neste momento, parece mais uma tentativa desesperada para fugir de uma provável derrota do governo no Senado, ou um golpe, para usar um jargão petista. Além disso, como os próprios autores da PEC reconhecem, mesmo que aprovada pelo Congresso, para não criar um limbo jurídico, a proposta de encurtamento dos mandatos atuais teria de ter o aval da presidente Dilma e do vice-presidente Temer. Talvez a presidente Dilma concordasse com isso, o que está longe de ser certeza, dada sua personalidade aguerrida, mas é bastante possível em função da sua falta de apoio mesmo entre governistas, como ficou evidente na votação de ontem. No entanto, no momento atual, o vice-presidente Temer certamente não concordará.

Restam ainda as ações no Tribunal Superior Eleitoral (TSE) alegando que dinheiro de corrupção foi usado no financiamento da campanha eleitoral de Dilma e Temer — fato já confirmado por alguns dos financiadores da campanha eleitoral — que, a princípio começariam a ser julgadas já em maio. Se uma delas for aprovada, haveria a cassação tanto de Dilma quanto de Temer e, provavelmente, novas eleições seriam chamadas. Estas ações foram impetradas pelo PSDB, partido que se aliou a Temer para dar andamento ao impeachment e já publicou uma carta de intenções para apoiar e eventualmente até participar da composição do governo Temer. Entretanto, ainda não é clara qual será a postura do partido em relação a elas caso Temer assuma a presidência, em particular considerando-se que os três principais caciques do partido — Aécio Neves, José Serra e Geraldo Alckmin — têm interesses divergentes em relação ao grau de sucesso de um eventual governo Temer.

Em resumo, as incertezas políticas continuam grandes. Se quer não apenas assumir a presidência, mas ter condições de tirar o país do fundo do buraco, cabe a Temer a difícil tarefa de costurar uma base de sustentação suficientemente ampla e coesa para conseguir avançar no Congresso as reformas estruturais. Além delas, cortes de gastos públicos, medidas administrativas que melhorem o ambiente de negócios e a eficiência da economia brasileira — têm de ser parte de um pacote de retomada da confiança.

A habilidade de Temer de costurar estas alianças — que provavelmente incluirá um acordo onde ele se comprometa a um papel de transição, não participando das eleições de 2018 — será seu primeiro e principal teste. Vencendo-o, Temer aumenta não só suas chances de efetivamente chegar à presidência, mas de ser bem-sucedido ao longo do governo. Caso contrário, a hipótese de eleições em breve, em função do julgamento do TSE ou mesmo da PEC — cresce em probabilidade.

Enfim, os desafios para Temer e o país não são poucos, mas assim como aconteceu na Argentina após a saída de Cristina Kirchner e a posse de Mauricio Macri na presidência, Temer deve contar com o apoio de uma classe empresarial que há muito perdeu a confiança em Dilma e que está ávida por ver a economia, os resultados de suas empresas e os valores de seus negócios se recuperarem. Além disso, em um mundo em que os países desenvolvidos vivem nas palavras do ex-secretário do Tesouro americano, Larry Summers, uma "estagnação secular" e a maioria dos países emergentes tem mercados pequenos demais para fazerem individualmente diferenças significativas nos resultados de grandes empresas globais, o Brasil e os outros poucos países emergentes com mercados grandes e bom potencial de crescimento de longo prazo encontram-se em uma posição privilegiada para atrair investimentos estrangeiros. Junte-se a isso a moeda desvalorizada e o baixo valor atual das empresas brasileiras, que coloca o país em liquidação do ponto de vista de investidores estrangeiros, e está completo o quadro para uma avalanche de investimentos produtivos uma vez que a confiança tiver sido retomada.

Para completar, nos últimos meses apareceram sinais — ainda incipientes — de que, talvez, o dólar tenha revertido seu ciclo de valorização dos últimos anos, o que tem colaborado para uma elevação dos preços das *commodities* internacionais — grãos, metais, fontes de energia. Essa elevação beneficia a economia brasileira e, junto com a perspectiva de transição política, levou a uma apreciação recente do real de quase 20%, que aliás só não foi maior porque o Banco Central vendeu mais de US$ 30 bilhões de dólares em derivativos cambiais desde a semana passada. A apreciação do real e a intensidade da recessão já fizeram a inflação no Brasil dar os primeiros sinais de queda recentemente. Esta tendência não deve se alterar se o real continuar a se fortalecer, o que poderá levar a taxa de juros a começar a cair entre o final deste ano e o ano que vem, permitindo a recuperação do crédito e expansão de investimentos, consumo e geração de empregos. Considerando que a taxa básica de juros SELIC é hoje de 14,25% ao ano no Brasil e a taxa média mundial equivalente é hoje de apenas 0,2% ao ano, o potencial de atração de capitais estrangeiros, queda da taxa de juros e estímulo econômico no Brasil, quando ocorrer a retomada da confiança, é brutal.

Em resumo, os desafios são muitos, mas como venho defendendo, a probabilidade de uma recuperação econômica cíclica por alguns anos que surpreenda pela força uma vez retomada a confiança é muito maior do que temem os pessimistas.

Por outro lado, a sustentação desta recuperação inicial e a aceleração do potencial de crescimento brasileiro exigirá reformas estruturais, melhora de nossa infraestrutura e ambiente de negócios, maior qualificação da mão de obra e mecanização da economia brasileira entre outros avanços.

Além disso, avanços recentes, em particular no combate à corrupção, não podem se perder. O impeachment da presidente por crime de responsabilidade em função das pedaladas fiscais tem de ser apenas o maior passo até agora de uma mudança de mentalidade no país. A prisão de megaempresários envolvidos em corrupção foi outro passo fundamental. É importante que os políticos envolvidos em corrupção, incluindo vários pesos pesados dos Poderes Executivo e Legislativo, independentemente dos partidos a que pertencem, tenham o mesmo fim.

Em resumo, cabe a nós, brasileiros, garantir que o grande potencial de melhoras institucionais, a recuperação econômica e a construção de um país melhor e mais justo se materializem. Sem a nossa pressão, as chances diminuem bastante. Recentemente, aprendemos a cobrar a classe política e a questionar como nossos próprios atos colaboram para criar os problemas que criticamos. Não podemos perder estes hábitos. Aliás, devemos levá-los também para dentro de casa e das empresas.

Reflexões

Como discuti exaustivamente ao longo deste livro, **por várias razões acredito que há uma grande probabilidade de que estejamos próximos de uma** recuperação cíclica forte, e para que isto se torne verdade, as medidas econômicas necessárias não são tão complicadas quanto nossos medos sugerem.

Tirar o Brasil do fundo do buraco não é tão complicado, mas isto não deve ser confundido com uma visão ingênua de que fazer o Brasil se desenvolver seria simples ou fácil. O que faz um país se desenvolver vai muito além de meros equilíbrios macroeconômicos que permitem que a economia cresça ou não no curto prazo.

Em outras palavras, voltar a crescer por alguns anos depende de colocar a casa em ordem. Sustentar um crescimento por um período mais longo e em ritmo mais acelerado requer muito mais. Além de colocar a casa em ordem, precisamos constantemente fortalecer suas bases para que ela possa resistir a choques cada vez mais fortes sem ruir, como aconteceu nos últimos anos. Isto leva tempo, requer planejamento, esforço e capacidade de coordenação política.

Em condições normais, eu diria que este tema é muito mais importante do que aquele que me propus a explorar mais detalhadamente aqui, o que esperar depois da tempestade atual. Infelizmente, o Brasil não vive condições normais, mas sim crises moral, política e econômica, e cada uma delas isoladamente talvez seja a pior que já vivemos em sua esfera. Juntas então...

Por isso, tratei de questões estruturais — como Previdência, Saúde, Educação, Legislação Trabalhista, Infraestrutura — mas foquei primordialmente em questões econômicas e políticas conjunturais.

Uma das razões pelas quais a crise de confiança e a crise econômica foram tão graves é exatamente a falta de uma agenda do governo atual para lidar com estas questões estruturais. Um próximo governo não pode cometer o mesmo equívoco e já deve, de cara, incluir em sua pauta estas questões. Só quero deixar claro que a resolução destas questões levará tempo, mas o fato de que elas ainda não tenham sido resolvidas não impedirá o Brasil de voltar a crescer por algum tempo, se ao menos as contas públicas tenham sido ajustadas e a confiança retomada.

Só espero também que uma vez que este crescimento se materialize, próximos presidentes, sejam eles quem forem, não cometam o erro de acreditar, como acreditou-se mais recentemente, que podemos prescindir de tratar destas questões e continuaremos crescendo. Cabe a cada um de nós não deixar que isto aconteça.

Conclusão
Quem vamos alimentar?

Há tempos venho afirmando que se o governo Dilma não fosse capaz de colocar as contas públicas em ordem e retomar a confiança de investidores, empresários e consumidores — como, infelizmente, não foi — dificilmente a presidente chegaria ao final de seu mandato.

O Brasil vive um momento histórico; pela gravidade das crises moral, política e econômica, mas também histórico pelas transformações que estas crises têm causado e ainda causarão. Passado o furacão Dilma, o país nunca mais será o mesmo. Grandes metamorfoses trazem grandes oportunidades, mas também muita incerteza e grandes riscos.

Uma velha história conta que, há tempos no Alasca, um criador de cachorros selvagens que vivia no interior tinha dois cachorros igualmente fortes, valentes e agressivos — um branco e um negro. A cada duas semanas, ele levava os dois cachorros para a cidade mais próxima, onde havia apostas em brigas de cachorros. Os bichos brigavam entre eles, às vezes o branco ganhava, às vezes ganhava o negro. O incrível é que o criador sempre apostava no cachorro que vencia. O tempo passou, os cachorros envelheceram e um dia um dos moradores decidiu finalmente perguntar:

— Você sempre acertava, como é que sabia qual deles seria o ganhador?

Tranquilo, o criador respondeu:

— Fácil. Sempre ganhava o que eu tinha alimentado naquela semana.

Com o futuro brasileiro, não será diferente. A tempestade e as incertezas acabarão passando. Quanto aos riscos e às oportunidades, qual deixará marcas mais profundas em nosso futuro dependerá de qual nós alimentarmos.

Se continuarmos alimentando falsos salvadores da pátria, promessas demagógicas, soluções curto-prazistas, teremos sim razões de sobra para nos preocuparmos com o futuro do país.

Por outro lado, podemos aproveitar o momento de transformações para:

1) Continuarmos a fortalecer os alicerces jurídicos para o combate à corrupção.
2) Reconhecermos que quanto antes ajustarmos nossa Previdência, menos traumáticas terão de ser as mudanças. Reformas já.
3) Aceitarmos que desigualdade de renda se combate principalmente melhorando a educação e qualificando os menos abastados, com um projeto de longo prazo de transformação do país através da educação.
4) Acabarmos com o capitalismo de compadrio, com o Estado paternalista, e fomentarmos a competição em todos os setores, em benefício dos consumidores, que ao final somos todos nós.
5) Reconhecermos que o setor produtivo brasileiro não tem condições de sustentar um Estado tão inchado, que o Estado tem de encolher e para isso os cortes têm de ser generalizados, incluindo programas que, eventualmente, nos beneficiam individualmente.
6) Criarmos um melhor ambiente jurídico, acelerando o andamento de processos, valorizando as decisões das instâncias inferiores ou simplesmente eliminando-as; para os investimentos em infraestrutura, simplificando o processo de aprovações burocráticas; e para o combate à inflação, tornando o Banco Central independente das pressões dos políticos que estejam no governo.

Eu poderia transformar esta lista em outro livro. Coisas para melhorar no Brasil não faltam. Aliás, eu apontei, aqui mesmo, várias outras.

No entanto, tentar fazer tudo ao mesmo tempo, ainda mais em um ambiente político ainda tumultuado por algum tempo, parece receita certa ao fracasso.

Por isso, minha singela lista de recomendações iniciais ao nosso quase-presidente fica por aí. Porém, não vamos deixar apenas sobre seus ombros esta tarefa hercúlea. Cabe a você, leitor, e a mim, a cada um dos brasileiros, alimentarmos o Brasil que todos queremos construir. A somatória de nossos esforços é muito poderosa. Foco, união e trabalho são as palavras de ordem. Mãos à obra.

A conversa não acaba aqui

A tempestade vai passar, mas a vida e o Brasil seguem em frente. Certamente teremos surpresas. Se eu soubesse quais serão, elas não seriam surpresas.

Por isso, os assuntos que tratei aqui e outros que por tempo, espaço e foco não foram abordados serão alvos de novas reflexões. Você pode acompanhá-las: ricamconsultoria.com.br.

Além do *Manhattan Connection* e das minhas colunas em diferentes publicações, seguem abaixo algumas formas de continuarmos em contato.

Se quiser receber diretamente no seu e-mail uma coluna mensal minha, basta mandar uma mensagem para depois@ricamconsultoria.com.br com seu nome, e-mail e um parágrafo sobre o que achou do livro.

Se preferir as redes sociais, é só escolher uma, ou todas:

- facebook.com/ricardo.amorim.ricam
- Twitter: @ricamconsult
- linkedin.com/in/ricardoamorimricam
- Instagram: @ricamorim

Por fim, um favor. Se você gostou do livro, se ele o ajudou de alguma forma, não deixe de me contar pelo e-mail acima ou pelas redes sociais. Além disso, se o livro foi útil para você, conte isto no site das livrarias, recomende-o a um amigo, empreste ou dê seu exemplar de presente a alguém. A propósito, lembre-se que livros são um presente que valoriza quem dá e quem ganha.

Obrigado,

Ricardo